Kriminalroman

Delikte
Indizien
Ermittlungen

DIE

Reihe

Unbeschwert und selbstverständlich ist die Liebe zwischen den Princeton-Studenten Mike Shepard und seiner Freundin Monica.
Ihre Hochzeitsreise „westward" durch den amerikanischen Kontinent ist Verheißung von Romantik, Freiheit und Glück. Um so mysteriöser das jähe Ende. Während einer Übernachtung im „Honeymoon-Inn", einem schäbigen Motel irgendwo am Rande der Prärie, wird Mike ohne erkennbaren Grund entführt. Monica, die dem Kidnapping nur durch Zufall entgeht, nimmt seine Spur mit Hilfe eines Lastwagenfahrers auf. Dabei gerät sie in die Fangarme einer Organisation, die auf abscheuliche und schwer durchschaubare Weise ihr Unwesen im „Land der unbegrenzten Möglichkeiten" treibt.
Dieser faszinierende Roman entstand nach dem gleichnamigen, auch in der DDR erfolgreich gespielten Film des bundesdeutschen Autors und Regisseurs Rainer Erler.

Rainer Erler

Delikte
Indizien
Ermittlungen

DIE

Fleisch

Reihe

Verlag Das Neue Berlin

ISBN 3-360-00059-5

1

Sie trommelte gegen die Scheiben, aber keiner hörte sie. Die dicken Gläser, mehrere hintereinandergesetzt, verschluckten jeden Ton.
Sie schnitt Grimassen: ein Clown in Großmutters Brautkleid. Der altmodische Blumenhut mit der breiten Krempe rutschte von den frisch aufgedrehten blonden Locken, als sie versuchte, die zierliche Nase mit den unzähligen Sommersprossen an der Scheibe plattzudrücken.
Sie spielte „Fisch im Aquarium", die blauen Augen weit aufgerissen, die zur Feier dieses Tages karminrot bemalten Lippen zu einem halbgeöffneten Karpfenmaul gespitzt.
Die Hände fächelten langsam hinter den Ohren wie Kiemen.
Das hatte Erfolg: Die Musiker ließen ihre Instrumente sinken, winkten ihr zu. Nur Mike blieb ernst, oder versuchte es wenigstens.
Er beugte sich vor zu einem Mikrofon und flüsterte: „Monica, du störst!"
Aber Monica schüttelte den Kopf, deutete auf ihre Uhr, pfiff – unhörbar – auf zwei Fingern und winkte mit unmißverständlicher Geste: Los, raus hier, beeil dich!
Wieder beugte sich Mike zu einem Mikrofon: „Noch zehn Minuten!"
Monica hob fünf Finger – nur fünf.
„Na", sagte Sidney, der Mundharmonikaspieler, „dann beeilen wir uns eben, bevor Mike größeren Ärger bekommt", und klemmte sich sein Instrument zwischen die Lippen.
„Hört mal, der Termin ist um zwölf, ist doch so, oder?"

Mike nickte. „Stimmt, um zwölf. Aber wir brauchen 'ne halbe Stunde bis hin . . ."
„Halbe Stunde?" Ronnie Williams, der Leiter der kleinen Amateur-Band, versuchte, Nervosität erst gar nicht aufkommen zu lassen. „Wir haben noch Zeit wie Heu! Und bevor ihr anfangt zu pfuschen . . ."
Er hob die Hand, um den Einsatz zu geben.
Doch Monica hatte ihm bereits wieder die Schau gestohlen. Hinter der schalldichten Scheibe, die das winzige Studio, im Keller der Universität von dem Raum mit der Technik trennte, hatte sie ihre Pantomime der unglücklichen, versetzten Braut mit großem Erfolg weitergespielt.
„Hör mal, Mädchen, du gefährdest ernstlich deine Ehe", rief Ronnie in das nächstbeste Mikrofon. „Keiner kommt hier raus, bevor die Aufnahme steht, auch nicht dein Mike!"
Monica brach in ein theatralisches Schluchzen aus und vergrub ihr Gesicht tief in die rosa Plastikröschen ihres Brautstraußes.
Sergio-Sollima, der jüngste Professor für Byzantinistik in den gesamten Vereinigten Staaten, war aufgesprungen. Sein Hobby war *recording* – jetzt fungierte er im Studiokeller hin und wieder als „Toningenieur". Er versuchte, Monica zu trösten. Mit einer großen Operngeste schloß er sie in seine Arme.

Mike blickte finster durch die spiegelnde Scheibe, nahm langsam seine Gitarre hoch – wie jene berühmte Winchester 73 – und drückte ab.
Tödlich getroffen sank Monica zu Boden und verschwand damit aus dem Gesichtskreis der Anwesenden.
Sergio schien verzweifelt. Er stieß unhörbare Verwünschungen gegen den Meuchelmörder und zukünftigen Ehemann der schönen Toten aus, hob anklagend die Faust und schwor, sie zu rächen.

Die schöne Tote war mittlerweile zum Mischpult gekrochen, hatte auf den roten Knopf der Gegensprechanlage gedrückt und rief nun über den Kommandolautsprecher dröhnend und unüberhörbar in die gespannte Stille des Studios: „Mike – ich liebe dich . . .!“

2 *„How much is anyone worth? How much is anyone worth?*
Is ist measured at the moment of our birth?
All we learn, all we burn, how much profit will it earn?
How much is anyone worth? How much is anyone worth?“

„Was ist der Mensch wert, so in Dollar und Cent?
Was bringt's ihm, wenn er so durchs Leben rennt?
Was er lernt und verdient – was bleibt denn am End?
Was bleibt übrig von ihm, so in Dollar und Cent?“

„Na ja“, schrieb Monica in einem Brief an ihren Bruder, der in Deutschland lebte und in Heidelberg studierte, „so ähnlich würde ich das übersetzen. Bei einem Song ist das mit dem Übersetzen doch immer reine Glückssache.“
Es war ihr Hochzeitslied. Donald Arthur hatte es geschrieben und ihr den Text am Morgen in einem Kuvert mit roter Schleife überreicht, zusammen mit den Noten: Die stammten von Thomas. Der hatte die Nacht über komponiert. Sie hatte das irrsinnig lieb von den beiden gefunden und war ihnen um den Hals gefallen, erst Donald, dann Thomas, dann den übrigen – einem nach dem anderen. Und dann waren sie in den Keller der Uni gegangen, um das Lied auf Band aufzunehmen.

„What is the value of a life? What is the value of a life?
Do you measure it in dollars, joy or strife?
All we win, all we lose, does that figure in our dues?
What is the value of a life? What is the value of a life?“

„Was ist so ein Leben denn wert?
Egal, ob's Glück oder Ärger beschert,

das in Geld zu messen ist sicher verkehrt,
aber was war's am Ende denn wert?"

Jetzt hörte sie die Melodie, und plötzlich war die ganze Alberei vorbei. Sie hatte feuchte Augen: Ihr Hochzeitslied! Und Mike begleitete es auf der Gitarre. *Country-music.*
Die war ungeheuer populär geworden in den letzten Jahren. Einfache Melodien, die ins Ohr gingen, ein wenig schnulzig, ein wenig sentimental, ein rührseliger Text mit Hintergedanken. Donald hatte vor, das Band mit der fertigen Aufnahme der kleinen Radiostation anzubieten, die in der Universitätsstadt Princeton die Hörer mit Nachrichten, Musik und Werbespots versorgte.
Victor Young, „Musikchef" des Senders – es gab insgesamt nur sieben Mitarbeiter –, hatte versprochen, den Song auszustrahlen, wenn er einigermaßen was taugte.

„What do I get for a soul? What do I get for a soul?
Although life is over, is it ever whole?
When it's all said and done, was it profit or just fun?
What do I get for a soul? What do I get for a soul?"

Was ist für 'ne Seele denn drin?
Wenn alles vorbei ist, bringt sie Gewinn?
Investieren in Seelen? Macht das den Sinn?
Wieviel Profit ist denn drin?

Ronnie hatte eine dufte Stimme. Die klang nach Lagerfeuer und Prärie. Eine Stimme mit Western-Look, eine, die nach Leder roch und nach Pferd, dachte Monica, und sie mußte darüber lachen. Sergio, der Byzantinist und Toningenieur, blickte kurz erstaunt zu ihr hoch. Wahrscheinlich dachte er, sie heult. Na, wennschon. So irrsinnig weit entfernt davon war sie ja nicht.

What would you pay for a man?
What would you pay for a man?

Does a general bring more than a private can?
What he is, or is not, will that matter when he's shot?
What would you pay for a man?
What would you pay for a man?

Was glaubst du, was ein Mensch einbringen kann?
Was kostet ein General, was ein einfacher Mann?
Und zerfetzt im Graben, was bringen sie dann?
Ob man sie tot ohne Orden noch irgendwo anbringen kann?

Heute nachmittag oder besser noch heute abend würde, wenn alles klappte und Victor Young auf die Sache einstieg, jeder in Princeton und Umgebung auf Kanal drei das Lied hören können. Ihr Hochzeitslied. Dazu ein Glückwunsch der Kommilitonen. Den mußte man allerdings bezahlen. Achtzehn Dollar oder so. Und vielleicht übernahm ein anderer Privatsender das Lied, hier an der Ostküste, oder auch im Westen. Die tauschten ja oft ihre Bänder mit Programmen aus. Und vielleicht hörte dann ein Musikredakteur von NBC oder CBS den Song, so aus Zufall. Wenn einer vom großen Network anbiß und das Lied in die Hitparade lancierte . . .
Donald und Thomas hatten dann auf jeden Fall ausgesorgt, so etwas brachte ja Millionen. Da war nicht nur ihr Studium gesichert und ihnen ein Job beim Sender sicher . . . Bestimmt zahlten sie dann ihren Musikern der ersten Stunde saftige Tantiemen. Tausend Dollar – oder zwei – für Mike an der Gitarre. Überall, aus allen Radios, Musicboxen, Diskotheken, auf Parkplätzen, in Supermärkten – ihr Hochzeitslied.
Bis sie von ihrer langen Reise durch den Westen und Süden zurückkamen – waren sie dann vielleicht reich?

How much is anyone worth? How much is anyone worth?
Is it measured at the moment of our birth?
Are we still nothing more than slaves on this earth?
How much is anyone worth? How much is anyone worth?

Was ist der Mensch wert, so in Dollar und Cent?
Wenn er sein Leben versäuft und verpennt?
Sich verkauft für Geld – was bleibt ihm am End?
Was nimmt er denn mit, so in Dollar und Cent?

Und wenn das nicht klappt, mit Victor Young und seiner kleinen Radiostation, dachte Monica, können wir immer noch den freundlichen Reverend, dessen Namen sie vergessen hatte und der ihnen den Termin für die Trauung in der *Princeton-Baptist-Church* reserviert hatte, überreden, den Song zur Trauung abzuspielen.

3 Weit außerhalb der Stadt, inmitten einer geradezu englischen Parklandschaft, liegt der kleine, weiße Holzbau der *Princeton-Baptist-Church* mit seinem niedrigen Stummelturm.
Seit der *Highway* Nummer 1, der Philadelphia mit New York verbindet, die malerische New-Jersey-Landschaft gerade an dieser Stelle brutal durchschnitt, war die kleine Kirche, an der nun in nur wenigen Metern Abstand Tag und Nacht der Verkehr auf sechs Fahrbahnen vorbeibrandete, kein sehr lukratives Unternehmen mehr.
Andere Kirchen in und außerhalb der Stadt florierten da wesentlich besser.
Trotzdem hatte Reverend Markovicz eine Marktlücke entdeckt, die in einer Universitätsstadt wie Princeton einigen Profit versprach, ohne den amerikanische Kirchen nicht existieren können: Studentenpaaren räumte er bei Trauungen und Taufen einen großzügigen Nachlaß ein und machte so die miserable Lage über den Umsatz wieder wett. *Discount-wedding* hieß das in den Anzeigen. Besonders sein *light-&-sound-service* war ein durchschlagender Erfolg. Zu wechselnden Farbspielen beschallte Markovicz den kleinen Kirchenraum mit etwa 120 Phon quadrophonischer Musik aus sechzehn Lautsprechern. Die Anlage hatte er billig aus der Konkursmasse des Trenton-

Kongreß-Zentrums aufgekauft. Der Saal, in dem sie ursprünglich installiert gewesen war, faßte über dreitausend Besucher – *Princeton-Baptist-Church* verfügte über zweiundzwanzig Bänke zu je fünf Sitzen.
Wenn Markovicz voll aufdrehte, konnte man die Riesenlaster, die vor der Kirche vorbeidonnerten, schlicht vergessen.

Jetzt stand der Reverend in der offenen Kirchentür und wartete auf die angekündigte Kundschaft, die von jenseits der Schnellstraße, mit geraumer Verspätung, auf dem alten Weg von Princeton herüberkam.
Die kleine Kolonne von sieben Autos hatte den Park verlassen, der den *Campus* umgab, und war unter rhythmischem Hupen den sanften Hügel hinunter in das breite Wiesental des Millstone-Rivers gefahren, vorbei an den beiden aufgelassenen Farmen mit ihren öden, leeren Fensterhöhlen und den halb zusammengestürzten Scheunen.
Das Echo des Hupkonzerts kam vervielfacht von den weißgestrichenen, morschen Holzwänden zurück, eins-eins-eins-zwei- drei . . ., hallte über Wiesen, auf denen hohes, herbstliches Gras, ungemäht und struppig, von Wind und Regen zu Wirbeln und Wellen gepeitscht worden war, und über die brachliegenden Felder: eins-eins-eins-zwei-drei . . .
Von den Antennenstummeln der Wagen wehten bunte Papierschlangen. Wilde Herbstblumen steckten unter den Scheibenwischern und im Kühlergrill von Mikes altem Chevi.
Keiner dieser Wagen, die nun über den Hintereingang in die Gulf-Tankstelle von Roy Fletcher fuhren und auf dem verdreckten Hof zwischen Schrott und Autowracks und billigen *second-hand*-Angeboten abgestellt wurden, war jünger als acht Jahre.
Man konnte in Princeton über zwei Dutzend Stipendien-Systeme auch mit wenig Geld studieren – aber nicht ohne eigenen Wagen.

Fletcher warf schon mal zwanzig Flaschen Coke in die Eisbox und taute ebenso viele tiefgefrorene Hamburger auf.

Er kannte das Ritual, und alle kannten Fletcher, bei dem man *gas* für ein ganzes Semester anschreiben lassen konnte.

Die Hochzeitsgesellschaft versammelte sich zwischen Öl- und Wasserlachen – denn nun war eine gefährliche gemeinsame Unternehmung fällig, die absolute Solidarität verlangte: Die Überquerung der „Nummer 1" bei dichtestem Verkehr – zu Fuß! Denn der Umweg über die nächste Anschlußstelle dieser Autobahn bis hin zur Kirche brachte gute neun Meilen auf den Tacho.
Ein ganzer Konvoi von Riesenlastern, Vierzig-Tonner, die mit Tiefkühltrailern, *Reefern*, New York mit Fleisch und Gemüse aus dem Süden und Westen versorgten, verhinderte vorläufig jede Überquerung.
Auf der Gegenfahrbahn in Richtung Trenton–Philadelphia kam ein Ambulanzwagen mit jaulender Sirene und Rotlicht angerast, schlängelte sich über die drei Fahrbahnen zwischen den einzelnen Wagen hindurch und fegte dicht an der wartenden Hochzeitsgesellschaft vorüber.
Zufall? dachte Monica, oder böses Omen? Sie sah dem Wagen noch eine Weile nach. Das rote Blinklicht spiegelte sich im Lack der überholten Wagen, an den glänzenden Aluminiumflächen der Kühltransporter.
Mit schwarzen Katzen wußte man einigermaßen Bescheid, mit Schafen zur Linken, zur Rechten, aber mit jaulenden, blinkenden Ambulanzen am Hochzeitstag . . .?
Da packte sie Mike schon an der Hand, zog sie hinter sich her. Zwei Freunde sperrten den Verkehr mit großen Gesten und hoch erhobenen Blumensträußen. Und die Gruppe dieser fröhlichen und total veralberten Studenten lief quer über die *number-1* auf die kleine weiße Holzkirche zu.
Monica hatte große Mühe mit dem ungewohnten langen Kleid – nach zehn Jahren Jeans. Sie hielt mit der freien Hand den breitrandigen Blumenhut, stolperte, verlor einen Schuh. Mike hob ihn auf – und bei dieser Gelegenheit auch gleich das ganze Mädchen.
Unter Jubel und Applaus der Freunde trug er sie über die drei

Fahrbahnen, stieg über Leitplanken, Gräben, Müll und Böschung und schleppte sie auch noch, und zwar keineswegs mit letzter Kraft, über die Schwelle der *Princeton-Baptist-Church* mit ihren fünf abgetretenen Holzstufen.
Für den erstaunten Markovicz hatte Mike nur ein atemloses „Hallo, Reverend ...!“, dann lief er weiter, und erst vor dem Altar setzte er sie ab.
Aber Monica, die sich angstvoll an ihm festgekrallt hatte, das Gesicht tief zwischen seinen Armen und seiner Schulter versteckt, ließ nicht los.
Er kniete sich hin. „Hallo, Monica! Miß-Muller-Meier-Schmitz! Wir sind da!“
Aber Miß-Muller-Meier-Schmitz, wie Mike seine deutsche Braut bei offiziellen Anlässen nannte, blickte nicht auf, hielt das Gesicht an ihrem Mike fest und tief vergraben und rührte sich nicht.
Mike spürte ihren heißen Atem am Hals. Gott sei Dank, sie lebt noch, dachte er, hörte ein Schluchzen – oder war es ein Lachen? Nur der Teufel kannte sich bei diesen Europäerinnen und ihren Emotionen aus.
Laut und polternd, schwatzend und lachend waren die anderen in die Kirche getreten.
Aber dann hatten sie Mike gesehen mit seiner Monica, vorne an den Stufen des Altars, waren näher gekommen und still geworden, und ohne das geringste zu verstehen, standen sie nun um die beiden herum und schwiegen.

Monica hob den Kopf, schaute vorsichtig über Arm und Schulter auf die verstörte Runde der Freunde und versuchte zu lächeln. Aber es mißlang.
Das kunstvoll-bunte Augen-Make-up, das ihr die Zimmerkollegin Betty eingeredet hatte, war zerflossen. Blauschwarze Tuschetränen liefen ihr über die Backen.
Mike war ein wenig fassungslos: „Hast du irgendwo Kleenex?“
Sie schüttelte den Kopf.
„Hat denn keiner ein Kleenex da?“ fragte Mike in die Runde.
Keiner hatte.

Nur Donald Arthur opferte ein altmodisches Spitzentuch, das er in der Brusttasche seines Blazers stecken hatte.
„Bei uns in den Staaten weinen die Mädchen immer erst hinterher, ich meine – nach der Zeremonie, verstehst du?“ flüsterte Mike, als er Monica die Farbspuren aus dem Gesicht tupfte.
Sie nickte ganz ernsthaft: „Ich werd's versuchen - vielleicht schaff ich's dann noch mal . . .!“ Sie schneuzte sich in Donalds Spitzentuch. Und damit fand sie auch ihr Lachen wieder.

Es wurde eine schöne Zeremonie – und Monica schaffte das mit den Tränen tatsächlich noch ein- oder zweimal.
Victor Young vom Radio traf ein – mit noch größerer Verspätung, und Reverend Markovicz legte das mitgebrachte Band ein und fuhr *full speed* auf sechzehn Lautsprechern mit hundertzwanzig Phon: „*How much is anyone worth?*“ – „Was ist der Mensch wert – so in Dollar und Cent?“ . . .
Alle waren hingerissen von dem ungeheuren *sound*, ganz besonders Victor Young. Und Reverend Markovicz benutzte den Text, sozusagen in Abänderung seiner vorbereiteten Predigt, für eine improvisierte Ansprache an diese junge Gemeinde.
Irgendwann war es dann soweit: Monica hauchte das verabredete „Ja“ – oder vielmehr „*Yes* – I will“, und aus Miß-Muller-Meier-Schmitz, aus dem deutschen Fräulein Monika Meier-Reinsberg war Missis Mike Shepard geworden – mit allen Konsequenzen.

4 Die Zeiten, da deutsche „Fräuleins“, unfreiwillig rank und schlank, an der Seite eines GI das verwüstete Europa in Richtung Neue Welt verließen, sind längst vergessen. Und auch für Missis-Muller-Meier-Schmitz, verehelichte Shepard, war das verstaubte Historie.
Dennoch: manchmal trifft man sie noch, die „Fräuleins“ von ehedem, im Südwesten, in Texas und New Mexico. Sie sind rund geworden und mütterlich und schrecklich amerikanisch.

Sie arbeiten an Tankstellen und Supermärkten, in Motels und *Coffee-shops*, halten eisern fest an ihrem teutonischen Akzent, wie dieser legendere *secretary of state*, Henry Kissinger, und fragen den fremden Gast oder Kunden in einem nahezu verlernten Deutsch unvermittelt und überrascht: „Sie kommen aus Deutschland? Ja?“ Und dann fügen sie meist die doch so schwer zu beantwortende Frage hinzu: „Sagen Sie, wie ist es denn dort so – ich meine – heute?“ Sie alle sind tüchtig und fleißig wie eh und je und haben den reichen Onkel im Goldenen Westen nicht getroffen.

Eine ganze Generation später, genau vor zwei Jahren, vier Monaten und drei Tagen, war Monika Meier-Reinsberg nach einem akzeptablen Abitur, einer permanenten Eins in Englisch über fünf Jahre hinweg und einem Stipendium für die Universität von Princeton in der Tasche auf dem John-F.-Kennedy-Airport von New York gelandet. Nach einer randvollen Woche New York an der Hand einer entfernten Cousine war sie schließlich nach knapp zweistündiger Omnibusfahrt in Princeton gelandet.
Eine Kleinstadt in Holz- und Ziegelbau gruppierte sich malerisch um den gigantischen Komplex der Universität: Gotische Türme und Zinnen, Giebel und Fassaden zogen sich, mit Erkern und Butzenscheiben, mit Statuen, Wappenreliefs und sehr viel Efeu garniert, durch zahlreiche Hektar Park und englischen Rasen. Das atmete britannische Tradition, roch streng nach Oxford und Cambridge, und doch war kein Stein älter als siebzig Jahre. Im *Institute for Advanced Studies* hatten berühmte Gelehrte gewirkt, und das rote „P“ auf T-shirt oder Pullover war auch heute noch unter Studenten mehr als ein Statussymbol.
Der junge, sportliche Typ mit der dunklen Mähne trug so ein „P“ auf dem Pullover. Er stand hinter Monica in der Reihe vor der Theke der Selbstbedienung im *Coffee-shop* der Universität und hatte wohl indiskreterweise zugehört. Monica war in „Schwätz-Stimmung“ gewesen, hatte tausenderlei Fragen an Betty gestellt, die mit ihr das Zimmer in einem der sechsund-

zwanzig *dormitories*, den Wohn- und Schlafgebäuden, teilte. Es war ihr dritter Tag in Princeton. Alles war noch neu und verwirrend, und Bettys Auskünfte waren so herrlich unpräzise und beunruhigend!
Da sagte der Typ hinter Monica ganz plötzlich und unvermittelt: „Oh, Lord! Schon wieder so ein Kraut, ein Fritz, ein Fraullein! Da muß irgendwo ein Nest sein . . .!"
Monica drehte sich um: „Woher, zum Teufel, willst du das wissen, he? Ich mein', woher ich komm'?"
„Dein Akzent! Dein verdammter Akzent!"
Da schmetterte Monica ihm ebenso plötzlich und unvermittelt das Plastiktablett auf die kluge Birne.
Ganz spontan, ohne nachzudenken. Ein Reflex, weiter nichts. Der erste unbeherrschte, aggressive Reflex ihres jungen Lebens.
Doch dieser Typ mit dem roten „P" auf der Brust verzog keine Miene, spielte weiter den *sunny boy* und lächelte sie an. Voll Charme und Herzlichkeit. Es war furchtbar.
Monica ließ das Tablett sinken. Irgendwann lag es auf dem Boden – dann stürzte sie davon.
„Verdammter Akzent!" – bei einer permanenten Eins in Englisch, fünf Jahre lang! Mit einem Princeton-Stipendium! Da versuchte man, seine neue Identität zu finden, sich einer neuen Gruppe anzuschließen, unterzutauchen in einer Herde, die einen, bitte!, akzeptieren möge, schrieb seinen Namen – Monica – bereits mit „c". Und jetzt das. Verdammter Akzent. Kraut. Fritz. Fraullein . . .! Am zweiten Tag schon wieder draußen, zum Außenseiter erklärt, als auffälliger, unangepaßter Fremdling abgestempelt.
Ein Busticket kaufen und zurück nach New York . . . Und dann ein Flugticket . . . nach Europa . . . Ja, dieser idiotische Flugschein, das war wohl das Hindernis für die Flucht. Das Retourbillet über den Atlantik war jeweils am Ende eines Semesters zu beantragen. Ein Rückflug aus Jux und schlechter Laune war bei diesem Stipendium nicht vorgesehen.
Daß man Flugtickets auch so kaufen konnte, fiel Monica gar nicht erst ein. Und kaufen – wovon?

Monica hatte sich irgendwo eine Tasse Kaffee besorgt, Betty brachte *french fries* mit Erbsen und *chopped steak*, was ein Hacksteak war, das nach Plastik und Sägemehl schmeckte.
Sie sprach kein Wort mehr, weder mit Betty noch mit irgendwem sonst. Und das würde bestimmt die nächsten Tage so bleiben. Als sie das leere Geschirr auf das Fließband stellte, das hinunterführte in die Geschirrspülerei – wo dem Gerücht zufolge alle großen Karrieren dieses Kontinents ihren Anfang nahmen –, stand der Typ mit dem roten „P" wieder hinter ihr. Abermals ganz plötzlich und unvermittelt.
Doch diesmal war er ernst, erschreckend ernst.
Er griff nach Monicas Hand und sagte nur: „Komm mit!" und zog sie einfach hinter sich her durch den ganzen *Coffee-shop*. Sie wehrte sich nicht. Kein bißchen! Und darüber wunderte sie sich eigentlich den ganzen Weg über.
Er verließ mit ihr, immer noch Hand in Hand, das gotische Gebäude und führte sie quer über den gepflegten Rasen. Die Blätter der hundertjährigen Ulmen bildeten ein hohes, grünes Dach über ihnen. Verirrte Sonnenstrahlen fielen auf die bemoosten Statuen verblichener Gelehrter. Und vom Cleveland-Memorial-Tower mit seinem Zuckerbäcker-Filigran drang der schüchterne, metallische Schlag der Uhr herüber. Ein dünnes Plagiat des Londoner Big Ben.
Vor der ehrwürdigen Nassau-Hall hatten sich Männer und Frauen im Talar und mit viereckigen Baretten eingefunden und standen, in kleinen Gruppen wartend und ein wenig verloren, herum.
Monica und dieser Typ mit dem roten „P" verließen den *Campus* – immer noch Hand in Hand –, überquerten die Hauptstraße der kleinen Stadt mit ihren niedrigen Häusern. Die lag ausgestorben da, mittäglich, sommerlich.
Eine Politesse malte Kreidestriche an die Reifen der abgestellten Wagen und steckte Strafzettel für zu langes Parken unter die Scheibenwischer. An den Straßenecken dösten überzeugte Gläubige und hielten träge ihre Zeitschrift, den „*Watchtower*", den „Wachturm", nichtvorhandenen Passanten entgegen.
Princeton hielt Siesta.

Immer noch lief Monica hinter diesem fremden Menschen her, wußte nicht wohin, wagte nicht zu fragen – verdammter Akzent –, stumm und gefügig.
Sie bogen in eine kleine, schmale Seitenstraße ein.
Es war die Straße der Buchhändler. In den Fenstern der kleinen, weißgestrichenen Holzhäuser türmten sich die *hardcovers* und *paperbacks*, die Taschenbücher und antiquarischen Schwarten aller Fakultäten, in allen Sprachen.
Exakte Naturwissenschaften standen neben der Theologie, Psychologie und Soziologie gab es am laufenden Meter.

Der Typ mit dem roten „P" zeigte, ohne sein Tempo zu vermindern, auf die andere Straßenseite. Dort lag hinter einem hohen, schmiedeeisernen Gitter mit goldenen Spitzen der Friedhof des Ortes.
„Du weißt es hoffentlich!" Er sah sich kurz zu Monica um.
Aber sie wußte es nicht, schüttelte nur stumm den Kopf.
„Was denn – nein?" Er schien es nicht zu fassen.
„Nein!"
„Dort drüben liegt euer Einstein begraben!"
Ach so, dachte Monica. Richtig. Der Einstein. Der hat hier gelebt und gelehrt und ist hier gestorben. Dann hat man ihn wunschgemäß verbrannt – mit Ausnahme des Gehirns. Das landete zur weiteren Untersuchung in einem Glas mit Formalin. Einstein. Auch so ein Kraut, ein Fritz, na ja, wie man's nimmt. Aber sicher und hoffentlich auch mit so einem verdammten Akzent ...
Aber schon blieb ihr Begleiter wieder plötzlich und unvermittelt stehen: „Wir sind da!"
Ein kleines Ladengeschäft, halb Bäckerei, halb Käseladen, aber andererseits auch wieder Drogerie und *Coffee-shop* in einem. Das Fenster hing voll mit heiteren Reklamesprüchen, und vor der Theke drängten sich die Studenten aller Semester.
„Hier gibt's *frozen joghurt*."
„Was bitte?"
„*Frozen joghurt*! Ist zur Zeit wahnsinnig ‚in'. Schmeckt ähnlich wie Softeis, nur viel gesünder."

Sie reihten sich in die Schlange ein, und dann schmiß dieser Typ mit dem roten „P" auf der Brust, dieser *sunny boy* mit seinem unverschämten Charme, eine Runde.

5 In den nun folgenden Wochen und Monaten erhielt das Ehepaar Meier-Reinsberg, das eine kleine Buchhandlung in Gauting bei München betrieb, in den spärlich eintreffenden Briefen der Tochter Monica nur ungenaue Informationen über Studienerfolge und den *American Way of Life* im allgemeinen, über das miserable Mensaessen, das die einheimischen Kommilitonen als gar nicht ungewöhnlich in Kauf zu nehmen schienen, über sporadische Partys bei Coke und *candle-light*, über gelegentliche Ausflüge nach New York, zu Broadway-Aufführungen und Besuchen in der Met, nach Philadelphia und in das zerfallende Seebad Atlantic-City. Aber immer und mit penetranter Ausführlichkeit wurde über einen gewissen Mike Shepard geschrieben, der Astrophysik studierte, aber kaum Zeit dafür hatte, denn er war Vize-Kapitän der Universitäts-Football-Mannschaft, was ihm ein dickes Stipendium einbrachte. Noch immer galt im Land der Pioniere Sport wesentlich mehr als trockene Wissenschaft.
Er war zwei Jahre älter als Monica und offenbar immer für sie verfügbar.
Er wohnte am anderen Ende des *Campus* in einem neuerbauten *dormitory*, zusammen mit zwei anderen Sportskameraden.
Die puritanische Tradition erlebte in einer maximalen geographischen Trennung der Geschlechter – zumindest bei Nacht in den universitätseigenen Schlafstätten – eine gewisse Befriedigung.
So konnte man, wie schon gesagt, in Princeton auch mit wenig Geld studieren – aber nicht ohne Wagen.
Aber das stand natürlich in keinem der Briefe.
Erwähnt wurde, allerdings, das Schicksal von Mikes Vater. Der war ebenfalls Wissenschaftler und als gesuchter Mathematiker in den fünfziger Jahren bereits zur NASA nach

Huntsville/Alabama an das Marshall-Space-Flight-Center gegangen und an den Reisen zum Mond im Jahre 68 namhaft beteiligt. Als er fünfzig geworden war, hatte man ihn im Zuge einer „Umstrukturierung" schlichtweg gefeuert. Jetzt gab er aushilfsweise Unterricht an einer Grundschule in Boston – nach vier arbeitslosen Jahren.
Das Schicksal des Vaters hatte Mikes Liebe zur Wissenschaft merklich gebremst. Sport zahlte sich offenbar aus, und das Studium als Basis für ein ganzes Leben, das war offensichtlich eine Illusion in dieser Zeit.
„Und du, mit angelsächsischer Literatur, was soll das, was nutzt dir das?" wollte Mike von Monica wissen.
„Oh, 'ne ganze Menge. Ich weiß immerhin, was Hemingway sich bei seinen Geschichten gedacht hat!"
„Weiß ich auch – ich habe ihn einfach gelesen!"
„Nein", entgegnete Monica, „ich meine ‚wirklich' gedacht hat. Das erfährt man erst, wenn man die ‚Sekundär-Literatur' über ihn studiert. Man muß wissen, was Leute, die kompetent sind, sich denken, was er sich gedacht hat!"
„Fabelhaft!" sagte Mike. „Aber wenn diese kompetenten Schwachköpfe, denen einfach das Hirn und der Schwanz dieses Hemingway fehlen – sonst würden sie doch schreiben, was sie sich selber denken –, wenn diese Fachidioten sich nun einfach täuschen, wenn er sich das, was sie glauben, daß er sich gedacht haben könnte – eben nicht gedacht hat? Was dann?"
Ja, was dann?
„Du, Mike, also so kann man Wissenschaft nicht betreiben . . ." Monica seufzte. Es war schwierig, gegen Mike und seine Sportlerlogik, die immer so einfach und vernünftig schien, zu argumentieren.
Aber sie versuchte es trotzdem, immer und immer wieder: „Ohne Theorie, verstehst du, keine Hypothese. Und ohne Hypothese, ohne den Versuch der Wahrheitsfindung . . ."
Weiter kam sie nicht.
Weiter kam sie selten.
Mike brauchte sie in solchen Fällen nur anzulächeln – und Monicas Logik war blockiert.

Der Rest des Abends endete stets unwissenschaftlich.
So lernte sie, zumindest im Dämmerlicht der langen Herbst- und Wintertage, die sanft geschwungene Parklandschaft New Jerseys aus der Sicht von Mikes altem Chevi kennen.
Daß sie die Zwischenexamen alle schaffte, erschien ihr manchmal als Wunder. Und in den entscheidenden Phasen war Betty, die Zimmerkollegin aus Massachussetts, gut genug, mit ihr nächtelang die geheimen Hintergedanken der angelsächsischen Literaten zu büffeln.
Der Sommer kam, und mit ihm das Trainingscamp der *football-champions* mit dem roten „P" auf Cape May, das weit hinaus in den Atlantik reichte.
Nächte am Strand, ein Lagerfeuer, Mike sang zur Gitarre, irgendwann sang sie mit, denn der „verdammte Akzent" war fast völlig verschwunden. Ihr ordentliches Schulenglisch war unmerklich und nahtlos in einen perfekten Ostküsten-Slang übergewechselt.
Als ständige Begleiterin des *Vice-Captain* hatte sie Privilegien. Aber abgesehen davon, der Liebling der Gruppe war sie schon lange. Sie wurde eingeweiht in die komplizierten taktischen Regeln und Absprachen der „P"-Offensiven, die in allen Colleges der Ostküste gefürchtet waren. Wenn „ihre" gepanzerten Männer unter Sturzhelm, mit Schulter- und Nierenschutz, mit Stahlbügeln vor Nase und Kinn auf die gegnerische Mannschaft prallten, daß die Funken flogen, rannte sie am Rand des Spielfeldes mit von Angriff zu Angriff.
Mike war stolz auf Monica. Nicht nur, weil sie hübsch war und ein fabelhafter Kumpel, sie war auch die erste Europäerin, die *football* nicht brutal oder einfach nur komisch fand, sondern die sich ernsthaft bemühte, die verschlungenen *rules* zu begreifen.
So begann das zweite Jahr in Princeton, das zweite Jahr einer Romanze, die den beiden so intensiv, so selbstverständlich und auch so absolut ungefährdet erschien, wie das heutzutage nur noch selten bei partnerschaftlichen Bindungen unter Studenten möglich scheint.

„Wo ist dein Paß?"
Mike war überraschend auf Monicas Bude gekommen und stand nun hinter ihr.
„Mein Paß?"
„Ja, dein Paß!" Mike lächelte verschmitzt, blieb an der Tür stehen und wartete.
„Such deinen Paß und komm mit!"
Sie suchte ihn, fand ihn auch sofort und sah Mike neugierig an: „Wir wollen verreisen?"
„Dazu brauchst du in diesem Land keinen Paß – nicht mal rüber nach Kanada – nicht mal nach Mexiko. Komm!"
Er ging schon voraus in das düstere, neugotische Treppenhaus mit seinen geschmacklosen, bunten Fenstern.
„Wozu dann den Paß?"
Monica war hinterhergekommen, zögernd, mißtrauisch, das grüne Dokument ihrer Nationalität in der Hand – Kraut, Fritz, Fraullein –, und blieb nun abwartend stehen.
Eine halbe Treppe tiefer standen Donald Arthur, Sidney, Philip Jordan, Richard C. Sperling, standen Harold und Betty, William und Maude, Irving und Phil Russel und noch einige andere, die komplette Clique stand da herum und starrte hoch zu Monica, und alle wußten etwas und grinsten und schienen etwas zu verbergen.
„Na, los, red schon: wozu der Paß?"
„Ach, nichts – nur, Markovicz möchte dich kennenlernen."
„Wer ist Markovicz?"
„Markovicz. Reverend Markovicz von der *Baptist Church*, draußen am *highway-number-one.* Der Pope, dessen Namen du immer vergißt. Der will Miß-Muller-Meier-Schmitz kennenlernen. Das ist alles!?"
Monica biß sich auf die Lippen – sollte sie weinen oder lachen . . .
„Mike . . .!?"
„Ja?"
„Was will der Reverend mit meinem Paß?"
Mike sah sich um, lächelte zu seinen Freunden hinüber, zuckte die Schultern: „Keine Ahnung. Wahrscheinlich will er

sehen, wie lange er noch gültig ist, und dann das übliche: Name, Geburtstag, Geburtsort. Ich habe ihm das zwar alles schon durchgegeben, aber der Reverend ist sehr gewissenhaft und arbeitet streng nach dem Gesetz, dem *state-law*. Verstehst du?"
„Nein!"
„Hm. Ich weiß nicht, wie ich das erklären soll. Du brauchst auch einen Zeugen. Du kannst wählen. Alle sind mitgekommen. Aber einer genügt. Mein Zeuge ist Donald."
Monica war immer noch etwas sprachlos. Aber dann dachte sie, wenn das alles ohnehin völlig anders zu laufen scheint, als sie sich das in ihren Mädchenträumen gedacht hatte, dann war's wohl das beste mitzuspielen.
„Mike . . ."
„Ja?"
„Ich hoffe, du hast mit Papa gesprochen!"
„Natürlich! Gestern abend!"
„Ich meine meinen Papa, nicht deinen. Deiner hat ohnehin nicht viel zu sagen."
Mike winkte ab: „Mit deinem Papa, natürlich, mit Mister Muller-Meier-Schmitz in Munich, Bavaria. Gestern abend um zehn. Ich habe leider vergessen, das mit der Zeit in Europa. Bei ihm war es morgens um vier. Er war sehr überrascht und sehr schnell wach. Ich glaube, er hat nichts dagegen. Familie Muller-Meier-Schmitz ist sehr glücklich, glaube ich."
„Glaubst du?"
„Ja. Er hat gesagt, er weiß schon alles über mich, und er wartet eigentlich schon lange auf den Anruf. Und er findet das sehr anständig von mir. Und mit Missis-Muller-Meier-Schmitz senior habe ich auch kurz gesprochen, sehr kurz. Ihr Englisch ist miserabel, und ich glaube, sie hat geheult. Sie hat irgendwas gesagt, du wärst katholisch oder so . . ."
„Stimmt. Aber nicht sehr."
„Ja, das habe ich auch gesagt. Und daß das mit Markovicz schon *gebongt* ist. Und daß es eine Hochzeit wird in Weiß!"
Monica kam vor an das reichgeschnitzte Treppengeländer, schaute hinunter auf die fröhliche Clique, auf Mike . . .

„Alle haben es gewußt. Allen hast du es erzählt. Und mich hast du nicht gefragt ...“
„Ja, stimmt. Ich hab immer so Angst, daß du heulst!“
Monica schluckte tapfer sämtliche Klöße runter, die in ihrem Hals saßen.
„Ich heul' ...“ Sie schluckte noch mal, bevor sie weitersprechen konnte: „Ich heul' bestimmt nicht! Verlaß dich drauf!“
„Okay ...!“ Mike kam die Stufen wieder hoch, die er vorhin hinuntergeflüchtet war.
„Okay – Miß-Muller-Meier-Schmitz: Willst du Missis Mike Shepard werden?“
Monica wartete zehn lange Sekunden. Da war man nun modern und emanzipiert, und jetzt hatte man Angst, daß einem die Stimme wegblieb – einfach nur so. Und vorher räuspern gilt nicht. Und die Zeugen auf dem Treppenabsatz starrten sie alle erwartungsvoll an. Aber überraschenderweise ging alles glatt, laut und deutlich und fast ein wenig zu selbstsicher kam es: „Ja ...! Ja, sicher ... natürlich ... warum denn nicht?“

6 Als Mister und Missis Mike Shepard durch das große Tor des Blair-Tower in den *Campus* zurückkehrten und langsam die große Treppe hinunterschritten, schallten ihnen Applaus und Hochrufe entgegen. Eine stattliche Anzahl von Kommilitonen, Dozenten und Professoren hatte sich eingefunden. Einige warfen Reis, andere Konfetti, ohne über den tieferen Sinn dieser Rituale groß nachzudenken.
Die Blätter sind ja fort ... dachte Monica, die Blätter der hundertjährigen Ulmen, der Platanen und Linden. Kahl und starr standen die Bäume vor den bizarren Fassaden dieser neugotischen Kulisse. Nichts war mehr hinter dem Blattwerk des Sommers verborgen. Kalt und grafisch ragten Giebel, Zinnen und Türmchen in den grauen Novemberhimmel.
Seit ein oder zwei Wochen mußten sie schon kahl sein, die Bäume. Und Monica hatte es nicht bemerkt.
Aber warum, dachte sie, sehe ich es jetzt?

Plötzlich war dieser lange Sommer vorbei und dieser kurze, bunte Herbst, den sie *indian summer* nannten, mit seinem für Europäer geradezu unglaublichen Farbenspiel.
Monica stand ganz ernst am Fuße der Treppe, schüttelte Hände, wurde umarmt, gab Wangenküsse – und war plötzlich weit weg.
„Was ist – he?" Mike schaute herüber zu ihr.
Sie schüttelte den Kopf, versuchte diesen Anflug einer düsteren Ahnung loszuwerden: „Nichts ist, Mike, nichts . . .!"
Aber dann spielte die Musik, Ronnie und seine Band produzierten *country music* par excellence, und auf dem Rasen vor der „Holder-Hall" begann ein improvisierter *square dance*, dem sich immer mehr Paare anschlossen. Von allen Seiten strömten Neugierige aus den *dormitories* und Seminaren, angelockt von der Musik und dem rhythmischen Klatschen der Umstehenden.

Da träumt man zehn Jahre lang oder noch länger von diesem Tag, und plötzlich ist er da – und in ein paar Stunden ist er schon wieder vorbei, dachte Monica, während sie in die Hände klatschte, sich drehte, fünf Schritte vor, fünf zurück, zwei nach links, zwei nach rechts, Partnerwechsel, Drehung und so weiter.
Alles war ganz anders gekommen. Ich bin hier, bin hier, bin hier, und ringsherum ist das riesige Amerika.
An der linken Hand blinkte ein Ring – aber die Hände waren immer noch ihre Hände, waren immer noch die gleichen.
Bin ich denn glücklich? fragte sich Monica, richtig glücklich, nicht nur einfach *happy* oder so – und auf einmal wußte sie's nicht mehr.
„*How much is anyone worth? . . .*"
Um 7.35 pm, pünktlich nach den ersten Abendnachrichten, kam im Radio ihr Lied.
„Was ist der Mensch wert? . . ."
Sie saßen alle in der Tischtennishalle, waren vor dem plötzlich einsetzenden Nieselregen dorthin geflüchtet und hörten es sich an. Großer Jubel, große Rührung.

„*What is the value of a life . . .*"
„Was ist so ein Leben denn wert?
Egal ob's Glück oder Ärger beschert,
das in Geld zu messen ist sicher verkehrt,
aber was war's am Ende denn wert?"

Victor Young vom Radio kam persönlich herüber und brachte einen Scheck. 250 Dollar. Unfaßlich! Soviel Geld für ein Lied. Allerdings kaufte er damit alle Rechte für alle Zeit.
Auch gut. Eine gemästete Taube in der Hand – statt einem bunten Fasan, von dem man nur träumt, auf dem Dach. Wer weiß, ob er es je weiterverkaufen kann. Das war nun sein Risiko.
Und Donald Arthur lud daraufhin alle in den Victoria-Pub ein zu *Sirloin Steak* mit gebackenen Idaho-Kartoffeln und mit „*beer as much as you can drink*", Bier, soviel reingeht in dich. Das war das neueste Werbeangebot dieses Lokals zum Kampfpreis von 3.95. Wenn nicht allzu viele mitkamen, blieb ihm sogar noch etwas übrig von seinem Scheck.
Mehr als ein Liter ging in keinen von ihnen rein. Und bei diesem dünnen Gebräu blieben sie alle nüchtern.

Auch Monica und Mike. Die waren plötzlich verschwunden, hatten sich in den alten Chevi gesetzt und waren hinausgefahren in die nächtliche, herbstliche Parklandschaft, um allein zu sein, um sich zu lieben. Denn die *dormitories* blieben getrennt. Die Universitätsverwaltung machte keine Ausnahme bei jung verheirateten Paaren.
Sie hätten sich ein Zimmer nehmen können in einem der Motels entlang der *number-one.* Aber diese Idee war ihnen zu spät gekommen. Ab morgen dann, ab morgen, jede Nacht, auf der langen Reise, die nun vor ihnen lag, und jede weitere Nacht ihres langen Lebens . . .

„Mike, du, ich hab' Angst . . .!"
„Wovor?"
Der Scheibenwischer schlug hin und her in seinem stereoty-

pen Takt. Mike hatte vergessen, ihn abzuschalten, und war jetzt zu träge, um nach vorn zu klettern.
„Wovor hast du Angst?"
Der Regen pladderte auf das Blech der alten Karosserie, Windböen brachten das Gefährt zum Schaukeln.
„Hast du Angst vor der Zukunft – unserer Zukunft?"
Monica schwieg immer noch.
Wie Gespenster ragten die kahlen Büsche und Weidenstrünke am Ufer des Millstone-River in den Himmel. Die tiefhängenden Wolken schimmerten im Lichtreflex der kleinen Stadt, die hinter Wald und Hügeln verborgen blieb.
„Du, mein Stipendium läuft noch zwei Jahre. Ich hoffe, daß die *boys* in guter Form bleiben. Vielleicht wird es auch verlängert. Und die professionellen Vereine suchen laufend Trainer für ihre Junioren-Mannschaft. An der Westküste zum Beispiel ..."
Aber da brach er ab.
Die Scheinwerfer der Wagen, drüben auf der *number-one*, geisterten über die Landschaft. Die weißgestrichenen Ruinen der leerstehenden Farmen leuchteten kurz auf, versanken wieder, tauchten unter in dieser Nacht.
„Ich könnte auch vorbeischauen, sie liegen am Weg – ich meine die großen Observatorien. Die suchen Praktikanten zur Auswertung ihrer Serienfotos und der Computerausdrucke. Lick-Observatory, zum Beispiel, bei San Francisco. Gehört zur Stanford-University. Mount-Palomar ist sicher zu überlaufen. Aber Kitt-Peak bei Tucson, Arizona. Da ist ein neuer Schwerpunkt entstanden. Vier Observatorien. Es ist nur ein kleiner Umweg von unserer Route. Was meinst du?"
Doch Monica schwieg immer noch.
Sie faßte seinen Nacken, zog ihn herunter zu sich, preßte ihn an sich, spürte seine Nähe, seine Wärme, seine Haut auf der ihren, seinen Atem.
„Du verstehst mich nicht." Sie sprach leise und dicht an seinem Ohr. „Ich hab' einfach Angst – und wenn ich wüßte wovor, wär sie weg!"
Er verstand sie wirklich nicht.

Er ahnte nicht mal, was sie fühlte oder meinen konnte.
Er liebte sie, er war trainiert und kräftig und optimistisch, es gab nichts, was er nicht schaffte, wenn er es nur richtig anpackte. Er konnte für sie beide sorgen, wenn sie nicht plötzlich unangemessene Ansprüche stellte. Sie hatten eine große Reise vor sich: Ich zeig' dir mein Land, hatte er gesagt. Einen ganzen Monat lang oder auch zwei. Denn dieses Land war ein Kontinent, fünftausend Kilometer breit und zweieinhalbtausend lang – oder wenigstens fast. Und es gab mehr zu sehen als auf jedem anderen Kontinent dieses Planeten. Er war bereit, es ihr zu zeigen – solange der alte Chevi ebenfalls dazu bereit war.
„Also, was ist?"
„Was soll sein?"
„Immer noch Angst?"
„Ich weiß nicht."
Sie tastete über seinen Rücken, über seinen Nacken, spürte die Muskeln – *football* verlangt ganze Kerle, das war er nun wirklich, ein ganzer Kerl. Sie war bereit, ihm die Astrophysik bei Gelegenheit auszureden, nein, nicht jetzt, irgendwann. Aber bestimmt rechtzeitig, bevor er hinter Schreibtischen, Computer-Terminals und den Okularen irgendwelcher Fernrohre verkümmerte.
Immer noch tickte der Scheibenwischer, fauchte der warme Luftstrom der Heizung gegen die Decke. Die Scheiben waren inzwischen völlig beschlagen. Mit dem nackten Fuß wischte sie sich ein Guckloch frei und sah die Lichter der Fahrzeuge drüben auf dem Highway vorüberziehen. Unablässig strömte der Verkehr vom Süden hinauf nach New York. Die Aluminiumflächen der Vierzig-Tonnen-Riesenmonster glänzten auf in den Lichtern der Gegenfahrbahn.
Das brummte und dröhnte eine halbe Meile weit oder noch mehr in das Land.
Vom Armaturenbrett her leuchteten schwach und grün die Ziffern der Uhr: es war kurz nach zwölf. Mitternacht.
Das also war dein Hochzeitstag, dachte Monica. Der erste Tag ihrer Ehe hatte begonnen, ganz undramatisch und leise – und

fast hätte sie es übersehen. Der erste Tag vom Rest deines Lebens – wie es in diesem Werbespruch hieß.
Und dann war die Angst plötzlich weg.
Ganz einfach weg.
Was sollte passieren, sie hatte ja ihn – ihn, ihn! Er war da, ganz nah, ganz dicht. Und so nah und dicht würde sie immer bei ihm bleiben, immer. Und sie reckte sich ihm entgegen und preßte sich an ihn und spürte ihn überall, über sich, um sich herum, in sich. Spürte seinen Atem, der immer heftiger wurde, den Schweiß seiner Stirn, seiner Haut. Nichts konnte sie mehr trennen, nichts, weder jetzt noch irgendwann.
Nichts, nie, nichts. Sie war ein Teil von ihm und er von ihr.

Irgendwann fuhr ein Wagen vorbei, sehr nah und ganz langsam. Das Licht flutete herein, erfüllte diesen Raum um sie mit gleißender, blendender Helle. Sie schloß die Augen, spürte es wie Wellen über sich kommen. Sah nicht, wie dieses Licht wieder hinausgesogen wurde in die Schwärze der Nacht. Fiel, fiel mit ihm, mit ihm, irgendwohin, irgendwoher und kam nicht mehr an, blieb schweben, an seinen Nacken geklammert, die Lippen festgesogen an seinem Mund, atemlos, traumlos – und sie wußte, daß sie jetzt und immer glücklich sein würde.
Und dann war es ein Tag wie jeder andere, eine Nacht wie jede andere. Sie küßten sich zum Abschied unter einer dieser hundertjährigen Ulmen, die ihre Blätter verloren hatten, und dann war sie hinaufgegangen in dieses Gemäuer in seiner spukhaften Pseudogotik, und er hatte ihr nachgesehen, bis das Licht aufflammte. Und dann war er über den leeren, stillen *Campus* gegangen, durch diese schlafende Stadt voller Zukunftswünsche und Illusionen, hatte sich auf den Sockel irgendeines gelehrten Mannes gesetzt und auf den Morgen gewartet.

7 Sie fuhren nach Westen – *westward* –, die mythische Verheißung von Freiheit, Sonne und Reichtum, Herausforderung und Versprechen – seit dreihundert Jahren. Und pausenlos strömte der Regen. Die schweren Laster schleuderten Gischt und Nebel hinter sich hoch, ließen die glänzenden Fahrbahnen des *Pennsylvania-Turnpike* mit seinen fünf Spuren in jeder Richtung zu einem einzigen, ungewissen Strom verschwimmen.
Aufgemalte Blumen und Herzen und die Aufschrift *just-married* hatte der Regen längst von dem alten Chevi wieder abgewaschen. Die angebundenen Blechdosen hatten sie bereits vor der Einfahrt in die *number-one* verloren.
Jetzt fuhren sie Stunde um Stunde, schwiegen, hörten Musik, überquerten die Berge der Appalachen, der Alleghenys, ohne viel davon zu spüren, außer den sanften Schwüngen und den unmerklichen Steigungen des *Turnpikes.*
An den Zollstellen hielten sie nur für Sekunden, warfen Münzen in die Fangkörbe der Mautkassen, warteten auf grünes Licht und fuhren weiter.
Irgendwo rechts lag Pittsburgh, als sie auf dem *Interstate Nummer 70* weiterfuhren, einen kleinen Zipfel von West-Virginia durchquerten und schließlich Ohio erreichten.
Außerhalb von Columbus steuerten sie ein Motel an.
Es regnete immer noch.
Den Rest des Abends verbrachten sie vor einem schlecht eingestellten Farbfernseher in diesem winzigen Hotelraum mit dem großen Bett. Auf elf Kanälen kam die weite Welt zu ihnen ins Zimmer, mit Sport und Werbung und immer den gleichen Serien. Sie aßen Mitgebrachtes aus der Tüte, holten sich Sprite und Coke und die obligatorischen Eiswürfel aus den Automaten draußen auf dem Gang.
Dann schliefen sie erschöpft und eng umschlungen, während das weiße Band der Autobahnen und Highways durch ihre Träume zog.
Es regnete weiter, ohne Unterlaß, als sie am nächsten Tag Indiana durchquerten und Illinois. Die blauen Wegweiser, die hoch über ihnen aus dem Regen auftauchten und wieder ver-

schwanden, trugen vertraute Namen: Indianapolis, Cincinnati, Chicago. Aber das Land veränderte sich nicht.
Es war Nacht geworden. Lichterketten spiegelten sich auf dem nassen Asphalt. Leuchtreklamen flackerten in allen nur denkbaren Farben.
Supermarkt, *Coffee-shop*, Tankstelle, Motel, Supermarkt, Tankstelle, Tankstelle, Motel, Motel, Motel ... dann wieder finstere Nacht. Eine Stadt glich der anderen.
St. Louis. Weit in der Ferne eine erleuchtete *Skyline*, auf die man durch endlose Vorstädte zurobben mußte, ein verwirrender Verkehr über zahllose, sich überschneidende Hochstraßen – und schließlich die Brücke. Die Brücke über den Mississippi: Sie waren im Westen.
Allerdings, der Westen war weit – noch über dreitausend Kilometer trennten sie von der Küste des Pazifik. Das Farmland von Missouri und Kansas war öde und flach: Die abgeernteten Weizenfelder, die spärlichen, weit auseinandergelegenen Farmen mit ihren rotgestrichenen Scheunen, die unendlichen, schnurgeraden Straßen.
Der Bilderbuch-Westen, die Rocky-Mountains, die sich hinter Denver, Colorado, unvermittelt und schneebedeckt erhoben, die Naturparks, die grandiosen Landschaften, die eine aggressive Plastik-Kultur auch mit größten Anstrengungen nicht kaputtmachen konnte, das alles mußte, wie zu Zeiten der Planwagen, erst erkämpft werden.

Postkarten trafen in Princeton ein, in Boston, in Gauting bei München und beim Muller-Meier-Schmitz-Bruder in Heidelberg. Denver, Salt-Lake-City, Reno, Sacramento, San Francisco. Begeisterung im Telegrammstil. Angedeutete Routen und Ziele. Selten ein Datum.
Für Vater Shepard die Ansicht des Lick-Observatoriums mit dem Hinweis auf eine Chance, dort im nächsten Jahr unterzukommen. Das gleiche aus Tucson, Arizona, mit dem Bild der weißen Kuppeln auf dem Kitt-Peak.
Für Betty Ansichten aus Las Vegas. Die Hauptstraße bei Nacht mit ihren tausend Lichtreklamen und dem Hinweis,

daß das Ehepaar Shepard fünf Dollar verspielt – aber ganze drei Dollar wieder zurückgewonnen habe.
Für Donald Arthur: „Haben Dein (unser) Lied im Radio gehört! KOWK-Kanal 3! – Hoffentlich waren die 250. – $ ein gutes Geschäft!“
Los Angeles: „Grüße aus Hollywood – aber keiner entdeckt uns!“ Death Valley, Yosemite-Nationalpark, der Strand von Monterey, Grand Canyon, Monument Valley.
„Was für ein Land!“ schrieb Monica an ihre Eltern.
Und: „Wir haben noch drei (!) volle Wochen!“
Im Zickzackkurs schienen die beiden mit dem ehrwürdigen Chevi die Sehenswürdigkeiten des Westens und Südwestens ohne Ausnahme abgefahren zu haben.
„Wir haben schon über viertausend Meilen“, stand auf der letzten Karte aus Tucson, „und freuen uns auf New Mexico und Texas – und auch schon ein ganz klein wenig wieder auf zu Hause!“ . . .
Und damit verlor sich ihre Spur.

8 Ein alter, dunkler Chevrolet fuhr einsam und mit den vorgeschriebenen fünfundfünfzig Meilen pro Stunde auf dem *Interstate-Highway Nummer 10* nach Osten.
Es war später Nachmittag. Die bereits tiefstehende Sonne beleuchtete das braunrote, dürre Steppengras der Prärie, die sich bis zu den fernen dunklen Bergen dehnte, mit einem warmen, gelben Licht.
Die Hitze des Tages war noch nicht verflogen. Sie flimmerte über der Fahrbahn, die sich meilenweit schnurgerade durch New Mexico zog. Die wenigen Überlandlaster, die entgegenkamen, schienen auf einer Wasserfläche zu schweben.

Das junge Paar in dem alten Chevrolet hatte die Fenster heruntergekurbelt. Der heiße Fahrtwind wirbelte ihnen durchs Haar, brachte kaum Kühlung, machte die Hitze aber wenigstens erträglich.

„Wie weit fahren wir noch?"
Monica hatte sich an Mike geschmiegt und hielt die Augen geschlossen.
„Weiß nicht ..."
Er steuerte mit der linken Hand, hatte den rechten Arm um Monica gelegt.
Sie blinzelte in das gleißende Licht, das über dieser unendlichen Ebene lag.
„Wo sind wir?"
Er blickte kurz auf den Tacho. „Fünfzig Meilen hinter Deming."
„Aha ..."
„Ja, du hast es verschlafen – aber du hast nichts versäumt."
Sie räkelte sich, versuchte die lahmen Beine auszustrecken, dann verkroch sie sich wieder an Mike.
„Was kommt als nächstes?"
Mike versuchte einen Blick auf die Karte zu werfen, die er am Aschenbecher festgeklemmt hatte.
„Las Cruces, glaub ich. Dort kreuzt der *Interstate 10* die Nummer fünfundzwanzig. Wir müssen nach Süden. El Paso. Das liegt an der mexikanischen Grenze. Was meinst du, fahren wir rüber?"
„Heute?"
„Ja, nach Mexiko!"
Monicas Finger hatten eine offene Stelle an Mikes Hemd gefunden und waren dichter zu ihm geschlüpft.
„Du, Mike ..." Sie atmete tief.
„Ja?"
„Ich glaube, ich brauch bald ein Bett ...!"
Er sah sie aus den Augenwinkeln an, aber sie hatte sich fest an ihm verkrochen.
„Jetzt schon? Es ist erst halb sechs ..."
„Schon lange!" Ihre Fingernägel hatten eine besonders weiche Stelle an seinem Hals gefunden.
„So müde? Du hast zwei Stunden fest geschlafen."
Sie schüttelte den Kopf und blinzelte ihn unternehmungslustig an: „Nein. Müde überhaupt nicht!"

Sie schloß wieder die Augen und schickte ihre Fingerspitzen weiter auf Erkundung.

Mit röhrendem Lärm donnerte ein riesiger *Truck* an ihnen vorbei. Ein Luftschwall drückte in den Wagen und ließ ihn schlingern.
Monica schreckte hoch, und Mike nahm die zweite Hand ans Steuer. „Idioten!"
Sie wischte sich die wirbelnden blonden Haarsträhnen aus dem Gesicht und schaute hinter dem Vierzig-Tonnen-Monster her.
Mike blickte in den Rückspiegel, aber die Straße hinter ihm lag ausgestorben und leer.
„Die halten sich nicht an fünfundfünfzig Meilen. Wenn ich nur eine Meile drüber . . . Gleich kostet das Ticket zehn Dollar. Die Burschen stoppt keiner!"
Langsam war der *Truck* davongezogen, begann sich in der flirrenden Hitze aufzulösen und verschwand schließlich völlig am Horizont. In einer weiten Schleife senkte sich dort die Straße von der Hochebene hinunter in das Tal des Rio Grande.
Die Organ-Mountains, die Orgelberge auf der anderen Seite, strahlten mit ihren bizarren Zacken gelbrot in der Abendsonne, als Mike und Monica den Abbruch in das Tal erreichten.

Das glitzernde Rinnsal, das flach und träge sich durch grünschimmerndes Buschwerk und Uferdickicht schlängelte, der Rio Grande, war jedem Westernfan ein Begriff.
Hinter dem Fluß lag die Stadt: Las Cruces.
Sie war ausgewalzt wie ein Pfannkuchen über die ganze Breite des Tales, durchschnitten von den beiden sich kreuzenden *Interstate-Highways.* Daran aufgereiht: zwei Dutzend Tankstellen, zwei Dutzend Motels, Supermärkte, Imbißstuben, *Coffee-shops,* die Abstellplätze der Gebrauchtwagenhändler mit bunten Schildern und flatternden Fähnchen und, etwas sparsamer ausgestattet, Brachland mit Schrott und Autowracks.
Dazwischen zerfallene Häuser, aufgelassene Läden, ein Ab-

stellplatz für *Mobil-Homes* und der Schienenstrang der legendären *Santa-Fe-Railroad.*
„Las Cruces", sagte Mike, als sie die Brücke über den Fluß hinter sich hatten. „Las Cruces, New Mexico."
Monica knöpfte sich die Bluse ordentlich zu, fuhr mit den Händen durch das zerzauste Haar und hielt nach einer passenden Bleibe Ausschau.
„Town-House-Motel – Farbfernsehen, Billard, Kartenspiele."
Aber das erstbeste hatte bei ihnen keine Chance.
„Paradise-Motel – Spezialpreise für Senioren."
„Demnächst vielleicht", sagte Monica.
„Royal-Host-Motel-Restaurant – *Free Breakfast, Cable-TY, Poor Man's Hilton*" – das Hilton des kleinen Mannes.
Die Reklameschilder überboten sich gegenseitig mit windigen Versprechungen und ungewissen Preisvorteilen: „*Weekend-Arrangement, Family-Rates, Dinner-Discount, Kingsize*-Betten, *Free Coffee, Free Cocktail, Free Car-Wash* . . ."
„Alles so ausgestorben und leer", wunderte sich Monica. „Kein Mensch auf der Straße."
„Sonntag!" Mike schaute sich um. „Wer wohnt schon im Zentrum."
Zentrum? Sie hatten es fast hinter sich.
„Las Cruces Inn. Sieht gut aus, wirklich!"
Mike warf einen kurzen Blick darauf: „Teurer Schuppen!"
„Glaub' ich nicht." Monica schaute zurück. „*Special Rates.*"
„Spezialpreise haben sie alle!" Mike blieb skeptisch.
„Best Western Motel", „Palms Motor Hotel", „Colonial-Motel", „Desert-Lodge", „Imperial-Sky-Motel", „Chaparral-Motor-Inn", „Town-House-Motel" . . .
Monica las die Namen, die Anpreisungen, die Sondertarife, die angekündigten Annehmlichkeiten.
„Mike, was ist los? Was hast du gegen Las Cruces?"
„Nichts, wirklich nichts!"
„Es klingt so hübsch – Las Cruces . . ."
„Ich dachte nur – El Paso . . . nur noch vierzig Meilen . . ."
„Eine Stunde!"
„Nicht ganz. Aber wir sind an der mexikanischen Grenze."

„Morgen! Morgen ist auch ein Tag. Wir haben doch Zeit, oder?"
Sie kuschelte sich dicht an ihn.
„Ist es so dringend?" Er fuhr ihr über das zerzauste Haar und küßte es.
„Ja! ! !"
Sie hatten das Ende der Stadt bereits erreicht. Vor ihnen dehnte sich das Brachland, das in die versteppte Prärie überging, durchbrochen von der gewaltigen Kreuzung der *Highways*, einer qualmenden Mülldeponie, einer Verkaufsfläche für Caravans.
„Laß uns umkehren, Mike, bitte!"
Ihre Finger waren wieder unter sein Hemd geschlüpft.
„Las-Cruces-Inn hat einen *swimming-pool* . . ."
„Du willst schwimmen – ich dachte . . ."
„Hinterher, ja . . ." Sie küßte ihn zart auf sein Ohr. Als das nicht half, fing sie an, sein Ohrläppchen zu benagen.
Aus den Augenwinkeln sah er sie an. An ihrem Lächeln mußte jeder Widerstand zerbrechen. Also hielt er nach einer Umkehrmöglichkeit Ausschau. Er überquerte die Highway-Kreuzung, ging vom Gas.
Da sah er es vor sich liegen, keine halbe Meile entfernt.

9 Ein Motel weit außerhalb der Stadt:

Ein paar staubige Palmen am Straßenrand, ein niederer Bau aus *Adobe*, aus indianischen Lehmziegeln, romantisch, folkloristisch rosa getüncht mit lila Fensterstöcken und Türen.
Ringsherum breitete sich die malerische Einsamkeit der Prärie bis hin zum Fuß der steil aufragenden Berge aus: das hohe, verdorrte Gras in seinem herbstlichen Rotbraun, die verblühten Yuccas. Und das alles eingetaucht in das goldene Abendlicht unter einem azurblauen Himmel.
In die Straße ragte das Schild: „Honeymoon Inn". Zwei verschlungene Herzen flackerten rosa. Das Neonlicht kämpfte tapfer an gegen die Abendsonne.

Darunter stand der übliche Werbeslogan, diesmal jedoch überraschend präzise: *„Room Rate 2 for 7,50 – free coffee!“* Spontan hatte Mike den Wagen in den Innenhof gelenkt.

„Hier?“ Monica betrachtete mißtrauisch die verwitterte Pracht von vorgestern: die schütteren Palmen, die zerzausten Eukalyptusbäume, den Hof voller Unkraut.
Was aus der Ferne romantisch und einladend wirkte, das war aus der Nähe betrachtet nichts als mühsam gestoppter Zerfall.
Mike wandte sich an Monica, er spürte offenbar, wie sich ihr die Haare sträubten: „Ist doch günstig, oder?“
Er sah ihre Zweifel. „Hör mal, siebenfünfzig – für zwei! Und Kaffee umsonst . . .!“
„Pfui, du bist ja geizig!“ Aber sie meinte es nicht ernst. Nur ihre Finger verließen fluchtartig ihren angestammten Platz unter Mikes Hemd. Denn er hatte vor dem *Office* gehalten und ausdauernd gehupt.
„Wenn wir mal Geld haben, übernachten wir im Ritz! Einverstanden?“
Sie nickte: „Sag's mir rechtzeitig, wenn's soweit ist!“
Aber da öffnete sich bereits die Türe zum *Office*.
Eine ältere Frau erschien, ein wenig füllig, ein wenig mütterlich und sehr autoritär.
„Hallo . . .“ Mike beugte sich aus dem Fenster. „Noch was frei?“
Die Alte nickte und zeigte quer über den Hof zur nächsten Ecke. „Dort drüben. Die Nummer zwei.“
Sie trat zurück ins *Office*, suchte den passenden Schlüssel am Brett, während Mike langsam den Wagen vor der Nummer zwei ausrollen ließ.
„Du, hier bleib ich nicht!“ Monica sah sich mit leichtem Entsetzen um. Die morschen Türen, die Autowracks in der Ecke des Hofes, ein räudiger Hund an einer Kette.
„Und so weit weg von der Stadt . . .“
Mike kraulte sie am Nacken. „Ich dachte, wo's doch so dringend ist . . . Aber okay, fahren wir weiter, nach El Paso, suchen dir ein Luxus-Bett!“

Aber da war Monica bereits ausgestiegen.
Die Wirtin watschelte über den Hof, schloß die Nummer zwei umständlich auf, dann grinste sie mit ihrem mütterlichen Charme Mike an, der unschlüssig neben seinem Wagen stand.
„Kein Gepäck?"
„Doch, sicher ..." Er trat auf die offene Tür zu. „Erst mal sehen."
Er verschwand im *Apartment*, und die Wirtin folgte ihm.
„Bisher ist noch jeder geblieben!"
Mike nickte und sah sich um: Behaglichkeit von der Stange. Behaglichkeit?
Ein Tisch mit zwei Stühlen, ein eingebauter Schrank, ein großer Spiegel, Kommode mit Fernsehgerät und ein breites Bett.
Monica betrachtete das Bett und fühlte sich dabei ertappt. Sie wurde rot und ärgerte sich darüber.
„Ist das das einzige *Apartment*, das frei ist?"
Die Wirtin war schon an der Tür, als Monica sie fragte. Jetzt kam sie zurück: „Sieht eines aus wie das andere. Nur hier Nummer zwei – hat ein Super-Bett! ..."
Sie wandte sich wieder zur Tür, aber sie wußte, daß sich die beiden nun ansahen und lachten.
Sie machte Licht an im Bad und drehte den Lautsprecher auf: *Country-music*, natürlich, in diesem Teil des Landes.
„Kommt von der Kassette. Wir machen unser eigenes Programm", sagte sie, als sie sich umdrehte und sah, daß Monica bereits auf dem Bett saß, von dem es hieß, daß es größer sei als die anderen.
„Fein. Ich seh schon, Sie bleiben." Damit schaltete sie auch noch das Fernsehgerät ein und ging.
Mike war ihr nach draußen gefolgt, schloß den Kofferraum auf, holte zwei Taschen heraus.
Die Wirtin beobachtete ihn dabei, dann kam sie näher.
„Ich bring gleich den Willkommens-Kaffee. Ich mach ihn immer frisch. Nicht so wie in anderen Motels, aus der Thermoskanne, ein Aufguß für den ganzen Tag. Nein. Immer frisch ..."

Sie watschelte hinüber zu ihrem *Office*, ohne sich noch einmal umzusehen.
Der Hund an seiner Kette lag im Schatten und starrte herüber zu Mike. Es war totenstill. Kein Wagen auf dem *Highway*, keine Menschenseele auf der Straße. Wind wehte über die Prärie und wirbelte den Staub zu spiraligen Säulen.
Mike ging zur Türe des Nachbar-*Apartments*. Dort steckte ein Schlüssel außen an der Tür. Er horchte, aber es war nichts zu hören.
Mit den beiden Reisetaschen in der Hand ging er die Reihe der *Apartments* hinunter. Überall steckten die Schlüssel.
Als er zur Nummer zwei zurückkam, stand plötzlich und völlig unerwartet die Wirtin hinter ihm.
„Sagen Sie, spricht etwas dagegen, wenn ich jetzt schon kassiere?"
Mike blickte die alte Dame verwundert an.
„Ach, jetzt? Sofort?"
„Ja. Sieben-fünfzig. Das ist so üblich hier, immer vorher. Sie können dann abfahren, wann Sie wollen. Wissen Sie, ich sitz ja auch nicht immer rum, da vorn. Ist ja jetzt tote Zeit hier im Süden. Die Saison beginnt erst in vier, fünf Wochen. Dann ist alles knallvoll. Da müssen Sie schon telefonisch reservieren . . ."
Mike hatte seine beiden Reisetaschen abgestellt und das Geld abgezählt: „Hier."
„Ach ja, schön, ich seh, Sie haben es passend."
„Ja, sieben-fünfzig."
„Na, dann ist ja alles in Ordnung. Der Kaffee kommt gleich. Der ist umsonst."
Sie wandte sich um und war bereits wieder einige Schritte in Richtung *Office* gegangen, als Mike sie noch einmal anrief: „Wo kann man hier essen?"
Sie wandte sich um: „Was sagen Sie?"
„Wo man hier essen kann. Hier, in der Gegend?"
„Hier draußen? Nirgends. Leider. Und auch in der Stadt wird das schwierig sein." Sie war wieder zurückgekommen. „Wissen

Sie, es ist Sonntag. Sonntag abend ist alles zu. Aber wenn Sie weiter nach Osten auf der *Interstate 10* und dann am Abzweig nach Organ, San Agustin Pass . . ."
Mike unterbrach sie: „Es wird doch irgendwo in der Stadt . . ."
Aber sie schüttelte den Kopf: „Ich sag Ihnen doch – Sonntag! Da ist nichts offen. Kein *Coffee-shop*, kein Imbiß. Nur da oben Richtung Organ. Da gibt's ein *Steakhouse.* Billig ist es nicht, aber es soll sehr ordentlich sein."
Mike hatte seine Reisetaschen wieder hochgenommen.
„Na, dann eben nicht. Danke schön."
Aber da hatte die Wirtin bereits eine rettende Idee: „Sandwich. Wissen Sie was, ich mach Ihnen Samdwiches, ja?"
„Das wär' wirklich sehr freundlich."
„Aber erst in einer Stunde oder so. Ich kann vorher nicht weg. Mein Sohn kommt um sieben, löst mich ab."
„Das reicht, wirklich, es eilt nicht . . ."
„O Gott, das Wasser für Ihren Kaffee . . ." Sie drehte sich abrupt um und lief wieder davon, quer über den Hof, und verschwand im Gebäude der Rezeption.

10 Monica lag auf dem Bett, hörte Musik und starrte auf die rissige Decke. Das Fernsehgerät rauschte unerträglich, über den Schirm huschten unidentifizierbare Schatten, aber das schien sie alles nicht zu stören.
„Nicht mal Farbe . . ." Mike schaltete von Kanal zu Kanal und drehte schließlich ab.
Monica rührte sich nicht. Ohne ihn eines einzigen Blickes zu würdigen, begann sie ein hochnotpeinliches Verhör.
„Wo warst du?"
„Auf dem Hof. Die Taschen holen."
„So lange?"
„Ja. So lange . . ."
„Gesteh, was war los!"
Mike stellte die Taschen auf die Kommode und setzte sich zu Monica auf das Bett.

„Also – ich hab mich mit ihr unterhalten, mit der Wirtin, verstehst du."
„Ich hab es geahnt!" Sie atmete schwer und ballte die Faust. „Gib zu, sie gefällt dir!"
Mike sank zerknirscht in sich zusammen: „Ich bin scharf auf sie! Ja! ! !"
„Ich wußte es!" Monica wandte sich von ihm ab, weniger aus Abscheu vor seiner abgrundtiefen Verderbtheit – vielmehr fiel es ihr schwer, sich das Lachen zu verbeißen.
„Und du hast sie nicht rumgekriegt, wie?"
„O doch! Und wie! Deshalb hat es ja so lange gedauert. Sie hat bereits kassiert. Und sie macht uns Sandwiches!"
„Ja?" Monica kam hoch, erwartungsvoll sah sie ihn an.
„Nein, nicht jetzt, nicht sofort. Erst in einer Stunde . . .!" Mike bedauerte das zutiefst.
„In einer Stunde . . . soso . . ." Monica seufzte.
„Was meinst du mit ‚soso'?" wollte Mike wissen.
„Ich meine – wir müssen uns entsetzlich beeilen. In einer Stunde schon . . . Mike . . .!"
Sie umarmte ihn, zog ihn herunter zu sich, begann die Knöpfe seines Hemdes zu öffnen, während sie ihm ins Ohr flüsterte: „Ich hab mir das alles ganz anders gedacht . . ."
„Wie denn?" flüsterte Mike zurück.
„Anders eben. Ich dachte, wir lieben uns – ganz lange und schön – in den Abend hinein. Dann gehen wir schick irgendwo essen . . ."
Mike schüttelte den Kopf, während er aus seinem Hemd schlüpfte.
„Geht nicht. Alles zu. Ausgestorben. Die ganze Stadt. Es ist Sonntag."
„Natürlich!" Monica wußte Bescheid. „Da hocken sie alle draußen in ihren kleinen Häuschen, mähen ihren kleinen Rasen, grillen am Abend ihre kleinen Steaks. Wundervoll . . .!"
Sie war gerade dabei, auch den Reißverschluß seiner Jeans aufzuziehen.
„He, Monica . . . ich werde mit dir eines Tages auch in einem kleinen Häuschen sitzen . . ."

„Ja – an dem wir ein Leben lang abbezahlen ...“
„Werde sonntags meinen kleinen Rasen mähen ...“
„‚Unseren‘ kleinen Rasen – ‚unsere‘ kleinen Steaks ...“
Sie zog an den Beinen seiner Jeans; es war zwar nicht der rechte Erfolg, aber es war zumindest ein Anfang, und sie ließ nicht nach in ihrer Bemühung.
„Ich werde schon aufpassen, daß es nicht zu spießig wird, mein Herr Amerikaner. Ich hab' schließlich gewußt, worauf ich mich einlasse mit dir!“
„Bist du sicher?“
„Ganz sicher!“ Sie küßte ihn aufs Ohr und hatte mit einem kurzen Ruck die Jeans erbeutet. Dann schloß sie die Augen und war bereit, sich verführen zu lassen.
Da klopfte es an die Tür.
Nach einer Schrecksekunde setzte Mike sich auf, fuhr sich mit den Händen durch das Haar, versuchte, seine Jeans zu angeln, aber die waren fürs erste unerreichbar.
Also ging er zur Tür, wie er war, während Monica sich still lächelnd gegen das Kopfende des breiten Bettes lehnte.
Die Wirtin stand draußen. „Hallo, stör ich?“
„Ja!“ sagte Monica und sah die alte Frau freundlich an. „Ja, ja, ja!!“
„Das tut mir leid, wirklich, ich bring' nur den Kaffee!“
Sie stellte die Kanne und die Pappbecher diskret neben das Fernsehgerät auf die abgegriffene Kommode.
„Ich hab's Ihnen doch versprochen. Ganz frisch aufgebrüht ...“
Mike stand in seinen bunten Shorts etwas hilflos im Raum: „Sehr freundlich. Wir haben gar nicht mehr daran gedacht!“
Da blickte die Wirtin ihn an, dann das Mädchen. Irgendwie schien sie für lange Sekunden abwesend zu sein. Es war, als fiele ein Schleier über ihren Blick, bis sie sich losriß – und es waren doch nur Sekunden – und scheu und ängstlich zur Tür hastete, während sie murmelte: „Sie brauchen sich übrigens nicht bei mir einzutragen ...“
Monicas Antwort stoppte die alte Frau.
„Wir wollen uns aber eintragen! Wir sind nämlich ein

Ehepaar. Frisch verheiratet, seit drei Wochen! Alles ganz legitim!"
Die Alte war plötzlich völlig verunsichert. Sie klammerte sich an den Türstock, versuchte ein gequältes Lächeln und sah von einem zum anderen: „Das habe ich doch nicht bezweifelt! Das sieht man doch auf den ersten Blick!" Sie wollte gehen. Aber irgend etwas hielt sie noch.
Sie schaute nochmals in das Zimmer und wandte sich an Monica: „Nicht wahr, Sie sind nicht von hier?"
Monica schüttelte den Kopf: „Nein. Nicht von hier!"
„Ich meine, Sie sind keine Amerikanerin. Und auch nicht aus Mexiko ..."
„Auch nicht aus Mexiko, nein. Sie sind neugierig." Sie machte eine Pause, ehe sie fortfuhr: „Ich bin aus Europa, aus Deutschland."
„Ach, aus Deutschland, aus Europa ..." Irgendwie schien sie erleichtert.
„Ja, ich bin ein ‚Fraullein', ein ‚Kraut', ein ‚Fritz'. Ist das schlimm?"
Mike reagierte irritiert, aber die Alte hatte sich längst wieder gefangen: „Das ist doch wundervoll! Wirklich! Von so weit her kommen Sie! Na, dann sehen Sie zu, daß der Kaffee nicht kalt wird. Bald kommen auch die Sandwiches ..." Damit verschwand sie aus Monicas Blickfeld. Die rief ihr noch nach: „Es eilt nicht!" Aber da hatte Mike bereits die Türe hinter der Alten geschlossen.
Er stand am Bett und schaute verzweifelt auf Monica.
„Du bist unmöglich ...!"
„Ja", sagte sie und legte sich zurück auf das superbreite Bett, „ich weiß! Komm jetzt!"
Und Mike kam zu ihr.
Den *„free coffee"* neben dem Fernsehgerät hatten beide vergessen.

11 Irgendwo im sonntäglich ausgestorbenen Las Cruces hatte sich ein großer Ambulanzwagen in Bewegung gesetzt. Mit kreisendem Rotlicht, aber mit abgeschalteter Sirene war er betont langsam und gemächlich durch die toten Geschäftsviertel gefahren, hatte an allen Ampeln und Stoppschildern und vor dem Schienenstrang der *Santa-Fe-Railroad* vorschriftsmäßig angehalten, dann war er in die *Interstate 10* eingebogen. Ohne sein träges Tempo zu beschleunigen, fuhr er ostwärts, verließ die Stadt, vorbei an Schrotthalden, Brachland und aufgelassenen Tankstellen. Er überquerte die große Kreuzung mit der *Interstate fünfundzwanzig* und näherte sich schließlich dem alten Motel am Rande der Prärie.

Die Wirtin des „*Honeymoon-Inn*“ stand erwartungsvoll hinter dem rostigen Fliegengitter ihres *Office*, als der Wagen den *Highway* verließ und in den Hof einbog.

Das Rotlicht blinkte und kreiste – aber alles geschah in völliger Stille.

Langsam wendete der Wagen – stieß zurück – rollte aus, mit dem Heck voraus hielt er genau vor dem Eingang zum *Apartment* Nummer zwei.

Weiter geschah nichts.

Die beiden Sanitäter in ihren weißen Kitteln blieben, wo sie waren, warteten, lasen Zeitung.

Irgendwann kam die Wirtin über den Hof gelatscht, nahm nicht die geringste Notiz von dieser Ambulanz. Sie ging auf das Neben-*Apartment* von Nummer zwei zu und verschwand darin.

Immer noch geschah nichts.

Das Rotlicht kreiste sinnlos weiter.

Die untergehende Sonne spiegelte sich im Lack der Ambulanz und tauchte den Hof in warmes, gelbrotes Licht.

Windböen wirbelten Staub hoch und zausten die schütteren Palmen und die graugrünen, hängenden Eukalyptuszweige.

Ein *Truck* donnerte draußen auf dem *Highway* vorbei – dann herrschte wieder Stille. Nur die Grillen sägten in ihren Verstecken unter den rissigen Lehmziegelmauern.

Mike öffnete die Augen, sah sich um. Das Bett neben ihm war

leer. Er tastete nach dem Platz von Monica, aber sie war verschwunden.
Er richtete sich auf.
Monica stand am Fenster, schaute nach draußen, war übergossen mit flammend rotem Licht. Der goldblonde Flaum, der ihren nackten Körper bedeckte, glitzerte in der überstrahlenden Helle der untergehenden Sonne.
„Schau nur, Mike . . . ich dachte erst, es brennt . . ."
Er war aufgestanden, zu ihr getreten.
Der rote Glutball hatte den Horizont erreicht.
„Die Sonne von New Mexico . . . Sonnenuntergang über der Prärie . . ."
Sie schlüpfte in T-Shirt, Minislip und Turnschuhe, dann schob sie das Fenster hoch.
„Was ist los? Wo willst du hin?" Mike betrachtete irritiert diese hastigen Vorbereitungen.
„Los, Mike. Komm mit!"
Sie schwang sich ganz einfach hinaus, durch das schmale Schiebefenster, mitten hinein in Unkraut und Gestrüpp hinter dem Haus.
„Los! Komm doch!" Voller Übermut rannte sie davon, direkt in den Glutball der Sonne.
„Monica – hej, was soll das? Komm zurück. Monica . . .!"
Er schlüpfte in seine Jeans, sprang durch das Fenster und rannte hinterher, zwischen Autowracks hindurch und Müll und Plastikfetzen, stieg barfuß über Dornen und über den Draht, der da gezogen war als Grenze . . .
„Monica . . . Monica . . .!"
Aber die hatte einen großen Vorsprung, war kaum noch einzuholen, lief übermütig in einer großen Schleife um Mike herum.
„Bleib stehen, Monica! Hier gibt's überall Klapperschlangen!"
„Was du nicht sagst."
„Wirklich!"
Das half, sie blieb stehen.
Zwar entwischte sie ihm doch noch in letzter Sekunde, war nicht bereit, das übermütige Spiel ohne Pointe zu beenden,

aber dann ließ sie sich fangen – atemlos, lachend fiel sie in seine Umarmung.

Der riesige Feuerball der untergehenden Sonne war plötzlich verschwunden, war weggetaucht hinter der fernen Kette schwarzer Berge.
Der Himmel überzog sich mit einem stechenden Gelb, grüne Federwolken schwammen dazwischen mit blutroten Rändern.
Monica, immer noch in Mikes fester Umarmung, schnappte nach Luft nach all dem Rennen und Lachen – und sah als erste das rote, rotierende Blinklicht.
Lautlos war ein großer Ambulanzwagen von der fernen Straße abgebogen und kam nun zielstrebig und schwankend querfeldein auf die beiden zu.
„Du, Mike . . . schau mal . . .“ Sie löste sich aus der Umarmung, er sah sich um.
Der Ambulanzwagen war näher gekommen. Er streifte über das dürre *Tumble-weed*, brach durch kniehohes Gebüsch, umfuhr die mannshohen Strünke verblühter Yuccas – aber es gab keinen Zweifel mehr – er hielt auf sie zu.
„Du, was will der?“ Irgendeine unerklärliche, weibliche Urangst stieg in Monica hoch, während Mike noch seinen Verstand bemühte: „Nichts. Nichts von uns!“ Was sollte der Wagen wollen?
Das rote Blinklicht kreiste und blitzte, die Scheinwerfer brannten. Der Wagen schaukelte wild, fuhr viel zu schnell über dieses unwegsame Stück Prärie . . .
Da packte Monica Mike am Arm: „Mike – du – die kommen! Mike renn!“ Er versuchte sie zu halten, sie riß sich los, rannte davon, rannte im Zickzack durch Büsche und Gesträuch.
„Monica, he – bleib doch, was ist denn?“
Das Bild, das auf Monica so erschreckend gewirkt hatte, dieser lautlos sich nähernde Wagen mit seinem blinkenden Licht, das war bei Mike ohne Wirkung geblieben.
Was sollte denn schon sein? Er würde gleich wissen, was die von ihm wollten.
Er wußte es tatsächlich Sekunden später – ohne es zu begrei-

fen. Ein Sanitäter war aus dem haltenden Wagen gestürmt, hatte Mike mit einer Pistole bedroht. Der andere hatte ihm die erhobenen Hände zurückgebogen, eine Stahlfessel war eingeschnappt, und dann war Mike mit dem Gesicht nach unten auf den Boden geworfen worden.

Er spürte einen Stich in der Hüfte, dachte an Seuchen und Quarantäne und Zwangsimpfung. Er hatte bei dieser Überrumpelung nichts gefragt und nicht protestiert. Die Einstichstelle schmerzte. Er hatte den Mund voller trockener Erde. Sein Gesicht lag in Dornen. Er dachte an Monica, hörte Rufe, einen Schuß, versuchte klar zu denken, aber ein blasses Grau senkte sich über seinen Willen, löschte jeden Widerstand aus und hüllte Mike in einen wohltuenden, diffusen Nebel.

Monica hatte sich umgesehen, gerade als Mike zu Boden geworfen wurde. Und dann war sie weitergerannt, war um ihr Leben gelaufen, durch Dornen und Gestrüpp, war gestrauchelt, hatte sich wieder gefangen.

Irgend etwas surrte über den Boden, dicht neben ihr, dann erst hörte sie den Schuß.

Sie ließ sich fallen, sprang wieder auf, rannte im Zickzack durch hohes Gras, sprang über einen breiten, ausgewaschenen Graben, sprang zu kurz, kroch die Böschung hoch und rannte weiter.

Sie spürte die Verfolger hinter sich, sah irgendwann den Wagen in halsbrecherischer Fahrt über die niederen Büsche rasen. Einer im weißen Kittel stand auf dem Trittbrett, die Waffe auf Monica gerichtet. Er wurde fast heruntergeschleudert.

Da erreichte Monica den *Barranco*, das ausgetrocknete Bett eines Flusses, der zur Regenzeit das Wasser der nahen Berge in den Rio Grande führte.

Ein steiler Absturz führte hinunter über Geröll und Sand. Sie ließ sich fallen, rutschte mit einer Lawine von Staub in irgendeine Furche – und blieb liegen.

Oben am Absturz erschien der Wagen. Die beiden Männer traten nach vorn, blickten über den Hang, einer versuchte den

Abstieg. Das lose Material, der Kies, der Sand, begann zu rutschen. Er klammerte sich an eine freigelegte Wurzel, stieg wieder nach oben.
Immer noch rotierte das Blinklicht, leuchteten die Scheinwerfer gegen den gelben Horizont der kurzen Dämmerung.

Zwei Schüsse in die Luft.
Monica preßte das Gesicht in den Staub, bebte am ganzen Körper, rang nach Luft. Aber sie rührte sich nicht.
Fünfzehn Meter über ihr stiegen die beiden weißen Gestalten wieder in ihr Fahrzeug – der Wagen fuhr zurück, wendete und verschwand.
Monica hörte das Brummen des Motors, das sich langsam entfernte, spürte den Schmerz der zerkratzten und zerschundenen Beine, krallte die Finger in die trockene Erde – lag noch lange, unbeweglich und wie gelähmt, als die Jagd auf sie längst abgeblasen war.

12 Die beiden verschlungenen Neon-Herzen flakkerten trüb und rosa in die Nacht: „Honeymoon-Inn."
Das Schild darunter pendelte im Wind: *„Room Rate 2 for 7,50"* und *„free coffee!"*.
Der Hof des Motels lag tot und ausgestorben, kein Wagen stand herum, nirgends brannte Licht – nur das Fenster der Rezeption war erleuchtet.
Auf dem fast völlig leeren *Highway Nummer 10* fuhr ein einsamer Wagen vorbei.
Seine Scheinwerfer beleuchteten für kurze Zeit eine taumelnde Gestalt. Monica war aus der Schwärze der Tropennacht aufgetaucht, lief auf das einzige Licht zu, trommelte gegen die verschlossene Tür des *Office*.
Es schien ihr, als dauerte es Ewigkeiten, bis sie Schritte hörte.
Die innere Tür wurde aufgeschlossen, hinter dem Fliegengitter erschien die Wirtin in einem geblümten Morgenrock. Sie

hatte die Haare aufgedreht und über die Lockenwickler ein Chiffontuch gebunden.
Der jugendlich geblümte Morgenrock und das grellbunte Chiffontuch standen in schroffem Gegensatz zu dem verwelkten Gesicht. Sie kniff die Augen zusammen, als könnte sie die Gestalt hinter dem Fliegengitter nicht erkennen.
„Ja, was gibt's denn?"
Monica war dicht an das Gitter getreten. Sie flüsterte mit letzter Kraft, stockend, scheu: „Sie müssen ... müssen mir helfen ...!"
Sie schaute sich ängstlich um, senkte die Stimme noch mehr, fühlte sich beobachtet und verfolgt: „Mein Mann ... er ist ...!"
Sie konnte nicht sofort weitersprechen, wischte mit ihren staubigen, zerschrammten Händen über das schweißglänzende Gesicht.
„Was ist denn passiert?" Die Wirtin riegelte die äußere Tür mit dem Fliegengitter auf.
„Ein Krankenwagen ...!" Mehr brachte Monica nicht heraus. Viel mehr gab es auch nicht zu berichten.
Die Wirtin kam näher, machte einen Schritt nach draußen.
„Ach ... Sie hatten einen Unfall?" Sie schien geil auf Neuigkeiten.
Monica schüttelte den Kopf. „Nein. Kein Unfall. Aber ... Sie müssen mir helfen!"
Die Wirtin nahm Monica am Arm, zog sie die Stufen hinauf und hinein in das *Office*. „Natürlich helfe ich Ihnen. Bleiben Sie ruhig! Kommen Sie herein!"
Sie verriegelte die Türe mit dem Fliegengitter hinter Monica, schloß die Glastür, schob das zitternde Mädchen in die Ecke vor das Schlüsselbrett und drückte sie mit sanfter Gewalt in einen abgewetzten alten Plastiksessel.
Dann griff sie nach dem Telefon, das auf der Theke der Rezeption stand, und wählte eine Nummer.
„Was machen Sie – wen rufen Sie an?" Monica hatte sich aufgerichtet, starrte die alte Dame an, die beim Wählen die Lippen bewegte.

„Die Polizei . . . Ich rufe die Polizei!"
Es war eine lange Nummer, und sie wählte sie auswendig.
Monica schauderte. Ich bin ja krank vor Mißtrauen, dachte sie.
Die alte Dame hatte sich anscheinend verwählt, ihre dünnen Greisenfinger zitterten. Sie drückte den Hörer kurz auf die Gabel und begann von vorn.
Schließlich hatte sie die Verbindung. Das summende Geräusch des Rufzeichens drang bis zu Monica. Es dauerte endlos, bis sich ein Teilnehmer meldete. Es war offenbar nur ein „hallo" und sonst nichts.
Die Wirtin wandte sich von Monica ab, als sie sprach. Ihre Stimme klang aufgeregt und mühsam beherrscht. Vielleicht hatte die Sensation, daß endlich etwas in dieser Einsamkeit passierte, sie über Gebühr erregt.
„Hier ‚Honeymoon-Inn'. Draußen an der *Interstate 10.* Da ist irgend etwas geschehen – mit einem jungen Mädchen.
Die steht jetzt hier bei mir . . .
Ja, hier neben mir . . .
Ja. Sie braucht eure Hilfe . . .
Gut, ich werde ihr sagen, daß sie warten soll.
Okay . . . ja!" Damit legte sie auf.
Monica saß immer noch verkrampft und aufrecht auf ihrem Sessel.
„War das wirklich die Polizei . . .?"
„Ja", sagte die alte Dame und setzte sich auf einen Hocker neben die Tür. „Sie sind gleich da!"
Ein nervöses Schweigen breitete sich aus.
Monica sah sich um. In der Ecke drehte sich ein Ventilator. Er stand auf einem hohen, altertümlichen Stahlschrank, dessen dicke Panzertüre halb geöffnet war. Bis auf ein paar Mappen mit irgendwelchen Papieren schien er leer zu sein.
Neben der brennenden Stehlampe hinter der Rezeption lagen auf einem Stuhl aufgeschlagene Zeitungen und eine Brille. Ich habe sie beim Lesen gestört, dachte Monica. Aber warum liest sie nicht weiter? Warum hockt sie neben der Tür?
Die alte Frau spürte Monicas Blick und sah sie an.

„Wo kommen Sie her?"
Warum fragt sie nicht, was geschehen ist, dachte Monica. Erst ist sie neugierig und aufgeregt, und jetzt will sie's nicht mal wissen. Oder weiß sie bereits alles?
„Was hat die Polizei gesagt?"
„Daß sie herkommen wird, sonst nichts."
„Und die wollten nicht wissen, was passiert ist?"
Die Wirtin zuckte die Schultern: „Die werden Sie fragen, wenn sie hier sind."
Sie stand auf, holte sich ein dunkles Tuch vom Haken an der gegenüberliegenden Wand, hängte es sich über die Schultern. Monica verfolgte jede ihrer Bewegungen.
„Warum kommen Sie eigentlich gerade zu mir? Weil wir das einzige Haus in der Gegend sind, oder weshalb?"
Sie stand dicht vor Monica und schaute sie fragend an.
Monica war fassungslos: „Aber Sie kennen mich doch – hören Sie –, wir sind doch Gäste hier, mein Mann und ich . . .!"
Die Alte schüttelte den Kopf, während sie wieder zu ihrem Hocker ging: „Keine Gäste hier. Keine Gäste seit drei Tagen."
Monica stand auf, starrte die Alte verständnislos an.
„Wir haben hier gewohnt!"
Aber die Alte beharrte weiter darauf: „Niemand wohnt hier. Niemand. Leider . . .!"
„Nummer zwei! Das *Apartment* an der Ecke! Nummer zwei!"
Die Alte hatte sich wieder gesetzt und dabei einen kurzen prüfenden Blick auf Monica geworfen. „Ich kenne Sie wirklich nicht!"
Mein Gott, dachte Monica, ist sie wirklich so verkalkt, oder was ist los? Will sie mich nicht kennen? Will sie nichts zu tun haben mit mir, mit der Geschichte? Hat sie Angst vor der Polizei, Angst, daß sie da hineingezogen wird in diese Sache, in dieses Verbrechen?
Sie ging auf die alte Dame zu: „Wissen Sie's nicht mehr? Sie haben mich gefragt – vor zwei Stunden, oder wann das war –, woher ich komme. Und ich habe Ihnen gesagt: aus Europa. Ich bin ein ‚Kraut', ein ‚Fritz', ein ‚Fraullein', hab' ich gesagt. Und da haben Sie gelacht."

Die Alte schaute zu Boden. „Darüber kann ich nicht lachen. Wirklich nicht."

Monica sah sich verzweifelt um. Im Nebenraum schlug eine Uhr. Wie lange wartete sie schon?

„Hören Sie . . ." Sie wandte sich wieder an die alte Dame, aber die winkte endgültig ab.

„Erzählen Sie Ihre Geschichte der Polizei, wenn die kommt. Und wenn Sie Ausländerin sind, dann zeigen Sie den Leuten Ihren Paß!"

Der Paß! Der war in ihrem Gepäck, in ihrer Tasche. Drüben an der Ecke, in *Apartment* zwei. Sie ging auf die Tür zu, schob den Riegel beiseite . . .

„He, bleiben Sie hier!"

Die alte Dame stand auf, wollte Monica den Weg vertreten. Aber die schob sie einfach zur Seite, riß die Tür mit dem Fliegengitter auf und rannte nach draußen.

„Wo wollen Sie denn hin? Hallo, wo wollen Sie hin?"

Die Alte stand in der offenen Türe, das Schultertuch war ihr heruntergerutscht, sie hob es auf und warf es in die Ecke. Dann schaltete sie das Hoflicht ein.

Monica war über den Hof gerannt, da bemerkte sie es: „Unser Wagen – unser Wagen ist weg!"

Aber sie wartete die Reaktion der alten Dame, die vor der Tür zu ihrem *Office* stehengeblieben war, gar nicht erst ab. Sie riß die Tür zu ihrem *Apartment* auf – es war unverschlossen – und ging hinein.

Der Lichtschalter war rechts neben dem Eingang – oder links? Sie ertastete ihn schließlich, das Licht flammte auf – aber das war nicht der Raum, den sie gemietet hatten, wo sie sich geliebt hatten, wo sie vor einer, vor zwei Stunden zusammen gewesen waren – oder doch?

Die nackten Matratzen des superbreiten Bettes waren mit Zeitungen bedeckt. Aber Tisch, Kommode und Fernsehgerät schienen ihr irgendwie vertraut.

Der Schrank stand offen, war leer bis auf eine Anzahl verbogener Kleiderbügel aus Draht. Auf den Fachböden lag schmud-

deliges Papier. Aber von ihrem Gepäck, ihren Taschen, ihren Kleidern, die sie achtlos über eine Stuhllehne geworfen hatten, fehlte jede Spur.
Monica war zusammengeschreckt: Dicht hinter ihr stand die Alte und funkelte sie mit kleinen, bösen Altweiberaugen an.
„Was wollen Sie hier?"
„Unser Gepäck . . . hier haben wir gewohnt . . .!"
„Nummer zwei wird seit Wochen nicht vermietet. Muß erst renoviert werden zur Saison. Sagen Sie mir endlich, was Sie hier wollen!"
Ein Komplott, dachte Monica. Ein einziges, böses Komplott! Die stecken alle unter einer Decke! Was wollen die von uns? Was haben wir ihnen getan? Wir haben doch nichts! Was wollen die . . .?
Sie war wieder hinausgerannt aus dem *Apartment*, hinaus auf den dunklen Hof, ohne zu wissen, wohin . . .
Da fiel rotes Flackerlicht von draußen, vom Highway her, auf die Fassade der Rezeption, spiegelte sich in den Scheiben des *Office*.
Ein Fahrzeug war gerade im Begriff, die Straße zu verlassen und in den Hof des Motels einzubiegen.
Aber es war nicht die Polizei.
Es war die Ambulanz.

Monica reagierte rasch. Sie schlug um sich, als die Alte nach ihr griff, fuhr mit den Fäusten in das verzerrte Greisengesicht, als die gichtigen Finger, die sich in ihr T-Shirt verkrallt hatten, nicht losließen.
Sie sah die Alte stürzen, sah die Ambulanz vor dem *Office* halten. Das rote Licht kreiste über Wände und Büsche. Die Scheinwerfer blendeten sie. Zwei Männer in weißen Kitteln sprangen aus dem Wagen – und Monica rannte los, um das Gebäude herum, an den Autowracks vorbei, durch Müll und Unrat, blind und geblendet hinein in die Nacht.
Die zweite Flucht an diesem Tag unter Todesangst.
Sie ließ sich einfach fallen, irgendwo zwischen hohen, dornigen Ulagas, blieb liegen nach einer Jagd querfeldein durch ab-

solute Dunkelheit. Vielleicht war das ihre Chance. Sie hörte ihre Verfolger vorüberhasten, keine zehn Schritte entfernt, hörte ihr Atmen, ihre Flüche, wenn sie gegen Steine und Strünke anrannten und durch das Gebüsch taumelten.
Weit entfernt, zu weit und unerreichbar, sah sie die Lichter der Stadt.
Und dann sah sie den *Highway*.
Zwei Fahrzeuge zogen vorüber, bohrten ihre Lichter in die Nacht, verschwanden irgendwo im Labyrinth dieser Kreuzung. Menschen, dachte sie, es gibt Menschen, die dir helfen. Sie war entschlossen, es zu versuchen.
Sie lief zurück, gebückt, sich vorwärtstastend, sicherte immer wieder, witterte nach den Verfolgern, die sich durch den Schein einer Taschenlampe verrieten, die immer wieder aufblitzte. Die Häscher schienen nicht mit ihrem Rückzug zu rechnen, rannten immer weiter in dieses versteppte Stück Unland hinein.
Sie sah das Motel liegen, in Festbeleuchtung.
Die Fassaden reflektierten immer noch das rote Blinklicht der Ambulanz.
Wo war Mike? War er in dem Wagen gefangen?
Sie änderte ihre Richtung, lief geradewegs zurück in die Höhle des Löwen, bis die Angst wieder hochkroch in ihr.
Was konnte sie tun? Wie konnte sie ihm helfen, wenn er wirklich in diesem Wagen gefangen saß?
Es gab kein Motiv für dieses Kidnapping, aber es gab durchaus Gründe, sie, Monica, zu fangen und unschädlich zu machen – sie wußte zuviel. Sie war den Jägern entkommen. Sie war eine Gefahr geworden für einen Plan oder ein Verbrechen, das sie nicht kannte und nicht verstand, das aber geschehen war unter den Blicken eines einzigen Zeugen. Und dieser Zeuge war sie.
Sie kroch die Böschung hoch, blieb liegen, kroch weiter. Irgendwoher kam das Dröhnen eines Lasters, fern und drohend – aber für sie eine Hoffnung. Sie zog sich an der Leitplanke hoch, sah ein Monster auf sich zukommen, Lichterspiele blendeten sie. Mit letzter Kraft überwand sie die stäh-

lerne Barriere, stand auf der Straße, stellte sich dem Ungetüm in den Weg mit ausgebreiteten Armen und schrie, sinnlos und idiotisch.

Vierzig Tonnen kamen da an mit überhöhter Geschwindigkeit. Das einzige Fahrzeug weit und breit, zwischen Las Cruces und dem Horizont.

Sie stand im Licht der Scheinwerfer, weithin sichtbar – auch für ihre Verfolger.

Wenn der Laster nicht hielt, wenn er vorbeidonnerte, war sie verloren.

Sie rannte rückwärts, schrie immer noch, verzweifelt hob sie die Arme ...

Da war der Wagen schließlich heran, dröhnte und brüllte – und mit schrillem Kreischen faßten die Bremsen.

Sie rannte nebenher, konnte nicht Schritt halten, holte wieder auf, lief und lief. Neben ihr ragten vier Meter glänzendes Blech in den Himmel.

Schwarze Schwaden hüllten sie ein ...

Da hielt das Fahrzeug mit einem Ruck, und hoch über ihr sprang die Tür zum Cockpit auf.

13 Czeslaw Michalski mit dem CB-Code-Namen „Sierra-Bill" hatte an Polen keine so rechte Erinnerung mehr.

Der große europäische Krieg ging zu Ende, da war Czeslaw sechs und schon zwei Jahre unterwegs. Zusammen mit seinen Eltern deportiert, schob man ihn von Lager zu Lager.

Die stets wiederkehrenden Angstträume von Stacheldraht und Wachmannschaften, die die Familie dem jungen Czeslaw nachzusagen pflegte, verwies dieser allerdings in das Reich der Legende. Er schlief gut, seit er denken konnte. Und an Europa dachte er nicht.

Der erste und tiefste Eindruck, der haften blieb, war das Schiff. Ein Liberty-Schiff, das – von der UNRRA gechartert – irgendwann im Jahre sechsundvierzig die zerbombten Kaianlagen von Rotterdam verließ, mit zwei- oder dreitausend

Flüchtlingen an Bord, eine geballte Ladung Schicksal für die Neue Welt.

Er erinnerte sich an das Stampfen und Schlingern des Schiffes auf seiner zweiwöchigen Überfahrt über den Atlantik, an den Mief und Gestank in den überfüllten Notunterkünften, die man in die alten Laderäume gezwängt hatte, an die Apathie der Erwachsenen und die Kinderhorden, für die das Schiff zu einem einzigen, großen Abenteuerspielplatz wurde.

Und dann, natürlich, New York.

Wochenlang saßen sie auf Ellis-Island in einem Massenquartier für Einwanderer direkt im Schatten der Freiheitsstatue, bis ihre Papiere und alle Bürgschaften der polnischen Verwandtschaft für gut befunden waren. Tag für Tag standen sie vor dem alten Ziegelgemäuer und schauten hinüber zur *Skyline* von Manhattan und träumten von einer goldenen Zukunft und von der unendlichen Weite des Landes Amerika.

So richtig golden wurde die Zukunft nicht für die Michalskis, die Kowalskis, die Roszkowskis, die Pijanowskis, die damals in der Lower-Eastside von New York, in der Orchard-Street und der Ludlow-Street, vis-à-vis von China-Town, ein kleines amerikanisches Polen auferstehen ließen.

Die Männer arbeiteten an den Westside-Piers und in Hoboken und verschifften *Care*-Pakete in die Alte Welt, die Frauen verdingten sich im *Garment-Centre* um die 34. Straße und nähten im Akkord Damen-Oberbekleidung.

Czeslaw ging zur Schule, zum ersten Mal in seinem Leben, nannte sich fortan Bill und verfluchte seinen „verdammten Akzent“.

Der war in New York weiter kein Problem – wer sprach dort keinen? Aber irgendwann packte der andere alte Traum von Ellis Island den jungen Einwanderer mit ganzer Macht – der Traum von der unendlichen Weite des Landes Amerika.

Und er verschwand aus New York und trampte nach Westen.

„*Westward, young men . . .!*“ – aber die Möglichkeiten waren keineswegs unbegrenzt. Er jobbte auf Farmen des Mittelwestens, auf Bahnhöfen und in Fabriken. Er schlug sich durch bis zum Pazifik, wurde in Kalifornien wegen Landstreicherei

eingesperrt. Und immer und überall hatte er *trouble* mit seinem Akzent.
Er heiratete die Bedienung in einem *Coffee-shop*, aber die ging ihm mit einem Lastwagenfahrer durch. Wer kann schon mit einem Vierzig-Tonner konkurrieren!
Er verdingte sich als Fahrer für Pepsi und Coke, leistete den *Stars & Stripes* seinen Eid, wurde Staatsbürger der Vereinigten Staaten und diente drei Jahre in der Armee. Es waren für ihn drei friedliche Jahre. Das war allerdings Zufall.
Dann fuhr er wieder, pünktlich, zuverlässig und gewissenhaft – diesmal Milch im Tank von Oklahoma City nach Texas.
Er wurde Mitglied der *Teamster*-Gewerkschaft – und irgendwann trotzdem gefeuert.
Daraufhin hatte er einen Plan und ging zur Bank.
Die ersten 1200 Dollar waren für den *Wildcatter*-Kurs, für den Führerschein der Wildkatzen, der freien Truckfahrer, ohne die Amerikas Wirtschaft nicht läuft. Er hatte alle 120 Punkte gemacht, hatte nicht viel geredet, von wegen Akzent, sondern war gefahren wie eine Eins. In Theorie war er unschlagbar. Dann war er mit der Bankgarantie zum nächsten *Truck-Centre* gelaufen, hatte sich den schönsten „Mack" angelacht, der auf dem Hof herumstand. Nein, nicht *second-hand, brand-new*, brandneu!
Ein „konventionelles" Gefährt mit riesiger Nase und einer 475-PS-Maschine darunter. Das ganze war strahlend bunt lakkiert und mit unendlich viel Zierat aus Chrom-Vanadium-Stahl ausgestattet. Die Schlafkojen mit rosa Nylonfellen waren obligatorisch. Und hinten an den Haken kam ein 36-Fuß-*Reefer*, ein gigantischer Kühlcontainer. Ihm fuhr nun keiner mehr mit dem Mädchen davon.
Wenn er genügend Ladung reinfuhr, dann war das Ganze in fünf Jahren abbezahlt, oder in vier, oder drei. Man wird sehen. Für alle Fälle, da der Mensch wenigstens hin und wieder etwas Schlaf brauchte und das Gefährt dann unnütz herumstand, engagierte er einen Partner. Wenn man es richtig anpackte, war das Leben höchst einfach.
Czeslaw-Bill fuhr los und erfüllte sich den Traum von den un-

endlichen Weiten Amerikas, die er nun, Meile für Meile, unter seine Räder nahm.
„*The New American Hero*“, die neuen Helden der Neuen Welt, Cowboy mit 475 Pferden, *Wildcatter* – Czeslaw-Bills Image war perfekt, immerhin schon seit fast zwei Jahren.
Seit fast zwei Jahren lief alles nach Plan. Seit fast zwei Jahren hatte er den Kontinent weißgottwieoft von Ost nach West und von Nord nach Süd durchquert. Seit fast zwei Jahren hatte er Monat um Monat seine Raten bezahlt – jetzt war er über den Berg. Alles lief so wunderbar – aber dann kam ihm unverhofft etwas in die Quere.

Es war später Nachmittag, als er am *El Paso Meat-Market* vorfuhr, um zu laden. Zwanzig Tonnen gefrorene Rinderhälften hängte man ihm an die Haken. Terminfracht. Bestimmungsort: New York.
Kurz nach Sonnenuntergang fuhr er los, auf der *Interstate zehn*, quer durch El Paso, über dieses Labyrinth von Brücken und Unterführungen von Down-Town, dann weiter nach Norden Richtung Las Cruces, entlang dem militärischen Testgelände, das sich sechzig Kilometer breit und fast vierhundert Kilometer lang nach Norden erstreckte. Bei Anthony verließ er Texas und erreichte New Mexico.
Vor dem Streifenwagen auf der Höhe Mesquite warnte ihn ein Kollege über CB-Funk. Bill drosselte runter auf *speed-limit*, passierte *checkpoint* und Radar, dann trat er wieder auf die Pedale.
Aus vier Lautsprechern dröhnte Musik. WRTV – die Truckfahrerwelle.
Vor ihm kamen bereits die Lichter von Las Cruces in Sicht. Wenn er sich rechts hielt, konnte er sich mühelos in die *Interstate 25* einfädeln, ohne Tempo zu verlieren.
Es war Sonntag abend, die Straßen waren leer.
Die Maschine dröhnte, machte die günstigsten Touren.
Acht Minuten hatte er seit El Paso bereits reingefahren, also eingespart, und wenn weiterhin alles glatt ging, dann wurden daraus bis zum Morgen mindestens dreißig. Damit hatte er

den Umweg über Albuquerque wieder drin, mit dem er die „*trouble*-Meilen" um Dallas/Forth Worth umging, wo sie Stichproben machten und die *Trucks* auf die Waage schickten. Bills Ladung lag fast zwei Tonnen über dem *limit.*

Da lief ihm etwas in den Weg.
Wie eine weiße Motte flatterte da etwas in die Fahrbahn.
Eine helle Gestalt, angestrahlt von seinen sechs HI-Quarz-Jod-Brennern, die es nicht serienmäßig gab. Die zahlten sich plötzlich aus.
Die ist verrückt, dachte er, raus aus der Fahrbahn, los!
Aber die Maid mit den langen nackten Beinen tanzte wie wild auf dem Asphalt. Das blonde Haar wehte ihr ins Gesicht ...
Ein Unfall ...? dachte Bill, aber nichts war zu sehen, nichts auf der Fahrbahn, und die Leitplanke war nirgends durchbrochen. Eine Nutte vielleicht, aber die benahmen sich anders und lauerten eher an den *Truck–Stops* und nicht hier auf freier Bahn. Hier hält doch keiner, zum Teufel ...
Aber dann war es ein Reflex.
Bill latschte auf die Bremse. Vierzig Tonnen schoben und schoben. Hundert Meter, zweihundert. Es kreischte, er schaltete runter wie irr – und brachte den Schlitten auf Rekordmaß zum Stehen.
So – und was jetzt, dachte er.
Die helle Motte war neben ihm hergerannt, war zurückgeblieben, hatte wieder aufgeholt. Er sah sie im Spiegel.
Mein Gott, dachte er, die ist aber fertig.
Er drückte den Hebel der schweren Cockpit-Türe nach unten und trat sie auf.
Da stand das Mädchen und starrte ihn an.

14 „Los, halt dich fest!"
Er beugte sich weit hinunter, reichte ihr eine große; schwere Hand und zog sie hoch. Sie stemmte ihre Beine gegen die verchromten Trittleisten, krallte sich fest an einem Griff, am

Rand der Tür, die daraufhin fast zuschlug. Dann packte er sie mit beiden Händen um die Hüfte und hob sie über sich und das Lenkrad und die Kommandokonsole hinüber auf den schmalen Beifahrersitz. Dann schlug er die Tür zu, startete, jagte die Maschine hoch, schaltete, schaltete weiter, sieben, acht, neun Gänge, bis er wieder auf *speed* war und den sanften Bogen des Abzweigs zur *Fünfundzwanzig* erreicht hatte. Bis dahin hatte er keinen Blick für das Mädchen.

Monica starrte angstvoll nach draußen, in die Schwärze der Nacht. Aber die Verfolger blieben verschwunden. Natürlich hatten die sie gesehen, weithin sichtbar im Lichtkegel des *Trucks*, hatten das Manöver bemerkt, konnten sich ausrechnen, was geschehen war. Vielleicht kamen die jetzt hinterher mit ihrer Ambulanz.

Sie schaute zurück, aber es gab kein Fenster nach hinten, nur diese Plüschkoje und den Container.

„Hör auf zu zittern!"

Erschrocken blickte sie auf diesen Mann, diesen Fahrer. Der schaltete gerade um auf Kassette. *Country-music* auf Stereo.

„Ist dir kalt?" Er bemühte sich wirklich um seinen Fahrgast. Aber Monica antwortete nicht, zitterte weiter und konnte nichts dagegen tun.

Er hat freundliche Augen, dachte sie. Das ist keiner, der einem Angst macht. Und was kann jetzt noch passieren?

„Hör mal, ich mach die *air-condition* dicht, wenn du frierst. Aber hör auf zu zittern!"

Sie nahm sich zusammen, biß die Zähne aufeinander, aber es half nichts.

Abgehauen, dachte Bill, einem Mann, der sie prügelt! Oder aus dem Erziehungsheim. Oder von zu Hause. Na, wenn schon.

„Ärger gehabt?" Er lächelte sie verständnisvoll an, aber sie brachte keinen Ton heraus, war voll damit beschäftigt, die Knie ruhigzuhalten. Die Zähne klapperten immer noch, und dagegen war sie machtlos.

„Na, red schon. Erzähl. Was ist passiert?"

Sie schaute ihn mit ängstlichen, großen Augen an, und Bill

hatte plötzlich das Gefühl, in irgendeine Geschichte verwikkelt zu sein, die ihm noch viel Ärger machen konnte.
„Du brauchst nur zu sagen ... und ich latsch noch mal auf die Bremse und laß dich raus! Klar?!“
„Nein!“
Sie schluckte und zog die verschrammten nackten Beine hoch, schlang die Arme herum und klemmte die Knie unter das Kinn. Sie sah ihn immer noch an.
„Okay. Wohin?“
Sie wich seinem Blick nicht aus.
„Erst mal weg ...!“
Er nickte, schaute wieder geradeaus. Noch acht Meilen bis zur Abzweigung Dona Ana. Da standen sie tagsüber immer mit ihrem verdammten Radar. Aber Sonntag abend war Ruhe. Hoffentlich.
„Bevor ich's vergeß: Ich will keinen Zoff. Ist das klar?“
Monica nickte, aber es wirkte nicht sehr überzeugend.
Sie versuchte in den Spiegel zu sehen, aber der war für ihren Blickwinkel nicht eingestellt.
„Was suchst du?“
Sie fühlte sich ertappt, aber dann gab sie es zu: „Ich will nur wissen, ob sie uns folgen ...“
„Wer?“
„Kommen sie hinterher?“
Er kontrollierte beide Seiten. Aber die Fahrbahn war schwarz, nichts hinter ihnen als dunkle Nacht, kein Licht war zu sehen.
„Nein. Niemand kommt! Nichts.“
Erleichtert lehnte sie sich zurück.
„Wer soll kommen? Wer sucht dich?“
Die Strecke war schnurgerade. Da schaute er sich das Mädchen lange und eindringlich an. Hübsch, aber völlig kaputt, okay, und irgend etwas ist faul, dachte er.
Sie hatte wirklich aufgehört zu zittern, umklammerte aber immer noch ihre Beine und drückte sich in die entfernteste Ecke des Cockpits. Ein Bündel Angst. Schade drum. Er wußte, die macht so schnell keinen Spaß mit.
„Wer sucht dich?“

Aber sie schüttelte nur den Kopf.
Man muß ihr Zeit lassen, dachte er, griff zum Mikrofon, drehte die Musik leiser und schaltete CB ein.
Er hörte nur mal so rein in das Gequatsche der Kollegen, in dieses für Laien unverständliche Kauderwelsch, das sie selber „*slanguage*" nannten. Die Kanäle waren alle nicht sehr voll an diesem Abend hier unten im Südwesten. Aber es gab noch genügend verrückte Einzelgänger wie Bill, die auch sonntags durchfuhren, die keine *mama* und kein *girl* vor den heimischen Fernseher lockte.
Er kam gerade recht zu wichtigen Informationen. Die *frontdoor*, die Kundschafter und Pfadfinder einer *Truck*-Kolonne, hatten im Süden von Albuquerque eine besetzte *chicken-coop*, eine Kontrollstation mit Waage entdeckt, vor der sich die *Trucks* in langer Reihe stauten. Die Erfahrungsberichte der Kollegen, die da reingeraten waren, hörten sich kriminell an. Die *smokey-bears*, die Staatspolizisten, verdienten sich anscheinend einen zusätzlichen Sonntagabend-Bonus durch Schikanen.
Und auf der *40*, keine zehn Meilen ostwärts davon, hatten sie *picture-taker* mit *x-ray-machines*, die berüchtigten Radarfallen, installiert, um alle diejenigen aus dem Verkehr zu ziehen, die ihre verlorene Zeit wieder einfahren wollten.
Als die Abzweigung der *70* nach Alamogordo in Sicht kam, disponierte Bill kurzerhand um. Es führten viele Wege nach New York und an die Ostküste. Was Nebenstrecken an zusätzlicher Zeit verschlangen, war unerheblich gegenüber dem Knatsch mit der Polizei.
Er schaltete runter.
„Kurswechsel – wir fahren querbeet. Wo willst du hin?"
Monica hatte sich einigermaßen gefangen. Sie nagte an ihrer Unterlippe, dachte nach, dann faßte sie einen Entschluß.
„Ich glaub', ich muß zur Polizei!"
Bill dachte, er höre nicht recht:
„Polizei? Was ist los? Du, ich hab gesagt, ich will keinen Zoff!"
Er trat auf die Bremse, aber nicht ihretwegen. Er bog in die enge Kleeblattkreuzung zur *70* ein.

„Du kannst raus, wann du willst. Aber halbnackt und verheult, zerschunden und . . . und dann aus meinem Cockpit und direkt zum nächsten Sheriff – dann sitz' ich fest! Nein!"
Er ging zügig durch die Schleife, donnerte an einem PKW vorbei, überholte noch zwei andere, dann drückte er voll aufs Pedal, nahm Anlauf für die Steigung hoch zum San-Agustin-Paß.
„Ich fahr' Terminfracht. Akkord, wenn du das besser verstehst, ich fahr' auf Zeit. Zwanzig Tonnen gefrorene Rinder für New York. Jede Tour vom Südwesten hoch dauert im Schnitt vierzig Stunden. Mit Pillen und mit viel Kaffee hält man das durch. Aber nicht mit Zoff und Sheriff und Fragerei.
Da hängt mein Fahrplan. Änderungen vorbehalten: Amarillo/Texas, Oklahoma-City, St. Louis, Indianapolis, Columbus, Philadelphia, New York. Übermorgen früh um zehn laden wir ab. An der Westside. Siebzehnmal 'ne Viertelstunde Kaffee- und Pinkelpause sind einkalkuliert. Aber nicht Ärger mit der Polizei und Probleme."
Das war die längste Rede, dachte Bill, die ich in diesem Cockpit je gehalten habe. Habe ich überhaupt schon mal geredet in der Karre?
Monica hatte die Namen der Städte noch im Ohr. Das war doch unsere Reise, der Anfang unserer Reise nach dem Westen, dachte sie. Und jetzt ging's zurück. Mit jeder Minute, mit jeder Meile weg von Mike. Was soll ich tun? In New York hab' ich Freunde, in Princeton. In Boston leben die Shepards. Aber wie sollen die helfen? Was soll ich denen erzählen? Wie soll man eine Geschichte erklären, die man selbst nicht versteht?!
„Also, was jetzt?!" Bill schaute erwartungsvoll zu Monica, aber die wußte auch nicht weiter.
„Hör zu, Mädchen, mein Vorschlag: Ich halte am nächsten Telefon, und du springst ab. Okay? Das ist in Alamogordo, in einer guten Stunde."
Wieder auf die Straße, mit Leuten reden, Hilfe holen, und vielleicht kommen die hinterher, die Ambulanz. Sie nagte erneut an ihrer Lippe und schüttelte den Kopf.
„Du, wir fahren jetzt über den Paß, und da unten liegt die

Wüste von White Sands, und bis Alamogordo gibt's nichts, und ich kehr nicht um. Ist das klar?"
Monica nickte. „Ich kann auch nicht telefonieren. Ich hab kein Geld."
Bill warf ihr einen kurzen Blick zu. Minislip, T-Shirt, Turnschuhe.
„Und ich fahr' nicht für die Heilsarmee!"
Er drehte die Kassette um und die Musik voll auf.
„Gieß mir 'n Kaffee ein, los. Dort hängt die Kanne, da oben – der Becher."
Monica schaute sich um. Dann gab sie die Umklammerung ihrer Beine frei, streckte sie aus, bis es schmerzte.
Sie atmete tief durch. Versuchte sie zu strecken.
Sie angelte die glänzende Thermoskanne aus ihrer Halterung, zog den Plastikbecher aus dem Ring und versuchte einzugießen, ohne zu verschütten.
Bill beobachtete sie aus den Augenwinkeln.
Vorsichtig reichte sie ihm den Becher, aber er winkte ab: „Trink erst mal selbst. Vorsicht, ist heiß!"
Sie zögerte, dann trank sie in kleinen, vorsichtigen Schlucken.
Der Kaffee war stark, er brannte im Mund, in der Kehle.
Sie atmete tief den Duft ein – und dachte an den *free coffee*", den die Motel-Wirtin ihnen aufs Zimmer gebracht hatte. Den hatten sie beide vergessen, nicht getrunken. Was war mit diesem Kaffee? War das der Anfang dieses Komplotts?
Aber dann verwischten sich die Erinnerungen. Sie trank aus. Goß neuen Kaffee in den Becher, reichte ihn Bill.
„Da hinten liegt 'n Fell oder so was. Los, hol's dir . . ."
Sie drehte sich um. Dann zog sie die Plüschdecke aus der Koje und wickelte sich hinein.
„Hast du Hunger?" Bill hatte plötzlich ein Sandwich in der Hand, eingeschweißt in Plastik.
Natürlich hatte sie Hunger. Seit Mittag hatte sie nichts gegessen, und auch da war es nur ein Hamburger mit viel Senf in einem *Drive-In*-Restaurant in Lordsburg gewesen. Dazu ein Coke. Das war alles. Serviert auf einem Tablett mit Salatblatt und „Erfrischungstuch" direkt in den Wagen.

Sie riß die Folie von dem Sandwich und biß hinein.
Das Cockpit des Lasters erfüllte sie mit einer ungeheuren Sicherheit – oder war das dieser Fahrer, dessen Namen sie nicht wußte und dessen Akzent so hart und männlich klang? Wo war der her? Die dunklen Haare über dem markanten Gesicht standen in seltsamen Wirbeln senkrecht hoch. Über der Stirn glänzte eine silberne Strähne. Wie alt mochte er sein? Ob er Familie hat?
Monica ertappte sich dabei, daß die Umwelt wieder wichtig wurde für sie.
„Du bist getürmt, ja?" Bill sah das Mädchen verschmitzt von der Seite her an.
Sie kaute schweigend und gab sich Mühe, nicht zurückzulächeln.
„Okay, du. Deine Geschichte geht mich nichts an. Aber ich muß wissen, was auf mich zukommt, wenn ich dich mitnehm'. Ist doch klar, oder?"
Warum sollte sie ihm nicht vertrauen? Allein schaffte sie's nicht. Und besonders groß war die Auswahl an Leuten, denen sie ihre Geschichte erzählen konnte, wirklich nicht. Aber welche Geschichte? Wo fing sie an, wer sollte sie glauben?
„Also, sag schon: Wer ist hinter dir her?"
„Ich weiß nicht . . ." Und das war die Wahrheit. „Ein Sanitätswagen."
Von Bill kam ein langer Blick.
„Ja, doch. Eine Ambulanz, ein Krankenwagen. Mike haben sie einfach eingefangen und verschleppt – und auf mich geschossen!"
Bill schwieg einige Sekunden. Dann begann er Fragen zu stellen: „Wer ist Mike?"
„Mein Mann. Wir sind auf der Hochzeitsreise."
Es war wie ein Reflex. Der Wunsch, einfach loszuheulen. Hemmungslos. Diese ganze Anspannung, diesen Krampf, diesen ganzen Horror sich einfach von der Seele zu heulen. Aber das ging auch nicht mehr. Irgend etwas war da einfach zu und dicht. Sie schluckte und schluchzte . . .
„Und . . . und jetzt jagen sie *mich!*"

Bill betrachtete sie besorgt. „Wer? Wer jagt dich?“
„Ich weiß nicht.“
„Und warum?“
„Ich weiß doch nicht! Weiß nichts! Kapier nichts! Sie fangen Mike und entführen ihn . . .“
„Ach, Kidnapping. Seid ihr so reich?“
Fast hätte sie gelacht.
„Wir studieren – mit Stipendium. Und wir jobben für Geld. Mike fährt manchmal Taxi und spielt Gitarre, in der Band der Universität. Und ich mach *Babysitting*. Aber nicht sehr oft. Vielleicht . . . vielleicht ist das Ganze – eine Verwechslung . . .?“
Bill reichte ihr den Becher zurück: „Du, ich brauch noch ’n Kaffee.“
Sie füllte ihn auf, die Kanne leerte sich.
Bill beobachtete sie: „Bist du sicher – ich mein’ – du bist nicht ausgebrochen? Irgendwo – so Klappsmühle, du verstehst?“
Monica hatte aufgehört, weiter einzuschenken.
„Sie glauben mir nicht?“
Er schüttelte den Kopf. „Kein Wort. Nein. Stell dir mal vor, dir erzählt einer so ’ne Geschichte . . .“
Sie kniff den Mund zusammen, wandte sich ab. Scheißheulerei. „Stell mir’s ja vor!“ Sie schluckte und verschüttete den Kaffee.
Bill streckte nur die Hand aus.
Sie gab ihm den Becher.
„Nicht mehr viel drin – auch nicht in der Kanne.“
Bill trank den letzten Schluck in einem Zug.
„Macht nichts. In Tullarosa gibt’s neuen.“
Eine Reihe Laster kamen ihnen entgegen. Die Scheinwerfer füllten das *Cockpit* für Sekunden mit Licht.
„So ’ne Fahrt, weißt du, selbst wenn man abweicht von der Route, aber es ist alles genau eingeteilt. Du bringst das ein bißchen durcheinander . . .“
„Ja . . .“
Sie verkroch sich wieder in ihre Ecke.

„Ich heiße Bill. Bill Michalski. Wie heißt du?"
Sie hatte aus dem Fenster gesehen, hinaus in die Nacht.
„Monica Shepard."
„Und wo kommst du her?"
„Princeton. Wir studieren dort."
Sie wickelte sich die Plüschdecke fester um die Beine.
„Aber ich stamm' aus Europa. Aus Deutschland."
Bill fing an zu lachen. „Das auch noch!"
Er zerknüllte die leere Sandwichfolie, die er bisher in der Hand gehalten hatte, und warf sie in die Ecke. „Das auch noch!"
Sie sah ihn verständnislos an. Er lachte immer noch und schlug mit der Faust gegen das Lenkrad: „Ich komm' aus Polen! – Eine richtig schöne Scheiße, was?"

15 Vor dem Tullarosa-*Truckstop* parkten in langer Reihe die chromblitzenden Monster der Überlandlaster – bunt bemalt mit Ornamenten und Fratzen, mit Adlerköpfen, scharfzähnigen Pumas, Büffelhörnern und entblätterten Maiden.
Drinnen im *Coffee-shop* drängten sich die Helden der Landstraße um die Theke.
Cowboystiefel und Turnschuhe, Texashüte und Baseballmützen, bunte Hemden und bedruckte Jacken, die für Texaco oder Conoco warben, für Marlboro oder Seven-up. Oder für die Marke ihrer Trucks.
Die Klimaanlage kam gegen die Rauchschwaden nicht mehr an, sie kühlte sie einfach runter.
Kaltes Neonlicht fiel auf hygienisch poliertes Plastik, popfarben und abgewetzt, und auf die blassen Montana-Gesichter der Fahrer. *Trucking*, das war kein sehr sonniger Job.
Es war ein einziges Kommen und Gehen. Sie schwatzten kurz miteinander, Erfahrungsaustausch über Routen und Raten, schütteten Unmengen Kaffee, sozusagen auf Vorrat, in sich hinein, standen Schlange vor dem Waschraum, pißten in ein-

trächtiger Reihe in eine Edelstahlwanne, die mit Eiswürfeln aufgefüllt war bis zum Rand, machten mit Nelly, der ältlichen Bedienung im Minirock, ein paar zweideutige Scherze, zahlten und gingen und fuhren weiter in die Nacht.
Alle hundert Meilen war an den Überland-*Highways* ein *Truckstop* zu finden, darauf war Verlaß.
Rund um die Uhr wurden Fahrzeuge gewartet, Maschinen abgeschmiert und die Tanks gefüllt, während der *Wildcatter* sich im *Coffee-shop* drinnen selbst versorgte.

Bill drängte sich vor an die Theke und knallte seine Thermoskanne auf den Tisch.
„Hej, Nelly."
„Hej, Boy!" Sie schob sich die blonden Locken ihrer Perücke aus dem Gesicht, griff sich die Thermoskanne und lächelte Bill routiniert verführerisch an. Das gehörte zum Job.
„Wenn du warten willst, in fünf Minuten gibt's frischen."
„Okay, ist recht."
Bill wandte sich zum Waschraum, aber unterwegs hatte er eine Idee. Er kam zurück und rief über die Köpfe der Kollegen hinweg: „Nelly, du, dreh dich doch mal um. Ja, dreh dich um! Einfach nur so ... Zeig dich von hinten!"
Sie verstand nicht so recht, zierte sich, lachte, aber dann tat sie's doch, geniert und ein wenig kokett, während Bill ihre Figur abschätzte. „Ist okay, Nelly, dank' dir, es reicht schon!"
Sie kam neugierig nach vorn. „Sag mal, was soll das? Ein neues Spiel von euch Jungs?"
Bill beugte sich vertraulich zu ihr über den Tresen, versuchte zu flüstern, gegen Geschwätz und *Musicbox*, was nicht einfach war.
„Sag mal, hast du nicht zufällig 'n paar alte Jeans für mich? Alte Jeans ...!"
Sie kicherte immer noch: „Für dich? Meine Jeans – für dich?"
„Nein, nicht direkt für mich. Für ... na ja. Sieh mal zu, ob du welche findest, ja. Bin gleich wieder da."

Aber er kam auch diesmal nicht bis zum Waschraum. Zwei Kollegen betraten den Raum, kamen von draußen, suchten Bill in der Menge, fanden ihn und begrüßten ihn mit Hallo.

Der Kleinere von den beiden schob seinen übergroßen Texashut in den Nacken und rief quer durch das Lokal: „Sierra-Bill, du alter Coyote, sag schon – was ist das für ein schnuckeliger Käfer, den du dir eingefangen hast?"

Bill war stehengeblieben, machte ein verständnisloses Gesicht, aber die beiden waren nähergekommen, und der Kleinere ließ nicht locker: „Leugnen ist zwecklos. Sie schaut aus dem Fenster von deinem Cockpit."

Bill winkte ab und schob die Tür zum Waschraum auf. „Ach so, ja. Bloß keine Anspielungen. Meine Tochter!"

„Tochter?" Jetzt war der Größere an der Reihe, wischte sich über seinen gigantischen Schnauzbart und packte Bill an der Schulter. „Du hast 'ne Tochter – ach – von *der* Größe? Seit wann?"

„Seit wann, seit wann ... seit ich beim Tomatenpflücken in Kalifornien war. Seit damals. Und das ist lange her. Sehr lange. War ich selbst noch 'n Kind. Kannst mir glauben ..."

„Was ich dir glaube, ist doch meine Sache, oder?"

Der Schnauzbart rutschte nach oben und gab eine Reihe langer, brauner Zähne frei. Die Umstehenden lachten mit, und Bill verschwand achselzuckend hinter der Waschraumtür. Einige traten ans Fenster und schauten hinaus auf den spärlich erleuchteten Hof, aber Bills *Truck* stand irgendwo in der langen Reihe, vom *Coffee-shop* aus nicht zu sehen, und so sensationell war die Geschichte ja auch wieder nicht.

Dafür geschah etwas anderes: eine Ambulanz fuhr vor, rollte langsam und leise mit ausgeschaltetem Licht an der Reihe der *Trucks* vorbei und hielt schließlich neben dem Eingang zu der Kaffeebude.

Einer der Sanitäter stieg aus, sah durch das Fenster in den *Coffee-shop*, neugierig, so als suche er jemanden, dann ging er zu der Reihe der parkenden *Trucks*, musterte so im Vorübergehen

die einzelnen Cockpits – dann kehrte er um und ging in das Lokal.
Der zweite Mann blieb im Wagen.
Langsam kam Monica wieder hoch. Sie hatte das rosa Plüschfell über sich gebreitet und war zwischen Sitz und Kontrollkonsole untergetaucht. Jetzt kniete sie auf dem Boden und schaute dicht über die Fensterkante hinweg nach draußen – zum *Coffee-shop* und zu der Ambulanz. Es gab keinen Zweifel, sie kannte den Wagen – und sie erkannte ihren Verfolger.

Der hatte sich inzwischen an die Theke gestellt und vergeblich nach der verschwundenen Bedienung Ausschau gehalten.
„Ist niemand da?“ rief er in die Runde – und prompt kam es zurück: „Doch, wir!“
In das Lachen der Truckfahrer hinein gab er überflüssigerweise noch eine Erklärung ab: „Das seh’ ich. Ich mein’ die Bedienung!“
Aber da kam sie schon, warf ein paar Jeans auf den Kühlschrank und wurde mit der Neuigkeit begrüßt „He, Nelly, da ist ’n *Doc*, und der will dich sprechen . . .!“
Sie hatte ihn schon bemerkt und war an den Tresen getreten.
„Na, was gibt’s denn?“
„Kaffee. Ich hab’s eilig.“
„Logisch. Wer nicht . . .“ Der Schnauzbart war hinter den Sanitäter getreten und hatte sich eine Handvoll goldbrauner *Donuts* vom Ständer geangelt.
„Kaffee nur aus Thermos. Der frische dauert noch. Aber warten lohnt sich!“ Nelly verstand ihr Geschäft.
„Keine Zeit.“ Der Sanitäter deutete auf den bauchigen Glasbehälter, und Nelly füllte eine Tasse.
Schweigend stellte sie den Kaffee auf den Tisch und kassierte drei *Dimes*. „Sonst noch ’n Wunsch?“
Aber der Mann im weißen Kittel schüttelte nur den Kopf, wandte sich ab und schlürfte seinen Kaffee.
Auch noch, als Bill aus dem Waschraum trat und aus dem Kühlfach ein Dutzend eingesiegelter Sandwichpakete fischte.
„Na, Doktor, ist was passiert?“ Bill hatte plötzlich so eine Ah-

nung und stellte sich neben den Sanitäter. Aber der reagierte nicht.

„Jaja", sagte der Schnauzbart ziemlich laut in die Runde, „langsam spricht sich's sogar in Akademikerkreisen herum: Nellys Kaffee ist der beste auf der ganzen *A-70*."

Und sein kleiner Kollege mit dem großen Hut ergänzte: „Zumindest zwischen Roswell und Las Cruces. Was, Doktor?"

Aber der Mann im weißen Kittel fühlte sich immer noch nicht angesprochen. Dafür kam Nelly nach vorn: „Gib nicht so an, Mann. Wenn Albuquerque nicht dicht wär für euch, wenn dort oben nicht der Teufel los wär, kein Schwanz wär heute drinnen bei mir!"

Und in das tosende Gelächter hinein schrie sie noch mit schriller Stimme: „Ist doch wahr, oder vielleicht nicht? Außenrum gedonnert wärt ihr alle. Außenrum auf der *25* und auf der *40*, und mein Kaffee wär euch scheißegal. So ist das doch, oder vielleicht nicht?"

Der Schnauzbart lehnte sich besänftigend über den Tresen: „Beruhige dich wieder, Mädchen. Alles okay. Wir lieben dich doch. Auch wenn's heute besonders lange dauert mit deinem frischen Kaffee . . ."

Nelly brach in irgendeinen lauten Seufzer aus, murmelte etwas von „Zirkus" und „Andrang" und „platzender Bude".

„Dir kann man's schwer rechtmachen, Baby", sagte der Schnauzbart und schob sich einen ganzen *Donut* zwischen die gelben Zähne.

Nelly verschwand in ihrer Küche, die Gespräche waren verstummt, und die *Musicbox* machte grade Pause.

Diese plötzliche Stille hatte etwas Erschreckendes.

Bill brach das Schweigen: „Na, Doktor? Ziemlich ruhig heute abend, was?! Kein Geschäft zu machen, kaum Unfälle. Na, kann ja noch kommen. Der Sonntagabend hat ja erst angefangen."

Da stellte der Sanitäter seine leere Tasse ab. „Mir ist lieber, 's bleibt ruhig." Es schien, als wollte er sich zum Gehen wenden. Aber da tauchte draußen sein Kollege hinter dem Fenster auf und schaute herein.

Der Sanitäter sah sich nochmals um, von einem zum anderen: „Übrigens ... habt ihr die Durchsage gehört? Na, eben. Im Radio. Die Polizei in Las Cruces sucht ein Mädchen. Anhalterin. Ziemlich leicht bekleidet: nur so Höschen und Pullover ..."
Nelly war näher getreten und hatte interessiert zugehört. „Ach ja?"
„Heute abend ausgebrochen!" fuhr der Sanitäter fort, „aus dem Knast. Krankenstation. Fixerin, drogensüchtig. Ziemliches Flittchen!"
„Soso ...", sagte Bill. Das war alles. Aber er spürte die vielsagenden Blicke, die auf ihm ruhten. Der Schnauzbart klopfte ihm unvermittelt auf die Schulter und schob sich einen weiteren *Donut* zwischen die Zähne. Nelly lächelte, nahm die Jeans vom Kühlschrank und legte sie vor Bill auf den Tresen. Der holte Münzen aus seiner Tasche. „Ich zahl schon mal. Wenn das stimmt, werden die ja bald durch die Gegend wetzen mit ihren Streifenwagen. Besser, wir machen uns alle auf die Socken, bevor die auf dumme Gedanken kommen und die *A-70* verunsichern. Der Zirkus um Albuquerque reicht mir für heute."
„Wir haben den Auftrag, das Mädchen einzufangen. Immerhin ist sie ansteckend krank." Der Sanitäter gab seinem Kollegen ein Zeichen hereinzukommen, aber der winkte ab, blieb dicht bei seinem Wagen und starrte weiter durch das Fenster.
„Ihr wißt doch was, oder?" Er schaute vom einen zum anderen. „Ihr nehmt doch immer Anhalterinnen mit, oder?"
„Fehlanzeige!" brummte der Schnauzbart mit vollem Mund. „Wir sind doch nicht lebensmüde. Kennen doch das Volk, das durch die Gegend trampt!" Einer log mehr als der andere. Und sein kleiner Kollege ergänzte: „Schafft alles nur Probleme und Ärger. Ne ne, aus Prinzip ...!" Aber sehr überzeugend klang das nicht.
„Na ja ..." Der Sanitäter wischte diese Prinzipien vom Tisch. „Wenn sie aber hübsch ist und jung und viel Bein zeigt ..."
Bill hatte sich neben das Fenster gesetzt und die Ambulanz be-

obachtet. Aber es gab nichts, was ihm aufgefallen wäre. Jetzt mischte er sich wieder in die Diskussion: „Ihr habt vielleicht 'ne Ahnung von unserem Job. Wir fahren auf Zeit und auf Termin. Das ist so schlimm wie Akkord. Die Minuten hier am Tresen und beim Pissen, die fahren wir wieder rein. Aber Weibergeschichten ..."

Er schaute wieder hinaus. Der zweite Mann von der Ambulanz hatte sich auf den Weg gemacht zu der Reihe der *Trucks.*

Bill stand gerade auf, als der kleine Kollege mit heller Stimme und voller Überzeugung seine persönlichen Probleme zum besten gab: „Ich frag mich auch, wozu? Wozu das alles? Nach zehn oder zwölf oder auch zwanzig Stunden hinter dem Steuer biste zum Bumsen zu müde. Und ist auch den Aufwand nicht wert!"

Verklemmtes Gelächter antwortete ihm. Bill schob ihn mit einem: „Ja ja, ist schon gut ..." auf die Seite und trat zur Tür. Aber der Schnauzbart verkündete gerade an Bills Adresse: „Das einzige, wenn du dir einen bunten Vogel fängst: Du kannst angeben bei den Kollegen!"

Das kam schon besser an und wurde mit großem Lachen quittiert. Auch von Bill. Und auch von Nelly. Die benutzte die Gelegenheit, Bill die Jeans zuzuwerfen. „Ach ja, übrigens – ich hoffe, sie passen." Er fing sie auf, nickte, klemmte sie unter den Arm.

„Bin ich fast sicher."

In der Türe blieb er nochmals kurz stehen: „Denk an meinen Kaffee. Füll die Kanne." Damit war er draußen.

Alle Blicke folgten ihm. Aber der Sanitäter hatte wohl keinen Verdacht geschöpft.

16 Die Jeans unterm Arm, ein Dutzend Sandwich-Pakete in der Hand, umkreiste Bill die Ambulanz.

Die Fenster waren weiß gestrichen oder mit irgendeiner Folie lückenlos zugeklebt. Nur die Tür zur Fahrerkabine stand offen. Musik drang heraus. Vermutlich Radio. Aber der Durch-

gang zum Patiententeil war verhängt. Zwischen Fahrer- und Beifahrersitz war ein Telefon installiert, daneben lag aufgeschlagen ein Fahrtenbuch.
Bill wollte sich gerade darüberbeugen, als der zweite Sanitäter dicht hinter ihm auftauchte und ihn ansprach. „Gibt's was zu sehen?"
Bill grinste ihn an: „Nicht sehr viel. Mein *Cockpit* ist moderner!"
„Wie schön für dich, Mann. Da würd' ich doch raten, besser in dein modernes *Cockpit* zu gehen, ja?" Er ließ sich auf den Fahrersitz fallen und schlug die Tür zu.

Bill trottete davon, verschwand zwischen den ersten *Trucks*, machte ein paar Runden um fremde Fahrzeuge und bestieg, als er sich unbeobachtet fühlte, seinen Laster.
Monica lag zusammengekauert unter dem Sitz. Als sich die Tür öffnete, schrie sie auf.
„He, ich bin's. Alles okay?"
Sie nickte.
Er kletterte in seinen Sitz, verriegelte die Tür.
„Bleib unten. Hier..." Er warf ihr die Jeans zu. „Zieh an – aber bleib unten!"
Er blickte nach draußen, durch die Frontscheibe, die Seitenfenster, peilte nach hinten durch die Spiegel.
„Die passen, ja?"
„Ja, sieht so aus." Sie lag immer noch zusammengekrümmt auf dem Boden und versuchte, den Reißverschluß hochzuziehen.
„Du hast den Wagen gesehen, die Ambulanz?"
„Ja."
„Und die Männer? Den Fahrer – und den anderen?"
„Ja."
„Sind das die Kerle, die dich jagen?"
„Ja. Glaube schon."
„Ich glaub's auch!" Er drehte das Seitenfenster herunter und lehnte sich hinaus.
Jetzt konnte er den Eingang zum *Coffee-shop* besser überblikken und die Ambulanz mit dem Fahrer am Steuer.

„Ausgebrochen aus dem Knast, drogensüchtig – Durchsage im Radio . . ."
Er hatte es laut vor sich hingesagt, und Monica sah ihn verwundert an. „Was ist?" Sie hatte nicht verstanden.
Er schaute sie an. Das Licht von einer dieser grellen Lampen, die den Parkplatz erhellten, fiel genau auf ihr Gesicht.
So deutlich hatte er sie noch nie gesehen. Nur immer in diesem fahlen, grünen Schimmer des Armaturenbretts.
„Nichts ist!" Er lächelte sie an, und sie lächelte zurück – zum ersten Mal.
Dann richtete er sich auf und öffnete die Tür.
„Geh nicht weg . . . bitte!" Ein angstvoller Blick.
Er zögerte und blieb sitzen.
Da war plötzlich ein ganz warmes, fremdes, längst vergessenes Gefühl in ihm. Ein Mensch, der ihn brauchte, der ihn bat zu bleiben, für den er verantwortlich war, den er beschützen mußte . . .
„Geh nicht weg. Bitte." Sie kniete immer noch auf dem Boden, hatte den Oberkörper gegen den Sitz gelehnt und schaute ihn an.
Er wollte sich neben sie knien, sie in den Arm nehmen, über ihr wirres Haar streicheln, beruhigend auf sie einreden.
Aber dann saß er nur da, konnte sich nicht bewegen und schwieg.
Er hörte das Geschwätz von Kollegen, die näherkamen, in ihren Wagen kletterten. Er hörte eine Maschine aufheulen, Lichter flammten auf. Röhrend schob sich ein *Truck* heraus aus der Reihe und gab den Blick nun ungehindert auf den *Coffee-shop* und den Ambulanzwagen davor frei.
Monica hatte sich aufgerichtet und an Bill vorbei durch die offene Tür gespäht.
„Mike . . . ob sie Mike im Wagen haben?" Ein plötzlicher Einfall, aber doch eigentlich logisch. Wo sollte er sonst sein? Oder hatten sie ihn irgendwohin gebracht? Wohin? Wozu?
Bill folgte ihrem Blick. Immer noch saß der Ambulanzfahrer am Steuer des Wagens und schaute durch das hell erleuchtete Fenster in die Kaffeebude hinein.

„Ich muß zu Mike . . .!“ Monica stand auf, schien jede Angst, jede Vorsicht vergessen zu haben. „. . . zu Mike, dort im Wagen!“
Sie versuchte die Tür zu öffnen. „Hilf mir . . .!“
Aber Bill hielt sie fest, zog sie zurück auf den Sitz, drückte sie wieder auf den Boden des Wagens.
„Was denn? Einfach hinrennen und aufmachen – und reinschauen? Und dann war nichts? Oder ’s liegt einer drin, ein Kranker. Oder irgendwer . . . Und wenn das *die* sind, die dich jagen, dann sind sie doch gefährlich!“
Er hatte geflüstert und dabei intensiv auf Monica eingeredet, aber sie war nicht zu überzeugen, hatte jedes Gefühl für Gefahr verloren.
„Ich geh’ hin. Ich geh einfach hin. Und du hilfst mir, ja?“
Wieder versuchte sie die Verriegelung der Cockpittür auf ihrer Seite herunterzudrücken.
„Warte noch!“ Bill stoppte sie abermals.
„Die Kollegen. Ich hab’ hier Freunde. Die hol’ ich raus . . .!“
Er sprang aus dem Cockpit, warf die Tür hinter sich zu . . . da war im gleichen Augenblick der Sanitäter aus dem Lokal getreten und hatte sich in die Ambulanz gesetzt, auf den Beifahrersitz. Der Wagen startete, Scheinwerfer und rotes Blinklicht flammten auf. Mit heulender Sirene jagte der Wagen aus dem Hof hinaus auf den *Highway A-70.*
Bill lief um die Nase seines Trucks herum und entriegelte die Tür auf Monicas Seite. „Zu spät.“ Er spuckte hinterher.
Sie kletterte heraus, stellte sich auf den obersten Tritt und schaute der Ambulanz nach, bis das zuckende rote Licht in der Nacht verschwunden war.
„Vielleicht ist es besser so“, meinte Bill. „Aber das weiß man immer erst hinterher.“
Er schlug die Arme umeinander. Es war kühl, und er fröstelte. Tullarosa lag fast zweitausend Meter über dem Meer. Vielleicht lag’s daran, vielleicht lag’s an ihm. Die ganze Geschichte wurde ihm unheimlich.
„Hast du dir die Nummer gemerkt?“
Monica schüttelte den Kopf.

„Scheiße, ich auch nicht. Aber es war ein uraltes Modell.“
Nelly war vom *Coffee-shop* herübergekommen mit Bills Thermoskanne in der Hand. Der Schnauzbart und sein schmächtiger Freund und noch drei oder vier andere folgten in ihrem Schlepptau.
„Ich dachte schon, du hättest deinen Kaffee vergessen. Vor lauter Aufregung.“
Nelly hatte das Mädchen im Cockpit bemerkt. Sie stand immer noch in der offenen Tür.
„Seh' schon. Die Jeans passen wie 'ne eins!“
„Ja“, sagte Bill, „die passen wie 'ne eins. Dank' dir, Nelly. Kriegst sie zurück auf dem Weg retour.“ Gedankenverloren hatte er die Thermoskanne genommen und an Monica weitergereicht.
„Dann ist ja alles in Ordnung“, meinte Nelly. „Und was sag' ich dem Sheriff?“
„Gar nichts!“ Bill schob Monica in das *Cockpit* zurück und knallte den Schlag ins Schloß. „Die einzigen, die hinter dem Mädchen her sind, die sind eben abgefahren. Oder habt *ihr* 'ne Durchsage gehört? Ich nicht!“
Monica schaute aus dem Fenster, sie hatte die Scheibe heruntergedreht, wollte hören, was da über sie verhandelt wurde. Aber alle standen nur schweigend herum und schauten sie an.
„Ja“, sagte Bill schließlich, „das ist 'ne verdammt lausige Geschichte . . .!“
„Dann erzähl sie mal, los!“ Der Schnauzbart war neugierig.
Doch Bill schüttelte den Kopf, winkte ab: „Muß erst nachdenken.“ Er ging wieder um das Fahrzeug herum zu seiner Tür.
„Ich bin schon 'ne Viertelstunde über der Zeit!“
Er kletterte hoch. „Wir sehen uns auf dem Rückweg.“
Der Schnauzbart nickte: „Irgendwo trifft man sich immer.“
Die Tür schlug zu. Der Motor röhrte auf. Bill winkte kurz aus dem Fenster. Dann schob sich sein *Truck* langsam hinaus auf den *Highway* – und eine Gruppe ratloser Freunde blieb zurück.

17 Sie fuhren durch die Nacht.
Das schwarze Band der Straße zog unter ihnen durch, Meile um Meile, Stunde um Stunde.
Sie durchquerten Städte und Dörfer, besser gesagt „Siedlungen“, die von erschreckender Austauschbarkeit waren.
Tankten Kraftstoff und Kaffee.
Hörten Musik aus allen Ecken des *Cockpits*, Radio, Durchsagen und Informationen über CB.
Versuchten miteinander zu reden – aber das klappte nicht so recht.
Er wußte nicht, was er mit diesem Mädchen reden sollte – Studentin aus Princeton.
Sollte er von sich erzählen, von seinem Job, seinen Problemen – wo sie weiß Gott größere hatte?
Und Monica schwieg, abgrundtief müde, erschöpft und von einer Unruhe erfüllt, die sie nicht einschlafen ließ.
Jede Minute, die sie auf ihrem Weg durch diesen Kontinent nach Nordosten fuhren, brachte sie weiter weg von dem Ort der Katastrophe, brachte sie weiter weg von Mike. Aber sie hatte keine Wahl.
Sie saß in diesem Gehäuse, eingesperrt, abgekapselt von einer Welt, die schemenhaft draußen vorbeizog, und hatte jedes Gefühl für Entfernungen, für Ort und Zeit verloren.
Irgendwann wurden sie von einem Streifenwagen der Staatspolizei überholt. Auf dem Dach blinkte ein Feuerwerk funkelnder Lichter. Aber Bill war von Kollegen, die weit hinter ihm fuhren, über Funk rechtzeitig gewarnt worden und hatte seine Geschwindigkeit auf das vorgeschriebene Limit gedrosselt. Viel Geld für *Tickets* machten die nicht mit den *Truckern.*
Polizei, dachte Monica. Was hätte ich erzählen können? Die hätten ihre Geschichte auch nicht kapiert, und vielleicht auch nicht geglaubt – wie Bill, bis er die Kerle traf mit ihrer Ambulanz.
Bill fuhr konzentriert, trank Unmengen Kaffee, schluckte irgendwelche Pillen.
„Was sind das für Pillen?“ wollte Monica wissen.

„*Speed.*"
„Was ist das?"
Studentin in Princeton und keine Ahnung, was *speed* ist, dachte Bill. Was lernen die dort? Weltfremd und naiv ... Wie machen die ihre Prüfungen, wenn's wirklich hart auf hart kommt, ohne *speed*? Aber dann sagte er nur: „Halt dich da raus!"
Monica warf ihm einen seltsamen Blick zu. Erstaunt. Skeptisch ...
„Hör mal ..." Bill holte tief Luft, „du willst, daß wir heil ankommen, und ich will, daß der *Container* morgen früh um zehn an der Rampe steht. Wie ich das schaffe, ist den Bossen vom *Meat-Market* egal. Wenn das nicht hinhaut mit mir, bekommt das nächste Mal ein anderer das Fleisch auf die Haken. So ist das."
Sie wickelte sich fester in die Plüschdecke und hörte ihm zu.
„Was ich hier mache, ist ein Job, verstehst du? Und der bringt Geld. Und ich brauch' jeden Dollar. Und wie viele Fahrten ich noch krieg' – und durchhalte –, weiß ich nicht. Aber ich weiß, daß jeden Ersten die Raten fällig sind, für den *Truck* und den Hänger. Und ich weiß auch, daß 'ne volle Kompanie von Kollegen bloß drauf wartet, ihre *Container* mit Fleisch vollzukriegen und sie zweimal die Woche quer durch den Kontinent zu schleppen. Und 'ne Menge von denen ist jünger als ich und besser in Form. Aber ich bin drin im Geschäft, und da will ich auch bleiben. Ist doch klar, oder?"
Ich rede verdammt viel, seit die da ist, fiel Bill ein.
„Los, ich brauch' noch 'n Kaffee!"
Sie wickelte sich aus der Decke, streckte sich nach der Kanne in der Aufhängung neben der Kontroll-Konsole, zog einen Becher aus der Röhre, alles sehr geschickt, sehr routiniert.
Die macht das fabelhaft, dachte Bill. Man sollte zu zweit fahren. Muß ja nicht gleich 'ne Studentin aus Princeton sein. Besser jemand, mit dem man so von gleich zu gleich reden kann, ohne sich groß Gedanken zu machen.
Aber reden, einfach so reden, das half ungeheuer, fand Bill. Man konnte Dampf ablassen, man konnte sich klarwerden,

was los war mit einem, man sah plötzlich ganz deutlich, wo die Knoten saßen in einem, nur durchs Drüberreden ...
Und vor allem: Man schlief nicht ein.
Monica hatte ihm den Becher mit dem Kaffee gereicht, die Kanne wieder in die Halterung gehängt, dann hatte sie sich wieder in die Decke gewickelt und die Beine hochgezogen.
„Ich will raus hier – ich will raus!" Das kam ganz plötzlich über sie. Sie wußte selbst nicht, wieso.
Eben noch war dieses dröhnende Gehäuse, das mit ihr über die Straßen jagte, Schutz und Asyl gewesen, und mit einemmal fühlte sie sich eingesperrt. „Bitte, laß mich raus, bitte ...!"
Bill dachte: Jetzt dreht sie durch. Das mußte ja kommen, früher oder später. Nach alldem, was geschehen war mit ihr ...
Sie sah Bills sorgenvollen Blick und wurde zornig.
„Du kapierst das nicht, was? Ich hock hier drin, sitz fest, kann nichts tun. Ich will raus ...!"
Bill war hilflos. Er starrte das Mädchen an, das nun voller Verzweiflung in sich hineinschluchzte, das ihr Gesicht verbarg in dem fuseligen, angegammelten rosa Plüsch, das sich schließlich abwandte und nach draußen schaute in die Nacht.
Aber es war nicht mehr Nacht, es war früher Morgen. Ein düsterer, regenverhangener Novembermorgen über Oklahoma. Der helle Schimmer, der sich genau vor ihnen über den Horizont zog, konnte der anbrechende Tag sein oder auch der Widerschein der Lichter von Oklahoma-City. Es waren noch zwölf Meilen bis dort.
Er mußte versuchen, daß sie durchhielt. Bis zur Stadt wenigstens, dann sah man weiter.
„Hörst du nicht? Ich will raus! Halt an, bitte, laß mich raus!"
Bill schüttelte den Kopf. „Hier, mitten auf der Strecke? Anhalten und dich rausschmeißen? Du bist verrückt!"
„Im nächsten Ort, an der Kreuzung! Bitte!"
Aber Bill blieb hart. „Ich hätte auf einen Klick 'n paar Sorgen weniger. Geb ich zu."
„Es sind meine Sorgen. Ich steig' aus!"
„Ohne Geld, ohne Papiere!"

„Ich komm' schon durch!"
„Wie denn?" Bill versuchte nachzudenken. Zum Beispiel darüber, was er eigentlich vorhatte mit dem Mädchen. Irgendwann waren sie in New York – und dann? Wie sollte es weitergehen?
„Ich muß doch was tun. Muß ihm doch helfen!"
Sie meinte wohl Mike.
„Sicher mußt du etwas tun. Aber zuerst mußt du wissen, was da gelaufen ist. Du weißt nichts!"
Bill drehte die Seitenscheibe ein Stück herunter, ließ frische Luft durch das *Cockpit* wirbeln.
Monica lehnte sich erschöpft zurück. „Wie soll ich etwas erfahren, wenn ich hier drin sitzenbleibe?"
„Und wenn du aussteigst . . .?"
Es waren noch zehn Meilen bis zur Stadtgrenze.
„Ich weiß doch schon 'ne ganze Menge. Weiß schon viel zuviel. So viel immerhin, daß die mich jagen!"
„Ja, und darum bleibst du hier!"
Sie wickelte die Beine aus der Decke, legte das Plaid dann ordentlich zusammen und warf es hinter sich in die Koje.
„Dort vorn steig' ich aus und fahr' zurück!" Sie war fest entschlossen. „Bitte, halt an . . .!"
Bill kurbelte das Fenster wieder hoch, drehte die Musik mit einem Schlag ab. Es war eine eigenartige Stille um sie herum. Der Motor dröhnte immer noch, die achtzehn Reifen sangen über den Asphalt.
„Du weißt, warum ich auf die Bremse gelatscht bin, gestern abend, und dich aufgepickt hab? Doch nicht, um dir zu helfen! Wußte ja noch gar nicht, was los war. Nein – sondern weil du hübsche Beine hast, überhaupt 'ne hochanständige Figur. Und weil's Nacht war. Und weil's beschissen ist, allein zu fahren. Deshalb. Und da bleibt man eben stehen. Aber jetzt auf einmal häng' ich mit drin in deiner miesen Geschichte. Und ich bin für dich verantwortlich. Das ist doch wohl klar!"
„Quatsch ist das. Weiter nichts!"
Menschen, die sich zu sehr um sie kümmerten, die immerzu

verantwortlich für sie waren, machten Monica ungemein aggressiv. Da hätte sie ja gleich zu Hause bleiben können, in der kleinen Buchhandlung in Gauting bei München.
Aber Bill konnte das nicht wissen. Der meinte es sicher „gut" mit ihr. Oh, wie sie das haßte, wenn es Leute „gut" mit ihr meinten. Wahrscheinlich war sie vor lauter elterlicher Güte und Verantwortung nach Amerika geflohen.
Und was sagte dieser Bill schließlich noch? „Ich bin für dich genauso verantwortlich wie für die zwanzig Tonnen Fleisch hinter uns." Monica lachte schallend auf.
Und Bill ergänzte lakonisch: „Wetten, ich sorg' dafür, daß beides an die richtige Adresse kommt!"

18 Acht Meilen vor Oklahoma-City hatten sie ihn.
Es war der gleiche Streifenwagen wie vorhin – *Oklahoma-State-Police* – verdammt, wenn er nur wüßte, an welcher Ecke der auf ihn gewartet hatte.
Er hatte ihn auch nicht im Spiegel gesehen. Er hatte überhaupt auf nichts mehr geachtet. Und jetzt kam die Quittung. Man sollte allein fahren, die Schnauze halten und sich auf seinen Job konzentrieren.
Jetzt schoß der weiße Wagen an ihm vorbei, mit Sirene, und der ganze Christbaum auf dem Dach war illuminiert.
Bill warf noch einen letzten Blick auf seinen Tacho, sah nur, daß die Nadel ganz schön über der roten Markierung lag, die er sich aufgeklebt hatte, dann trat er die Bremse durch.
Der Polizeiwagen stand schräg vor ihm auf der breiten Randspur, als er den *Truck* mit den zwanzig Tonnen Fleisch plus Zuwaage endlich zum Stehen brachte. Der *County-Mounty* verließ sein aufgeputztes *Tijuana-Taxi*, schob sich die Mütze ins Gesicht und zog die Hosen hoch. Er hatte offensichtlich Nachtschicht gemacht und brauchte dringend vor dem Feier-Morgen noch ein saftiges Erfolgserlebnis.
Bill murmelte „Scheiße ... Scheiße ... Scheiße ..." vor sich hin und kurbelte das Seitenfenster herunter. Er war bereit,

dem *County-Mounty* sein schönstes übernächtigtes Morgenlächeln zu schenken, aber der interessierte sich erst mal überhaupt nicht für ihn. Wie John Wayne marschierte er an Bills *Truck* entlang – weiß Gott, was es da Interessantes zu sehen gab. In unerschütterlicher Ruhe verglich er die Nummern hinten am *Reefer* mit den Nummern des *Trucks*, und zur Sicherheit notierte er alles in sein schwarzes Plastikbuch. Ins Buch – nicht gleich auf den Block mit den *Tickets*.

„Na, was gibt's denn, Sergeant? Irgendwas nicht in Ordnung?"
Immer freundlich bleiben, dachte Bill, als der Polizist wieder unter seinem Fenster nach vorne wanderte. Aber der nahm immer noch keine Notiz von ihm.

Jetzt ging er wieder zu seinem Streifenwagen. Bill hoffte schon, die Schau wäre zu Ende, aber der Sergeant griff sich das Mikrofon und sprach etwas hinein, das Bill nicht hören konnte. Dann kam er zurück.

„Papiere!"

Bill reichte sie ihm: Fahrzeugschein, Führerschein.

Aber das befriedigte den Sergeanten nicht: „Ladung!"

„Zwanzig Tonnen Rinderhälften."

„Ich will das nicht hören, ich will das sehen. Schriftlich. Ladepapiere!"

Bill griff neben sich in die Mappe, reichte den Frachtbrief nach unten.

„Woher?" Zum ersten Mal blickte der Polizist ihn an.

„Roswell . . .", sagte Bill. Das war der letzte Ort der langen Route, der ihm einfiel und der im *cattle-belt*, im Rinderzuchtviertel, lag.

„Hier steht ‚El Paso'. El Paso-*Meat-Market*."

„Ja, ursprünglich . . . Ich meine, da kommen die Rinder letzten Endes her . . ."

Der Polizist versuchte in das *Cockpit* zu sehen, da verlor Bill etwas die Nerven: „Hören Sie, Sergeant, was ist eigentlich passiert? Sie stoppen mich hier, kontrollieren die Ladepapiere . . ."

Aber der Uniformierte winkte nur ab. „Ich diskutiere nicht mit Ihnen über Ihre Geschwindigkeit, Sir! Ich fahre seit zwei

Meilen hinter Ihnen her im Abstand von hundert Fuß. Ich hab' ein Kontrollgerät im Wagen. *Over*!"
Aus, dachte Bill. Aus! Verdammte Quatscherei! Er warf einen bösen Blick auf das Mädchen, den auch der Polizist registriert haben mußte. Zumindest zeigte er mit dem Daumen beiläufig zum *Cockpit* hoch: „Und wer ist die Frau?"
„Meine Schwester!" log Bill.
„Ziemlich blond!" sagte der Sergeant mit Blick auf Bills dunkle Mähne.
„Ach ja", Bill lachte, „da hätten Sie mal meine Mutter kennen müssen, so was von blond . . .!" Aber es war ihm eigentlich nicht nach Humor zumute. Dem Sergeant auch nicht. Der blätterte stur in den Papieren, suchte den Namen: „Wo kommt eure Sippe denn her? Puerto Rico?"
„Nein, aus Polen. Aber ich bin Bürger der Vereinigten Staaten von Nordamerika!"
„Klar!" sagte der Sergeant, „sehe ich!" und winkte mit Bills *Driver-License*, dem Führerschein.
Verdammter Akzent, dachte Bill. Immer das gleiche Theater mit diesen *Rednecks*, diesen Faschisten hier im Süden. Als ob ein irischer Amerikaner ein besserer Amerikaner wäre als ein polnischer oder einer aus Puerto Rico. Als ob hundert Jahre im Land mehr Rechte gaben als dreißig. Dann wären ja die Indianer, oder was davon übrig war, die besten aller Amerikaner. Länger war ja wohl keiner hier, oder . . .? Bill sagte das natürlich nicht. Aber er hatte es im Blick. Und das verstimmte den Sergeant sehr, wie es schien.
„*Ticket!* Bar oder Konto?"
„*Cash!*" sagte Bill, in der Hoffnung, daß es dadurch billiger würde.
„Gegenvorschlag", sagte der Sergeant. „Kein *Ticket*, aber ich fahr voraus zur Ladekontrolle an der *66/270*. Okay?"
Kommt aufs gleiche heraus, dachte Bill. Hier kein *Ticket*, dort bestimmt eines wegen Übergewichts.
„Sag bloß nicht, das kommt aufs selbe heraus!" drohte der Sergeant.

Er kann Gedanken lesen, dachte Bill. Oder er wußte, wie man Rinderhälften um zehn Prozent dichter hängen konnte.
„Ich zahl' lieber gleich und fahr' weiter." Das war sein Vorschlag.
Aber der Sergeant hatte anders entschieden. Er behielt die Papiere und war schon zu seinem Fahrzeug unterwegs.

„Ich bring' ihn um ... ich bring' ihn um ...!"
Bill folgte dem Streifenwagen durch den morgendlichen Verkehr von Oklahoma-City. Monica hatte die ganze Zeit über kein Wort gesagt, hatte nur stumm dagesessen und ihn angesehen.
„Ich bin schuld, ja?" Das war das erste, was sie sagte.
„Quatsch! Unsinn!" Aber es klang nicht sehr überzeugend.
„Doch. Ich steig' aus und fahr' zurück!"
„Fängst du schon wieder damit an!"
Der Streifenwagen bog ab zur *66/270*. Bill kannte die Station noch nicht. Er hatte Schiß und eine Stinkwut im Bauch. Sollte sie doch abhauen und fahren, wohin sie wollte. Aber sie sagte nichts mehr. Kein Wort.

Vor der Wiegestation stand schon ein Dutzend Laster. Alle eingefangen wie er, zum Teil schon um Mitternacht. Die Station öffnete um acht.
Es war sieben.
Der *County-Mounty* händigte Bills Papiere einem *Local-Yokel* aus, einem Stadtpolizisten, der die Station bewachte. Der wies Bills *Truck* in die wartende Reihe ein.
Das konnte Stunden dauern.
Morgen früh um zehn an der Rampe, *Westside-Meat-Market* New York. Das war nicht mehr zu schaffen. Noch siebenundzwanzig Stunden reine Fahrzeit. Wenn die spitzbekamen, daß er durchfuhr ...
Oder er zeigte sich einfach selbst an. Zehn Prozent mehr Ladung. Mehr als Geld und fünfzehn Punkte konnte es nicht kosten. Und sein Punktekonto war weiß. Nichts gefährdete seine Lizenz. Na also.

Aber der Stadtpolizist hörte sich Bills Geschichte gar nicht erst an. Seine Schicht war um acht zu Ende, wenn die Station öffnete. Und zuständig waren andere. Okay!

Es wurde hell über Oklahoma-City. Ein grauer, diesiger Novembertag.
Bill hatte Monica mit Geld losgeschickt. Jetzt kam sie mit frischem Kaffee und Hamburgern zurück, aus denen die Salatsoße tropfte. Schweigend saßen sie im *Cockpit* und pflegten ihre angeschlagenen Nerven.

Vor dem geschlossenen Tor der Station stand eine Telefonzelle, eine dieser offenen Röhren auf vier Beinen. Die Truckfahrer, die festsaßen, gaben sich gegenseitig den Hörer in die Hand, um schlechte Nachrichten und neue *ETAs* durchzugeben, *expected-times-of-arrival*, die voraussichtlichen neuen Ankunftszeiten. Aber wer konnte wissen, wie lange das hier dauern würde?
Ich könnte telefonieren, überlegte sich Monica. Vielleicht erreiche ich Betty oder Donald in Princeton oder Mikes Eltern in Boston. Aber was soll ich denen sagen? Soll ich mich ausweinen an einem offenen Telefon? Also blieb sie sitzen und rührte sich nicht.

Kurz vor acht kamen die Beamten der Station und übernahmen die deponierten Papiere.
Einer kam zu Bills *Truck*, checkte kurz die Nummer, dann machte er ein Zeichen, das Fenster zu öffnen.
Bill kurbelte es herunter und stellte die Musik ab.
„Zwei Tonnen drüber!“ sagte er, ohne gefragt zu sein.
Der Beamte blätterte im Frachtbrief, dann fand er den Eintrag.
„Fleisch für New York?“
„Ja“, sagte Bill. „Und zwei Tonnen drüber!“
„Stimmt.“ Der Beamte deutete auf eine Zahl in den Papieren. „Zweiundzwanzig statt zwanzig. Achten Sie das nächste Mal darauf, daß zwanzig Tonnen nicht überschritten werden. Be-

stehen Sie darauf. Lassen Sie sich nicht überreden, mehr zu laden. Sie können großen Ärger bekommen. Ladegesetze sind Bundesgesetze. Verstehen Sie?“

Bill nickte.

Wie zum Teufel kommt die Zweiundzwanzig in das Papier? dachte er. Er hatte doch darauf bestanden ... Aber dann sah er schon: Er hatte die Rechnungskopie mit abgeliefert. Mein Gott, sagte er sich: die Nerven! Ich mach's nicht mehr lange.

„Wollen Sie durchfahren bis New York?“

Jetzt kommt die nächste Falle, dachte Bill. Aber auf eine solche Frage war er vorbereitet.

„Nein. Ein Kollege wartet in Springfield. Der löst mich ab. Wartet dort um zwölf am *Truck-Stop*. Ich bin schon eine Stunde über der Zeit ...“

„Na, dann grüßen Sie den Kollegen von mir.“ Der Beamte reichte die Papiere in den Wagen. „Und sichere Fahrt bis New York!“

Ohne Bills Reaktion abzuwarten, war er zum nächsten Wagen weitergegangen.

Der Stadtpolizist, der immer noch rumstand, winkte Bills *Truck* aus der Reihe heraus und tippte zum Abschied an seine Mütze.

„'s gibt solche und solche“, brummte Bill, als er sich wieder in den Verkehr einreihte.

In Oklahoma-City war inzwischen der Teufel los, *rush-hour*. Alles strömte in die Stadt, von den Wohnsiedlungen draußen am Rand, um die Büros und Läden zu bevölkern.

Sie schlichen mit ihren zweiundzwanzig Tonnen Fleisch von Ampel zu Ampel. Das kostete nochmals vierzig Minuten.

Wie sollte er die wieder reinfahren? Mit der Angst im Nacken vor *Ticket* und Punkten, gerade eben noch mal davongekommen ...

Als sie auf dem *Turner-Turnpike*, der *Interstate 44*, die Stadt verließen und durch das flache Weideland von Oklahoma fuhren, pendelte die Tachonadel nur noch selten über die rote Markierung.

Monica schlief, eingewickelt, eingerollt in ihrer Ecke, dann wieder schaute sie hinaus über das flache, baumlose Land des Mittelwestens . . .
Zersiedelte Ortschaften lagen links und rechts der Straße, einzelne Gehöfte, kleine Städte. Unendliche Eintönigkeit.
Aus den Lautsprechern dröhnte die Musik, durchmischt mit Werbung und Verkehrsdurchsagen. Ein ruhiger Montagmorgen. Kurz vor eins erreichten sie Missouri.
Es hatte aufgeklart. Der nasse Asphalt glitzerte in der Sonne.

Hinter Springfield blinkten Warnlampen, Männer mit roten Flaggen stoppten den Verkehr.
Streifenwagen versammelten sich auf der rechten Fahrbahn: ein Unfall. Zwei *Trucks* waren von der Fahrbahn gestürzt. Sachschaden, weiter nichts. Aber immerhin: Am Straßenrand stapelten sich tonnenweise die Kisten mit zerquetschten Tomaten. Um die Ladung Stahlbleche zu bergen, hatte man einen Schwergutkran angefordert. Bill hatte sich über CB informiert.
Langsam passierte er die Unfallstelle.
Nur nicht einschlafen, sagte er sich. Nicht einschlafen! Keine Sekunde. Du landest im Bach wie die beiden Kollegen . . . Er schluckte wieder *speed*, aus Angst, und löschte den Durst, den er darauf bekam, diesen scheinbar unstillbaren, vehementen Durst, mit Unmengen Kaffee.
Wie lange hält man das durch, fragte er sich. Noch drei Jahre oder vier?
War er nur unterwegs, um den *Truck* zu bezahlen, mit dem er unterwegs sein konnte? Wo lag der Sinn?
Immer noch in dem Traum, den er damals auf Ellis Island geträumt hatte, im Traum von der unendlichen Weite des Landes Amerika . . .!
Ein hoher Himmel wölbte sich über diesem Land. Fahren, fahren, ohne je anzukommen. Einen Kontinent durchqueren, von Küste zu Küste, tagelang, nächtelang. Das *speed* wirkte in seinem Gehirn, in seinen Adern. Machte ihn überwach, übersen-

sibel, nahm ihm die Angst, die Beklommenheit. Vierzig Tonnen, fünf Achsen mit achtzehn Rädern, 475 PS. Er war unschlagbar. Auch wenn ihm die Zunge am Gaumen klebte und das Herz flatterte. Es gab keine Grenze mehr, keine Grenze, keine Grenze . . .

Feuerschein in der Dämmerung. Ein *Truck* war in eine Reihe Personenwagen gerast, die sich vor einer Baustelle stauten. Umleitung über die Gegenfahrbahn.

Vier Menschen verbrannten in ihrem eisernen Käfig, der ihnen doch Freiheit und Mobilität versprach.

Es gab keine Grenze . . .?

Die Ambulanzen standen mit roten Blinklichtern neben der Straße.

Monica fror und wickelte sich wieder in den Plüsch.

Jaulende Sirenen, Signalfackeln am Fahrbahnrand. Drei Minuten später war der Alptraum zu Ende, und wieder dehnte sich das Band der Straße grenzenlos vor ihnen in die Dämmerung und in die Nacht. Die zweite Nacht.

Es wurde früh dunkel. St. Louis lag schon wieder im Lichterglanz – wie drei Wochen zuvor. Erst vor drei Wochen?

Ab hier fuhren sie die gleiche Route wie damals mit Mike. Dasselbe Motel lag an der Straße, hier hatten sie übernachtet, sich geliebt. Wo war Mike . . .?

Elektrisiert sprang sie auf, als im Radio eine Melodie erklang, die sie kannte. Zum zweitenmal schon seit ihrer Abfahrt: Donald Arthurs Song, ihr Hochzeitslied. „Was ist der Mensch wert, so in Dollar und Cent . . .? Was bringt's ihm, wenn er so durchs Leben rennt?“

Bill hörte zu, als sie davon erzählte, von Donald, den anderen, der Hochzeit, dem Lied . . .

Und sie wunderte sich: Sie konnte wieder darüber reden, davon erzählen.

„Wieso verschwinden Menschen?“

Sie standen im Kreis von Truckfahrern in dem *Coffee-shop* des *Truck-Stops* Altamont/Illinois an der *Interstate 70.*

„Weil einer die Schnauze voll hat, mit Familie und Job. Geht

Zigaretten kaufen und schickt drei Monate später 'ne Ansichtskarte aus Mexiko. Ohne Adresse. Deshalb!"
„Oder haut ab vom Militärdienst, gammelt durch die Welt, bis nach Europa!"
„Nein", sagte Bill zu den Kollegen, „das mein' ich alles nicht! Ich mein': Wieso werden sie gekidnappt, irgendwo weggefangen? Warum?"
Monica stand in der Ecke, hielt die Thermosflasche fest, die eben gefüllt worden war, und hörte zu.
„Erpressung. Geld. Doch ganz klar!"
„Gar nichts ist klar", sagte Bill. „Da hat keiner Geld, und keiner wird erpreßt. Warum dann?"
Die Bedienung mischte sich ein: „Verwechslung! Ganz einfach! Die wollten einen ganz anderen!"
„Zu einfach", sagte Bill, „das merken die doch irgendwann und lassen ihn laufen!"
„Menschenhandel!" Einer hatte eine Idee, Bill nickte und wurde aufmerksam. „Oder Sklavenhandel."
Aber wer zahlte für Sklaven? Heutzutage? Bei vier Millionen Arbeitslosen?
„Keine Tankstelle", berichtete einer, „zwischen El Paso und St. Louis, wo dir nicht 'n Akademiker Sprit nachfüllt. Physiker, Chemiker, Juristen. Die lassen dich das spüren, wenn du an der Zapfsäule vorfährst, was sie eigentlich wert sind!"
Bill schaute hinüber zu Monica. „Ja, richtig. Was ist er eigentlich wert, der Mensch. So in Dollar und Cent . . .?"

20 Der Nebel lichtete sich.
Eine sechsfache Sonne hing über ihm und blendete seine Augen. Das Schweben hatte aufgehört, er war gelandet.
Aus dem Schatten, der ihn umgab, drangen Stimmen und Gestalten auf ihn ein. Immer zahlreicher wurden die Gesichter, die sich über ihn beugten. Sie sprachen mit ihm.
Aber nur langsam entwirrte sein Ohr dieses ferne Murmeln und Summen zu einzelnen Sätzen.

„Wie heißen Sie? ... Hallo! ... Sie verstehen mich doch, ja ...?"
Er versuchte zu nicken, aber er hatte vergessen, wie er hieß.
Irgendwo klirrten Instrumente. Hände betasteten ihn. Sein Körper wurde gedreht, aufgerichtet.
Ein grünes Laken wurde weggezogen. Ein kalter Luftstrom wirbelte über seine Haut und ließ ihn erschauern.
Grün – die einzige Farbe, die das Chaos überlebt zu haben schien, in das er gestürzt und aus dem er jetzt aufgetaucht war.
Grüne Wände, grüne Mäntel und Kittel, grüne Möbel.
Er versuchte, sich über die Augen zu wischen, diesen grünen Schleier wegzuziehen, aber die Hände waren zu schwer und außerdem festgeschweißt in den eisernen Ringen dieser Folterbank.
„Mike ... ich heiße Mike!" Er wußte es wieder. Es stand in großen, grünen Lettern über ihm an der Decke. Die Lettern zerfielen zu grünen Punkten, und zwei interessierte Augen beugten sich über sein Gesicht: „Was ist ...? Was hast du gesagt ...?"
Er versuchte es noch mal, die Lippen fühlten sich taub an und steif, aber er schaffte es trotzdem: „Ich heiße Mike ... Mike Shepard ...!"
„Ich weiß", sagte das Gesicht über ihm, und eine Hand fuhr ihm freundschaftlich über Stirn und Haare.
„Was ist ... was ist passiert?"
„Nichts ist passiert. Nichts", sagte das Gesicht, und es flüsterte ihm noch zu: „Ich fürchte, du bist unheilbar gesund!"
Die interessierten Augen lachten ihn aus, der Mund, der zu ihm gesprochen hatte, lachte mit.
Die Frau mit dem strengen Gesicht und dem kurzgeschnittenen rötlichen Haar richtete sich auf und sprach unverständliche Kürzel in den Raum. Irgendwo huschte ein Stift über Papier und hielt die Kürzel fest, füllte Formulare, Zeile um Zeile, Punkt für Punkt.
Wieder betasteten ihn die Hände, berührten kühle, metallische Gegenstände seine Haut.

Ein schmerzhafter Stich. Er zog die Hand zurück, konnte den Blutstropfen auf der Kuppe eines Fingers erkennen.
Glasplättchen nahmen ihn auf, wischten ihn fort.
Eine Maske senkte sich auf sein Gesicht. Er wollte sich wehren, rang nach Luft, aber die Stimme über ihm sagte: „Ganz ruhig – und tief atmen . . .! Tief atmen!" Und es fiel ihm leicht.
Zeiger liefen über Skalen, Schreibstifte zogen krause Linien über endloses Papier. Der Leuchtpunkt auf einem Schirm tanzte auf und nieder.
Er wurde gegen eine kalte Wand gelehnt und festgeschnallt. Auf einem Bildschirm sah er sein schlagendes Herz.
Er wendete den Kopf und blickte wieder in diese interessierten Augen. Ein freundliches Lächeln, das er erwidern wollte, aber er war nicht sicher, ob es ihm gelang.
Man hob ihn hoch, trug ihn fort.
Warum kann ich nicht laufen, dachte er. Gelähmt? Bin ich gelähmt? Er versuchte, seine Zehen zu bewegen, spürte sie auch, aber er wollte sie sehen.
Sie bewegten sich tatsächlich, ohne Schwierigkeit. Aber er sah auch, daß er nackt war. Daraufhin fing er an zu frieren. Er sagte es jedem, den er sah. Wieder wurde ein grünes Laken über ihn gebreitet.
Warum bin ich so müde, dachte er.
Eingesponnen in ein Geflecht schwarzer Kabel, ein Gewirr dünner Drähte, die seinen Körper bedeckten, die sich festgesogen hatten auf seiner Haut, irgendwo tickte sein Herz mit schrillem Zirpen, ein ekelerregendes Echo aus einer Maschine, die alle Drähte verschluckte . . .
Er wunderte sich, warum er sich nicht wehrte, versuchte es, stemmte sich gegen diese bleierne Trägheit.
Da legte die Frau mit den interessierten Augen und dem markanten Gesicht ihm die Hand auf die Stirn. Eine kühle, wohltuende Hand.
„Ich möchte schlafen . . .", sagte er.
„Dann tu's doch", antwortete sie.
„Ich hab' Angst!" Er schlug die Augen wieder auf.

„Wovor?“
„Ich weiß nicht ...“
Um ihn herum türmte sich sterile Technik, ein gigantischer Aufwand an fremdartigen Apparaten, der ihm Furcht einflößte. Aber das war es nicht.
Er hatte Angst, weil er nichts wußte.
„Wo bin ich?“
Über ihm wanderten Lichter, weißgestrichene Rohre, ein Kabel-Labyrinth. Türen öffneten sich, schlossen sich wieder hinter ihm. Männer in grünen Kitteln schoben ihn durch schmale Gänge ...
„Wo bin ich?“
Schwestern in grünen Hosenanzügen, mit grünen Häubchen auf den ordentlichen Frisuren lächelten ihn routiniert an und verschwanden wieder.
„Wo bin ich ...?“
Aber keiner dieser grünen, huschenden Schatten gab Antwort.

Er registrierte alles. Die Müdigkeit wich, und er sah sich um. Die Frau mit den interessierten Augen saß an einem Tisch und schrieb.
Ein Mann stand neben ihr und nahm die Papiere in Empfang.
„Der Herzpatient kommt auf 207, vorläufig ...“
Der Mann nickte, sah auf ihn und ging.
Ich werde jetzt aufstehen und weggehen, sagte sich Mike und setzte sich auf. Es war ganz einfach und machte ihm keine Mühe.
Mir fehlt doch nichts, dachte er, als er an der Tür stand. Eine farbige Schwester schrie, kam angerannt und fing ihn auf.
Aber mir fehlt doch nichts ...

Der Einstich im Arm war nicht so schlimm, aber der Nebel kam wieder über ihn. Er wollte ihn fortschieben, sich ihm entziehen. Aber das Grau wurde immer dichter.
Die Frau mit den interessierten Augen stand neben ihm, ernst und stumm, und fühlte seinen Puls.

Sie hatte immer noch diese kühlen Hände.
Sie blickte über ihn hinweg auf die Uhr.
Ein dünner, roter Zeiger sprang von Strich zu Strich.
Sieh mich an, dachte er, und sie sah ihn an.
Sie ließ seinen Arm wieder sinken, legte ihn langsam neben den nackten Körper, deckte das grüne Laken darüber, zog es sorgfältig hoch bis unter sein Kinn.
„Du wirst jetzt einschlafen", sagte sie. „Hörst du mich, Mike?"
Er nickte.
Wieder fuhr sie ihm mit der kühlen Hand über die Stirn, über das Haar – und lächelte ihn an.
„Nun, Mike . . ." Immer noch lag die Hand auf ihm. „Müde?"
Das Nicken fiel ihm von Minute zu Minute schwerer.
„Wo bin ich? . . ."
„Bei Freunden!"

21 Die Fahrzeuge stauten sich über sechs Fahrbahnen bis zum Horizont. *Rush-hour* auf der Südumgehung von Indianapolis.
Es ging schrittweise vorwärts, nach hundert oder zweihundert Metern stand die Kolonne abermals ohne ersichtlichen Grund.
Der *Highway* senkte sich in das Tal des White-River, stieg drüben wieder an. Ein Meer roter Bremslichter flackerte auf und verlöschte.
Über CB war auch nichts Vernünftiges zu erfahren. Alle Kanäle waren vollgequatscht, keiner wußte etwas.
Ambulanzen und Streifenwagen preschten auf der Parkspur nach vorn und fingen irgendwo an, den Knoten zu entwirren.
An der nächsten Ausfahrt wurde ihre Spur heruntergeholt.
Jetzt quälten sie sich durch die Stadt, von Ampel zu Ampel.
Die Stadt war tot. Leergefegt die Straßen. Die Läden längst geschlossen. Außer ein paar gelben Taxis war nichts unterwegs.

„Vielleicht irgendein Spiel draußen im Stadion – oder Billy Graham predigt dort."
Als sie die Stadt verlassen hatten, wieder gelandet waren auf einer erschreckend ausgestorbenen *Interstate 70*, war für Bill der Augenblick gekommen, laut zu singen.
Aber in Gegenwart einer Studentin aus Princeton . . .?
Er machte Musik, hatte irgendwelche alten Kassetten herausgekramt, trank Kaffee, schluckte *speed* und knüppelte Meile um Meile durch die Nacht.

„Wie weit ist es noch?" Monica war aufgewacht und starrte nach draußen.
„Wie weit? Wohin?"
„New York."
„Oh, Mädchen. Frag nie solche Sachen! Frag, wie weit ist es bis zur nächsten Stadt, zum nächsten *Truck-Stop*, zum nächsten *Coffee-shop*. Bis Columbus/Ohio sind es noch hundertsiebzig Meilen – drei Stunden. Weiter darf ich nicht denken. Ich werd' sonst verrückt."
Er hatte seltsam glänzende Augen, das kam vom *speed*.
Mit fahrigen Bewegungen wischte er sich immer wieder die Haare aus dem Gesicht. Aber da waren keine Haare.
Er schaltete plötzlich den Scheibenwischer ein.
Aber es war kein Tropfen Regen gefallen.
Er latschte plötzlich auf die Bremse – ein Glück, daß keiner hinter ihm fuhr – und murmelte etwas von diesen besoffenen Idioten, die nachts immer über die Fahrbahn rennen müssen.
Aber Monica hatte nichts gesehen.
„Warum schläfst du nicht, eine Stunde wenigstens, hinten in deiner Koje? Dazu ist sie doch da."
Bill antwortete nicht.
Eine Viertelstunde später sagte er plötzlich: „Ich komm' schon durch, verlaß dich drauf!"
Dann schwieg er weiter. Bis kurz hinter Columbus.
„Los, red was!"
Monica war eingenickt. Jetzt sah sie ihn erschrocken an. Im

Licht der entgegenkommenden Scheinwerfer schien er um Jahre gealtert.
„Red was. Los!“ Er sah kurz zu ihr herüber.
„Du sollst reden! Red endlich! Red mit mir, verdammt noch mal! Das ist dein Job, verstehst du!“
Er war laut geworden, machte atemlose Pausen nach jedem Satz, schaute sie immer wieder kurz von der Seite an.
„Red irgendwas. Aber hock nicht Stunde um Stunde in deiner Ecke und . . . und . . . Das ist nicht zu ertragen!“
Wieder fuhr er sich übers Gesicht.
„Was soll ich reden? Ich kann nicht . . .“
Sie war völlig hilflos. „Ich weiß nicht, was ich mit dir reden soll . . .“
„Das ist doch scheißegal! Ich muß wachbleiben, verstehst du!“
Er drehte die Musik ab und schaltete CB ein. Das Mikrofon hing griffbereit neben dem Lenkrad.
„An alle, hier Sierra-Bill. An alle, hier Sierra-Bill . . . Bitte melden . . . bitte melden . . .! Ich gehe auf eins-sieben. Gehe auf eins-sieben . . .“
Er schaltete um. Aus dem Lautsprecher drang Stimmengewirr. Aber dann meldete sich eine Stimme, klarer und deutlicher als die anderen: „Hallo, Sierra-Bill. Hallo, Sierra-Bill. Hier *Green-Submarine. Green-Submarine.* Hallo Bill, alter Coyote, wo steckst du? Meine Nadel geht auf zehn. Du bist ganz hier in der Nähe. Zufall, was? Wo steckst du? *Over*!“
„*Green-Submarine*! Allan Grey, du Riesenstinktier! Willkommen in Ohio. Ich fahre *northbound zwanzig tons* Rinderhälften nach NYC. Bin zweiundzwanzig Meilen hinter Columbus auf der *70.* Komme aus El Paso. Und wie ich die letzten zwölf Stunden bis zur Rampe durchstehen soll, weiß ich nicht. *Over*!“
Er lehnte sich mit dem ganzen Körper über das Lenkrad und atmete tief ein und aus, während aus dem Lautsprecher die Antwort kam: „Sierra-Bill, großes Beileid. Aber du bist im letzten Drittel. Ich hab die ganze Linie vor mir. Westküste L. A. mit Möbeln aus Cleveland/Ohio. Vor ’ner Stunde geladen. So tief kann der Mensch sinken: Möbel! *Over.*“

Bill richtete sich wieder auf, lachte heiser, hustete, dann sprach er wieder ins Mikrofon: „*Green-Submarine*, du fährst dafür 'ne Pensionistentour und nicht auf Zeit für Halsabschneider. Du hältst dich an den *Double Nickel*, und ich tret das Pedal bis aufs Metall. *Over.*"
„Sierra-Bill, okay, verstanden. Wir fahren drei Nächte und pennen am Tag, wenn andere Geld kassieren. Und wir sind zu zweit: Ramsey ist mit an Bord. Joey Ramsey. Du kennst ihn aus El Paso. Was gibt's sonst Neues? Wie geht's dir? . . . *Over.*"
„*Green-Submarine.* Mir geht's beschissen, kannst mir glauben, und einsam wie immer . . . *over.*"
Monica verfolgte das urige Kauderwelsch, aber Bill schenkte ihr keinen Blick, als er fortfuhr: „Und wie immer im letzten Drittel bin ich finster entschlossen, diesen verdammten Job an den Nagel zu hängen und an Land zu gehen. *Over.*"
„Sierra-Bill . . ." – die Antwort kam prompt und klang aufmunternd und optimistisch –, „du wirst natürlich weiterfahren, *king of the road*! Aber war schön, dich mal wieder zu hören. Wir hatten dich hier auf Santiago-8, fabelhafter Empfang. Wünsch dir 'ne sonnige Tour, laß dich nicht erwischen und guter Heimweg. Und viel Spaß auf der letzten Etappe! Das war *Green-Submarine.* Ende und *over.*"

Noch eine ganze Weile hatte Bill das Mikro in der Hand. Das ferne Stimmengewirr auf Kanal siebzehn blieb unverständlich. Schließlich schaltete er ab.

22 „Monica . . .!"
Er faßte nach ihrer Hand, aber sie wich ihm aus.
Die grüngekleidete Gestalt schwebte durchs Zimmer, und er verfolgte jede ihrer Bewegungen.
„Monica . . . wo kommst du her?"
Sie antwortete nicht, öffnete einen Schrank, nahm Kleider von einem Bügel, verpackte sie in einen Koffer.

„Monica ..." Warum sah sie ihn nicht an? Er verstand es nicht. Was war los mit ihr? Was hatte er ihr getan?
Zwei Männer kamen herein, sprachen leise mit ihr, sie zeigte auf den Schläfer neben ihm.
Die Männer rollten ihn hinaus mitsamt seinem Bett.
Sie hatten ihn gar nicht erst geweckt.
Wo brachten sie ihn hin?
Er wollte sie fragen: „Monica ... bleib hier!" Sie lächelte, winkte ihm zu und verschwand.
Hatte sie ihn wiedererkannt?

Durch die Milchglasscheiben fiel kaltes Morgenlicht. Der junge Mann im Bett gegenüber sprach leise im Schlaf. Draußen hörte er Stimmen, hörte Fahrzeuge kommen und fahren. Irgendwann wurden die Triebwerke eines Flugzeuges angelassen, er kannte das Geräusch, und es war gar nicht weit entfernt. Er hörte, wie die Maschine zur Piste rollte und schließlich startete. Fliegen ...!
Er stemmte sich gegen die Matratze des Bettes und richtete sich auf. „Monica ...!" Er rief nach ihr, so laut er konnte. Aber nichts geschah.
Auf dem Stuhl neben seinem Bett stand seine Reisetasche.
Unter dem Stuhl die von Monica.
Seltsam, dachte er, wie kommen die Taschen hierher?
Er hatte sie bei dem Unfall doch gar nicht dabeigehabt.
Unfall?
War es ein Unfall gewesen?
Aber wie kam er sonst hierher?
Und Monica?
Was war mit Monica geschehen?
„Nichts ist mit ihr geschehen." Die Frau mit den interessierten Augen strich ihm wieder über das Gesicht, über die Stirn. Er spürte die kühle Hand, träumte bereits von ihr, sehnte sich nach dieser Berührung, wenn er allein war.
„Und mit ihm ... was ist mit ihm geschehen? Mit ihm dort drüben?"
Das Bett, mit dem er hinausgerollt worden war, stand nun wie-

der leer an seinem alten Platz. Sie sah hinüber, war seinem Blick gefolgt. „Er fliegt. Nach New York."
„New York? Ich will auch fliegen."
Sie schüttelte den Kopf. „Noch nicht. Du hast Zeit."
„Und Monica? Wo ist Monica?"
Irgendwo in der Ferne gellte die Sirene einer Ambulanz.
„Sie wird kommen, Mike. Irgendwann wird sie kommen. Sie läßt dich nicht allein."

23 „Hier, los, steig ein! Die fahren nach Süden! Sieh zu, daß du mitkommst!"
Bill schob Monica an den Zapfsäulen vorbei, zog sie am Handgelenk hinter sich her zu einem abfahrbereiten *Truck*. Eine Kollegin, eine dicke, stämmige Frau, grinste mütterlich aus ihrem *Cockpit* herunter.
„Du wirst jetzt einsteigen und mit ihr nach Süden fahren, los!"
Sie versuchte, sich aus dem eisernen Griff zu winden, schlug auf ihn ein. Aber das kümmerte ihn nicht.
Tankwarte und Kollegen starrten hinter den beiden her, lachten, riefen ihnen irgendwelche Bemerkungen nach. Einer, der gerade sein *Cockpit* erklomm, machte eindeutige und einladende Handbewegungen.
„Los, rauf da! Sie fährt nach Dallas/Texas. Von dort nach El Paso ist ein Kick. Zwölf, dreizehn Stunden. Da gibt's Pendelverkehr. Los, steig ein!"
Sie riß sich los, rieb sich das schmerzende Handgelenk: „Du bist gemein!"
„Du hast geschrien: ‚Laß mich raus!'"
Er fing sie wieder ein, drängte sie rückwärts zu dem *Truck*. Der Motor war schon angelassen. Die *Cockpit*-Tür flog noch mal auf.
„Laß mich – was soll ich im Süden?"
„Such deinen Mike . . .!"
„Allein?"
„Was willst du in New York? Mit mir? Was willst du länger in meinem *Truck*?"

Er ließ sie los, aber sie rannte nicht fort. Sah ihn an. Unterdrückte ein Schluchzen. Wischte über ihr Gesicht.
Hinter ihr schlug die Fahrerin verständnislos die Tür ihres *Cockpits* wieder zu, startete, ließ den Motor aufröhren, sah noch mal lachend hinunter auf das zerstrittene Paar und fuhr ab.
Die beiden standen sich immer noch gegenüber und schauten sich an. Da trat sie vor, langsam, ein, zwei Schritte, und warf sich Bill an die Brust. Sie klammerte sich fest an ihn, verbarg ihr Gesicht, schluchzte wie ein Kind.
„Okay ...", sagte er und strich ihr über das Haar. „Okay ... Ich schick' dich nicht weg!"

24 Die Kolonne fuhr, machte *full speed.*
Hammer-Down, mit durchgetretenem Pedal, fuhren sie ein Giganten-Rennen auf der letzten Etappe.
Sieben *Trucks* hatten sich zusammengefunden, mit *Front-Door* und *Back-Door*, mit Vorauskommando und Schlußlicht, die den zur Rennbahn umfunktionierten *Highway* nach vorn und hinten absicherten und sich über Funk verständigten und warnten. Die Streifenwagen der *Highway-Control* gingen diesem Konvoi, der mit achtzig, neunzig Meilen über den *Pennsylvania-Turnpike* Richtung Philadelphia donnerte, besser aus dem Weg. Gegen wildgewordene *Trucker* hatten sie keine Chance.
Bill fuhr im Mittelfeld als einer der *Rocking-Chairs.* Dort wurden die halben Leichen untergebracht, die bereits von der Westküste oder vom Süden her *nonstop* unterwegs waren. Die wurden nun über Funk aufgemuntert und wach gehalten.
Trotz härtester Konkurrenz – die Solidarität der *Wildcatter* war beispielhaft. Es war für jeden *Trucker* Ehrensache, daß kein Kollege unter die Räder kam.

Bill sang. Alte Countrylieder, die zum Teil von Kollegen stammten. Er sang trotz Müdigkeit, trotz dieser Studentin aus

Princeton, die ihm zuhörte, auch wenn er manchmal wirres Zeug erzählte. Für Bill war Land in Sicht.
Nördlich von Philadelphia scherte er aus und ging nun wieder seine eigenen Wege. Er verließ die *76*, umfuhr Trenton und durchquerte New Jersey auf der *Number-one.*
Kurz vor dem Ziel, kurz vor New York, hatte jeder seine eigenen Schleichwege, um dem Stau vor den Tunnels und Brükken, den Kontrollen und dem Verkehr der Pendler zu entgehen.

Die Parklandschaft New Jerseys im Morgenlicht.
Wie vertraut das war für Monica! Sie hatte die Strecke nicht weiter verfolgt, aber plötzlich schien ihr alles bekannt, die einzelstehenden Farmen, die baumbestandenen Hügel, die Flußläufe, die Namen der Ortschaften an den großen Tafeln der Ausfahrten.
Dann sah sie die Kirche.
Es war wie ein Traum. Und sie glaubte es nicht.
„Wo sind wir?"
„New Jersey, auf der *Number-one.* Auf der Höhe von Princeton. Du mußt das doch wissen, warst doch lange genug hier!"
Es war wirklich die Kirche. Der weißgestrichene Holzbau mit dem Stummelturm. *Princeton-Baptist-Church.* Wie hieß doch der nette Reverend mit der gewaltigen Stereo-Anlage? Wie lange war das her?
Die Kirche huschte vorbei, und es gab keine Chance zurückzuschauen.
Drei Wochen . . . fast vier. Nicht länger?
Hier war sie mit Mike gewesen, und dort drüben, und da . . .
Hinter dem Hügel mit den hohen Ulmen lag der *Campus.*
Die Bäume waren in diesen drei Wochen noch kahler geworden, das Land ringsherum noch trister und grauer. Aber vielleicht lag das nicht am Herbst, vielleicht lag es an ihr.
Nach einer Stunde kamen die schlanken Zwillingstürme des *World-Trade-Centers* in Sicht, drüben an der Südspitze Manhattans, auf der anderen Seite des Hudson.
Newark, Jersey City, Brücken und Schleifen, Überführungen,

Zollstationen, der Tunnel nach drüben. Ein Labyrinth unzähliger Fahrbahnen, die sich kreuzten und teilten.
Bill fand seine Spur mit schlafwandlerischer Sicherheit, eingekeilt in den Berufsverkehr, diesen unendlichen Strom superbreiter Wagen – im Durchschnitt besetzt mit einem einzigen Mann –, die sich langsam und träge hinüberschoben auf die Insel Manhattan.
Morgens zwischen acht und zehn stieg die Einwohnerzahl von vier auf fast elf Millionen. Fahrzeiten von jeweils bis zu zwei Stunden, morgens und abends, waren der Preis für den Traum vom eigenen Heim, vom Häuschen im Grünen, in Jersey, auf Long Island, an den Küsten von Connecticut.
Langsam schob sich der Strom der Fahrzeuge durch den Tunnel unter dem Hudson hindurch. Trotz der Klimaanlage füllte sich das *Cockpit* mit Smog.
Im Licht der blauen Lampen erschien Bills Gesicht noch fahler, eingefallener.
Mit offenem Mund und glänzenden Augen starrte ein Greis auf das Ende des Tunnels.
Durch braune Schwaden leuchtete Tageslicht: Manhattan.
Die Stadt saugte die hereinbrandenden Fahrzeugkolonnen auf wie ein Schwamm. Aus den unterirdischen Löchern, über die zahlreichen Brücken ergoß sich die Flut auf diese schmale, langgestreckte Insel, verteilte sich über das geometrische Raster von Straßen und Avenues, konzentrierte sich auf die beiden Gipfel der *Skyline*, Midtown und Downtown. Das Millionenheer der *Jobber* schwemmte in die Termitentürme um Times-Square und 34. Straße, *Financial-District* mit Börse und Banken, und der Rest verzog sich in die ungezählten Kontore und Läden und Lager.
Bill steuerte die Westside hinunter, unter den gußeisernen, mit Art-Deco-Mustern verzierten Säulen des zerbrochenen, aufgelassenen *Highways* hindurch, vorbei an den schicken farbigen Huren vor den verlassenen Lagerschuppen der Piers, an Homo-Treffs, vor denen die schweren Feuerstühle der Marke Harley-Davidson im Dutzend parkten. Vorbei an Ruinen, verlassenen Fabriken, zugenagelten Läden und Kneipen. Die to-

ten Reste einer Hochbahn kreuzten die Straße, die gesäumt war von ausgeplünderten Autowracks.
Eine Gruppe Halbwüchsiger, weiß und farbig und aggressiv, rannte ziellos über zerscherbtes Brachland. Hier standen vor wenigen Jahren noch ehrsame Handelshäuser.
West-Side-Romantik.
Aber im Süden erhoben sich stolz und in weißer Unschuld die beiden Türme des *World-Trade-Centers* aus dem neuerbauten Plaza-Viertel und verloren sich irgendwo im Dunst dieses grauen Novembermorgens.
14. Straße.
Meat-Market – der Fleischmarkt.
Bill schaltete ein letztes Mal herunter, fuhr langsam an den schwarzen, rußigen Schuppen entlang, passierte die lange Reihe der glänzenden Kühlcontainer, die vor ihm gekommen waren.
Und um neun Uhr und elf Minuten, fast fünfzig Minuten vor der verabredeten Zeit, hielt er an der Rampe von „Imperial Meats Inc.".
Er stellte die Maschine ab.
Zog die Bremse.
Dann richtete er sich auf, fiel mehr, als daß er kletterte, vom *Cockpit* hinunter auf den schwarzen, regennassen Asphalt.
Ging nach hinten.
Entriegelte selbst das schwere Tor.
Weißer, kalter Nebel drang aus dem *Reefer*, wurde von Windböen fortgewirbelt. Kaltes Tageslicht beleuchtete die fahlen, blassen Leiber der nackten und zerteilten Rinder, die hart wie Holz von der Decke hingen.
Zweiundzwanzig Tonnen Fleisch.
Dann übergab Bill seine Papiere.

25 Schluß machen – wie denn, dachte Bill.
Er starrte von unten auf die Matratze, die fleckig und verschlissen über ihm hing.

Aufhören? Der *Truck* mußte rollen. Der Verdienst von zwei Fahrten ging für die monatliche Rate drauf, zwei weitere Fahrten brachten die Kosten für den laufenden Unterhalt rein. Der Rest blieb dann ihm und seinem Partner Ronald. Es blieb eine ganze Menge, wenn man denkt, was andere am Ende des Monats so übrigbehalten.
Aber der Kampf um Ladung war schwierig geworden, besonders wenn man versuchte, Linie zu fahren, vom Süden hoch zur Ostküste oder nach Chicago und wieder zurück.
Wenn er keine Rückladung fand, müßte er anfangen zu trampen, kreuz und quer durch die Staaten, je nach anfallender Ladung, wie die meisten *Wildcatter.* Dann kam er nie mehr nach Hause. Und das mit dem Partner, der jeweils die nächste Tour übernahm, das konnte er dann vergessen.
Bill wälzte sich auf die Seite, vergrub das Gesicht in dem muffigen Kissen, zog die Wolldecke über sich, um das Licht abzudecken.
Schlaf doch endlich, sagte er sich, schlaf doch, hör auf zu denken ...
Aber es dachte immerzu weiter in ihm.
Scheiß *speed*, dachte er. Erst hielt man kaum durch vor Müdigkeit, dann lag man wach, und der Körper vibrierte.
Wie lange mach' ich diesen Job noch mit, dachte Bill.

Das Kreischen der Feuerwehren war näher gekommen, jaulende Sirenen mischten sich darunter. Die Luft über New York war Tag und Nacht erfüllt vom Lärm irgendwelcher Katastrophen. Bill öffnete die Augen, blinzelte zum Fenster.
Monica stand hinter der Jalousie, schaute durch die schmutzigen Lamellen auf den düsteren Hof mit seinen Feuerleitern, Ziegelmauern, blinden Fenstern und überquellenden Müllcontainern.
Irgendeine Kirche hatte das Haus hier gemietet, mit Gemeinschaftsraum, Lesezimmer, Duschen und diesem Schlafraum unter dem Dach für zwölf Mann. Ein flüchtiges Zuhause für Seeleute und Landstraßen-Kapitäne. Aber es stand meist leer.
Bill hatte Monica eine Handvoll Münzen gegeben, fünf Dollar

oder noch mehr. Und sie hatte eine volle Stunde auf dem düsteren Gang gestanden, am Telefonautomaten, hatte *Dime* um *Dime* eingeworfen und nichts erreicht.

Von der alten Clique in Princeton war nur Sergio zu erreichen gewesen. Nervös und abgebrannt wie immer. Der hatte sein Auto verkauft und Schulden bezahlt. Jetzt war Betty ohne ihn nach Florida getrampt. Donald war verschollen. Vermutlich in Kalifornien gestrandet. Sidney jobbte in den Ferien auf der elterlichen Farm. Idiotisch, sagte Sergio, jetzt im Winter, in Montana. Lilian sei mit dem Assistenten von Baxter durchgebrannt, du weißt, der Archäologe mit dem schiefen Gesicht. Trotz Ehefrau und kleinem Kind, sagte Sergio.

Und Barbara gammelt mit Norman in New York ...

Monica hatte dann Sergios Redeschwall unterbrochen und von Mikes Verschwinden berichtet. Aber sie kam nicht weit. Sergio wollte sich totlachen. Er war immer der Meinung gewesen, die Sache ginge nicht lang. Jetzt war Mike abgehauen noch während der Flitterwochen. Nein, sagte Monica, es war anders, es war ein Verbrechen. Sergio lachte immer noch. Und dann war die Sprechzeit abrupt zu Ende, und Monica hatte keinen weiteren Cent nachgeworfen.

Die Cousine in New York wohnte dort nicht mehr. Eine Missis Samuelson meldete sich unter der alten Nummer, eine neue gab es nicht.

Mister und Missis Shepard, die Schwiegereltern, sind zum Wochenende wieder zurück, sagte die Nachbarin, die das Haus hütete. Sie waren nach Hartford, Connecticut, gefahren, ein Job an irgendeinem Institut – halt, warten Sie, Darling, hier steht es: Rensselaer Polytechnic Institute – ja, und Mister Shepard hofft ja so, daß es klappt. Er hat es doch sehr schwer in seinem Alter ...

Und sie fuhr fort, voller Überschwang: „*Honey*, *Sweetheart*, oh, werden sich die Shepards aber freuen, wenn sie hören, daß ihr heute angerufen habt. Wie geht es euch beiden, seid ihr glücklich?“

„Danke“, sagte Monica und legte auf.

Sie fand die Nummer dieser Universität in Hartford heraus.

Aber nach zwanzig Minuten war die Chance, einen Mister Shepard zu erreichen, immer noch gleich Null.
Sie ging die Liste aller Namen, die Galerie aller Gesichter durch, die ihr in diesen anderthalb Jahren begegnet waren – und die ihr jetzt hätten helfen können. Aber sie wußte niemanden mehr.
Das Haus war so still und so tot. Sie war durch die Gänge gelaufen, hatte sich in den Gemeinschaftsraum gesetzt. Ein Time-Magazin, das herumlag, war zwei Jahre alt.
Auf der anderen Straßenseite, vor den Hallen des *Meat-Market*, holten die vermummten Gestalten der Lade*gang* in ihren blutigen Leinenjacken immer noch Stück um Stück die Rinderleiber aus den Kühlcontainern. Krachend stürzte das gefrorene Fleisch auf den Asphalt. Stählerne Haken bohrten sich zwischen Bein und Sehnen hindurch. Langsam schwebten die Lasten an hängenden Schienen entlang, hinein in die kalten *Stores*.
Der Bauch von New York verschlang Rind um Rind. Die ganze Straße hinunter, über drei Blocks, von der achten zur zehnten Avenue, auf beiden Seiten, *Reefer* an *Reefer*, Tor an Tor.
Aus den Gullys stieg Dampf, aus den *Reefern* fiel eisiger Nebel, das vermischte sich mit dem Smog dieses Novembertages zu einem unerträglichen Gestank: Fleisch, Leiber, Blut, Kloake und Auspuffgase. Monica wandte sich angeekelt ab, lief zurück zu dieser armseligen Mission mit dem guten Willen und dem geringen Zulauf.
Sie drehte am Fernseher von Kanal zu Kanal. Trank Kaffee. Führte ein überflüssiges Gespräch mit einer jungen Frau. Die war von der Fadheit eines Diabetiker-Weißbrotes. Und trotzdem war Monica drauf und dran, sie in ihre Katastrophe einzuweihen.
Aber dann klingelte das Telefon, und die junge Frau verschwand. Monica stieg nach oben, zu diesem Schlafsaal für Männer, zu Bill.
Der bemerkte sie nicht, kämpfte um Schlaf wie ein Hungernder um einen Kanten Brot. Er sah sie schließlich am Fenster

stehen und hinunterstarren auf den Hof. Wie lange mochte sie schon so dastehen?

„Leg dich doch hin", sagte Bill. „Halbe Stunde noch ...!"

Aber Monica reagierte nicht.

Bill warf sich wieder auf den Rücken und stieß mit dem Fuß die graue Decke nach unten.

„Pennst lieber wieder nachher im Cockpit, neben mir, was?"

Er gähnte und fuhr sich mit der Hand über das Gesicht.

„Da reißt man sich zusammen, um wach zu bleiben – und neben dir pennt einer ..."

Er sah zu ihr hinüber, aber sie rührte sich immer noch nicht.

„Schlaf doch lieber jetzt, hörst du?"

Lohnt eigentlich kaum noch, dachte er. Die laden höchstens noch dreißig Minuten. Dann mußte er den *Trailer* auf den Haken nehmen und den Platz freimachen an der Rampe im Hof. Zwölf Tonnen Futtermittel, mehr gingen nicht rein. Das Zeug wog ja nichts. Und der *Reefer* blieb warm. Ladung ohne Probleme. Das stimmte ihn wieder optimistisch. Und er fuhr heimwärts nicht auf Termin. Es war seine Sache, wann er das Zeug bei Anaconda vor die Halle stellte. Er würde sich Zeit lassen. Seine Zeit.

Er atmete tief durch, aber die Luft in dem kleinen Raum mit den sechs doppelstöckigen Betten war dumpf und stickig.

Jetzt waren sie beide allein, aber wenn alle Betten belegt waren, so eine ganze Nacht ...

„Hej, stell die *air-condition* wieder an!"

Monica drehte einen Schalter an dem klobigen Kasten, der in das Fenster eingebaut war. Der Ventilator fing an zu rauschen, das Klappern der Lamellen erfüllte den Raum.

Stickige Luft oder unerträglicher Lärm. Eine andere Alternative gab's nicht. Monica hielt die Hand in den kühlen Luftstrom und hatte die Augen geschlossen.

Vielleicht schlief sie im Stehen, dachte Bill.

„Denkst wieder an ihn – ja? An diesen Mike?"

Sie öffnete nur die Augen.

Er mußte lachen. Da schaute sie ihn kurz an. „Ich denke immer an ihn. Und du findest das komisch?"

Er hatte die Arme hinter dem Kopf verschränkt. „Ich find' das nicht komisch. Wieso?"
Monica hob einige der Lamellen an und versuchte, die Hofeinfahrt zu sehen. „Du hast gelacht", sagte sie.
„Ja, aber nicht, weil ich's komisch finde. Weil . . ."
Es fiel ihm nicht mehr ein, warum er gelacht hatte, aber jetzt wartete sie wohl auf eine Erklärung.
„Weil . . ."
Jetzt lachte er wieder. Es war so einfach. „Es hat nie einen gegeben, nie jemanden, verstehst du, der's wert gewesen wäre, dran zu denken – an ihn zu denken, mein ich. Und sicher nie jemanden, der vielleicht mal an mich . . ." Er machte eine etwas resignierende Handbewegung. „Ja, und das fand ich eben komisch!"
Sie hatte sich ihm zugewandt, und jetzt schaute sie ihn immer noch an. Ziemlich lange. Und sehr ernst.
Dann kam sie zu seiner Pritsche, setzte sich neben ihn, ganz selbstverständlich, und nahm seine Hand.
„Ich kann . . . ich kann nicht mit dir reden!" sagte er.
„Dann laß es doch", entgegnete sie.
„Ich meine so, daß du mich verstehst . . ."
„Hab' doch alles verstanden", sagte sie und blickte wieder zum Fenster.
Er lächelte, hielt ihre Hand fest, und dann schlug er mit der freien Faust auf die Matratze – immer wieder –, und dann holte er tief Luft und lachte noch mal.
Und dann schwiegen sie wieder, alle beide. Ohne sich anzusehen.
Die Klimaanlage rauschte und klapperte, und ganz in der Nähe heulte wieder ein Rettungswagen vorbei.

26. Die Rückreise: 2195 Meilen, 3560 Kilometer.
Die gleiche Strecke, bei Tag, bei Nacht, bei Tag, bei Nacht . . .
Aber diesmal fuhr Bill sie in Etappen.
Viermal parkte er an *Truck-Stops* und haute sich für ein, zwei

Stunden in seine Koje. Nicht länger. Ausschlafen, richtig ausschlafen, sagte er, kann ich zu Hause. Wenn Ronald mit dem *Truck* unterwegs ist, vierzig Stunden hin und fünfzig zurück, habe ich nichts anderes zu tun als zu pennen.
Also fuhr er weiter.
Aber wenn er die großen Etappen fuhr, diese ermüdenden Nachtstrecken, dann schickte er Monica nach hinten in das rosaplüschige Heiligtum.
Dann sang er vorn seine urigen Lieder, kehlig und falsch, aber wenigstens ohne Skrupel, hörte Radio oder Kassette, quatschte mit den Kollegen über CB-Funk in diesem unverständlichen Kauderwelsch.
Und Monica hörte auf das Dröhnen der Maschine, auf das Singen dieser achtzehn Räder auf dem Asphalt und machte unsinnige Pläne: Kontaktaufnahme mit Mikes Entführern, Polizei, FBI, Lösegeld ...
Lösegeld? Vielleicht, wenn man die Presse einschaltete. Rührselige Geschichten fanden immer ihre Leser. Kidnapping auf der Hochzeitsreise. Mittelloses Studenten-Ehepaar. Vielleicht machte die Zeitung eine Sammlung, hatten die Entführer ein Einsehen, klärte die Verwechslung sich auf.
Aber dann hatte sie Vermutungen, Ahnungen, daß es keine Verwechslung war.
Daß sie beide das Opfer eines Verbrechens waren, gezielt ausgewählt; nur daß sie entkommen war, das war eben der Fehler. Der Fehler der anderen.
Aber wer waren die anderen? Und warum gerade sie beide? Und warum mitten in der Prärie? Warum nicht im Motel, im Zimmer? Oder war in deren Plan noch etwas anderes schiefgelaufen? Wollte man sie im Schlaf überraschen? Nachts? Oder eben früher? Schlafend?
Was war mit dieser Wirtin? Sie hatte Sandwiches versprochen, hatte sofort kassiert, hatte abgeraten, zum Essen zu gehen, hatte aber Kaffee gebracht ...
Monica sah deutlich diese rote Thermoskanne vor sich, die neben dem Fernseher stand. Kaffee ... Sie hatten ihn nicht getrunken ... Was war mit diesem Kaffee?

Vielleicht, wenn die Polizei dieses Motel überwachte ... die Wirtin verhörte ... den Krankenwagen suchte ...
Sie konnte nichts beweisen, weder was geschehen war, noch daß sie dort hatten übernachten wollen. Alles nur pure, unsinnige Erfindung ...

„Du schläfst nicht? Warum?" Bill hatte sich zu ihr umgedreht. Da schloß sie die Augen, versuchte abzuschalten, versuchte an Mike zu denken – und das Karussell drehte sich von neuem.

Die Sonne stand steil über dem braunen, verbrannten Land: Texas.
Noch zwanzig Meilen bis El Paso.
Die Straße zog sich schnurgerade durch die Hochebene.
Am Horizont erhoben sich dunkle Berge.
Windräder drehten sich, pumpten Wasser in die Tränken.
Schwarze Rinder standen verloren in dieser baumlosen, schattenlosen Landschaft.
Noch weit entfernt parkte ein dunkler Wagen am Straßenrand. Ein *Pickup-Truck*, ein offener Pritschenwagen.
Ein Mann stand daneben. Bill peilte ihn an, über die lange Motorhaube hinweg, dann griff er zum Mikrofon, wählte einen bestimmten Kanal: „Hallo, Ron. Wollte dir nur sagen, bin im Anmarsch. *Over.*"
Aus dem Lautsprecher kam klar und deutlich eine Stimme: „Sierra-Bill – ich seh' dich kommen! *Over.*"
„Ja", sagte Bill, „und pünktlich wie immer. *Over* und Ende."
Er hängte das Mikrofon in die Halterung unter dem Lenkrad, drehte den Empfänger auf Null, nahm das Gas weg.
Der dunkle Wagen und die einsame Gestalt waren näher gekommen. Bill schaltete runter.
Der Mann am Wagen warf das Mikrofon auf den Sitz, griff nach einer dunklen Ledermappe, nach einem bauchigen Thermoskrug, den er als Gruß in die Höhe hielt – dann kam er über die Straße.
Bill trat auf die Bremse, und nach zweihundert Metern stand sein *Truck* genau neben dem Mann.

Die *Cockpit*-Tür flog auf.
„Alles okay?"
„Alles okay!" antwortete Bill.
Er stieg aus und sprang mit einem Satz in den Sand.
„Hallo!"
„Hallo!"
„Das hier ist Monica – und das hier ist Ron, Ronald, mein Partner."
Der half Monica aus dem *Cockpit*. „Hej . . ."
Ronald besah sich das Mädchen, schob seinen hellen Texashut mit den speckigen Kanten nach hinten und zeigte seine Zähne.
„Okay . . ." Er nickte ihr zu.
„Na, dann ist ja alles in Ordnung", meinte Bill.
Ronald versuchte, seinen Bauch einzuziehen, aber ohne rechten Erfolg. Also ließ er es wieder. Hatte sowieso keinen Sinn.
„Hoffentlich gefällt's dir bei uns . . ." Ronald warf die abgegriffene schwarze Ledertasche ins *Cockpit*, schob den Thermoskrug hinterher und begann den Aufstieg.
Es fiel ihm bedeutend schwerer als Bill, der neunzig Stunden Fahrt hinter sich hatte.
„Papiere im Fach, zwölf Tonnen Futtermittel für Anaconda, Fleisch hängt bei Peyton. Zwanzig Tonnen. Aber nimm kein Pfund mehr. In Oklahoma City lauern die *County-Mounties*."
Ronald tippte an seinen Hut und nickte. „Clark hat gestern angerufen. Hat noch keine Rückfahrt für uns."
„Dann soll er's lassen!" Bill knallte die *Cockpit*-Tür zu. „Frag ich eben Bergoncelli. Ruf mich an, wenn das Fleisch geladen ist. Ich weiß dann mehr."
„Okay. Bis dann!" Ronald legte den Gang ein, der *Truck* zog los. Jeder der beiden Männer machte noch eine flüchtige Handbewegung zum Abschied. Aber Bill wartete noch, blieb stehen, bis der *Truck* fast am Horizont verschwunden war, sich aufgelöst hatte in dem flirrenden, wabernden Licht, das über der Straße lag.

27 Der *Pickup-Truck*, Ronalds und Bills verrotteter „Privatwagen“, schaukelte über die sandige Waschbrettpiste und schleppte eine undurchdringliche Staubfahne hinter sich her.
Eine Meile landeinwärts, nördlich der Straße nach El Paso, parkten mitten in der Prärie ein Dutzend ausrangierter *Caravans*, *Trailer* und *Mobil-Homes*.
Mit großzügigem Abstand zueinander scharten sie sich um eine Wasserstelle.
Der Wind trieb ein Windrad an, das sich langsam und kreischend drehte und aus fünfzig Fuß Tiefe Wasser förderte.
Ein paar Bäume standen herum, Steineichen und Eukalyptus, windzerzaust und verkrüppelt, und vermittelten das traurige Bild einer sterbenden Oase.
„Villa Verde“ stand auf einem Schild vorn an der Straße, neben dem Gestell mit den zwölf rostigen, staubigen Blechbriefkästen: „Grüne Stadt.“
„Grün“ war der Ort nicht zu nennen. Er unterschied sich farblich kaum von seiner graubraunen Umgebung.
Allerdings: er war besiedelt. Hier hatten sich Außenseiter niedergelassen, Flüchtlinge, denen die Enge in den Städten und die stupide Gleichförmigkeit der Eigenheim-Siedlungen gleichermaßen zuwider waren. Sie hatten dafür die Trostlosigkeit der Wüste gewählt, die karge Freiheit einer abgestorbenen Natur. Aber das war keine Entscheidung für alle Zeiten. Der Traum, mobil zu sein, jeden Tag weiterziehen zu können, je nach Job und Lust und Laune, kreuz und quer durch diesen Kontinent – der Traum von einem bescheidenen Nomadenglück lauerte hinter jedem dieser transportablen Wracks mit den im Flugsand versunkenen Rädern.
Der Wohnwagenveteran von Bill und Ronald hatte allerdings seine Räder längst eingebüßt. Was von diesem *Mobil-Home* Marke „Cobra“ übriggeblieben war, stand aufgebockt auf alten Stückgutkisten. Sie dienten als Hundezwinger.
Aus allen Löchern und Ecken kamen sie kläffend und jaulend angerannt, eine Meute von zehn, zwölf, fünfzehn Dobermännern. Einige rannten frei, andre waren angehängt an Ketten

und Drähten, je nach Verläßlichkeit. Denn Zäune waren unbekannt in diesem Teil der Welt.
„Bleib sitzen“, sagte Bill zu Monica, aber die hatte nicht vor, sich dem Ansturm der Meute zu stellen.
Bill stieg aus und kämpfte sich durch die laute Begeisterung hindurch. Es sprangen immer mindestens drei Hunde gleichzeitig an ihm hoch. Die anderen leckten ihm die Hände, rissen an seinen Jeans oder verbellten ihn freudig.
Bill lockte das Rudel weg vom Wagen, sperrte die Hunde in ihre Kisten und Verschläge.
„Die gehören mir gar nicht.“ Bill kam zurück und holte Monica aus dem Wagen. „Alles die Hunde von Ronald. Der züchtet sie, um sie zu verkaufen. Aber er verkauft nie einen. Kann sich von keinem trennen.“
Er ging zum Wohnwagen voraus.
„Aber einer gehört mir: Picacho!“
Er rief den Hund. Der stand wedelnd im Eingang zum *Trailer* und war nicht mehr ganz sicher auf den Beinen.
„Er ist hundert Jahre oder noch älter. Was, Picacho?“
Bill kraulte dem Hund das grau gewordene Fell. Der fiepte leise und freudig erregt und atmete schwer.
„Ich hab’ ihn aus Mexiko herübergeschmuggelt, Da war der schon nicht mehr der Jüngste. Komm her. Hast du Angst? Der tut dir nichts, komm.“
Monica kam näher.
„Gib deine Hand, ja, los . . .“
Bill ergriff sie, hielt dem Hund die Handfläche hin, der sie vorsichtig beschnupperte.
„Das ist Monica, Picacho, verstehst du?“
Er hatte sich neben den Hund auf den Boden gesetzt und ihn mit einer vertrauten, liebevollen Geste an sich gedrückt. „Picacho war ein Partner von mir. Wir fuhren beide Pepsi und Coke. Und er starb bei ’nem Unfall. Irgendwo an der Westküste. Schon ziemlich lange her. Hej, Picacho . . .“
Der Hund hatte angefangen, Monicas Hand abzulecken.
„So, jetzt kennt er dich. Weiß, daß du hierher gehörst. Und paßt auf dich auf.“

Vorsichtig fuhr Monica dem Hund über das struppige Fell. „Gehör' ich hierher?" fragte sie.
Bill stand auf. „Vorläufig schon. Komm ins Haus."
Das „Haus" bestand aus einem einzigen Raum. Es herrschte drangvolle Enge, chaotische Männerwirtschaft. Die beiden Schlafkojen waren unter Decken und ungemachtem Bettzeug begraben, Wäschestücke lagen herum und Zeitschriften, leere Flaschen, Taschenbücher. An der Wand hingen Gewehre, Patronengürtel, Fernglas und schmutzige Handtücher an rostigen Nägeln.
In der winzigen *Pantry* türmte sich ungespültes Gschirr.
Bill holte zwei Coke-Dosen aus dem Kühlschrank, schob Monica eine über den vollgepackten Tisch, machte ihr Platz auf der schmalen Bank.
Sie war nicht entsetzt über diese Art der Behausung, nur erstaunt. Zumindest gab es eine Menge zu entdecken, wenn man sich nur gründlich umsah.
„Da wohnt ihr? Beide?"
Bill lehnte sich zurück, stemmte die Füße gegen den Schrank. „Eigentlich immer nur einer. Der andere ist ja auf Achse."
Er hob die geöffnete Dose hoch über den Mund und ließ den braunen Saft mit weitem Strahl geschickt in die Kehle laufen. Dann stellte er die leere Dose auf den Boden, schleuderte sie mit einem gezielten Tritt hinaus ins Freie. Picacho hatte seine Arthritis vergessen und sprang hinterher.
Bill wischte sich über den Mund, dann stützte er den Kopf schwer auf seine Hände. „Immer nur einer. Vier Tage Tour, fast fünf. Dann vier, fünf Tage hier. Immer abwechselnd. Seit zwei Jahren."
Er stand wieder auf. Nach der Strapaze der Fahrt pendelte er zwischen Erschöpfung und Unruhe hin und her.
Er kramte irgendwo im Schrank herum, als es ihm einfiel: „Wart mal, doch. Damals, vor über einem Jahr, in der Flaute, da hockten wir hier zu zweit. Ging eigentlich ganz gut. Gab kaum Ärger. Drei oder vier Wochen lang. Lebten von Karnikkeln, die gibt's da massenhaft. Karnickel und Coke. Aber ich sag' dir: Als ich wieder im Laster saß, allein in meinem *Cockpit*,

da wußte ich: Auf die Dauer geht das nicht, zu zweit hier in der Bude. Nicht auf die Dauer . . ."
Er hatte irgendein sauberes Laken gefunden und fing an, es über das Bett zu breiten. „Du wirst hier schlafen."
Sie schaute ihn fragend an, aber er ließ sich nicht stören. Erst als das Bett ordentlich gemacht war, fuhr er fort: „. . . und ich draußen bei Picacho, auf der Camping-Liege."
Er lachte verschämt. „Verstehst du, sonst wird es zu eng hier drinnen. Und wir sind ja jetzt lange genug sehr dicht aufeinandergehockt . . ." Er ging zur Tür.
Picacho spielte draußen im Sand immer noch mit der leeren Dose.
Unter dem *Trailer* murrte und kläffte die Hundemeute.
Bill sah sich um. Monica nippte noch an ihrem Coke.
„Trink aus!"
Dann nahm er ihr die leere Dose aus der Hand und jagte damit Picacho quer über den Platz.
Ich bring' jetzt den Müll weg." Er ging nach draußen und sammelte Dosen und leere Flaschen wieder ein.
Dann kam er zurück: „Wenn du unbedingt das Geschirr abwaschen willst, dann stell' ich die Pumpe an, fürs Wasser. Okay?"
„Okay!" sagte Monica und stand auf.
Aber Bill lehnte immer noch in der offenen Tür, die Hände gegen diesen mickrigen Türrahmen aus Plastik mit ein wenig Aluminium gestemmt, und lachte sie an wie ein Schuljunge, verschmitzt und jung.
Die insgesamt neunzig Stunden *Truck*fahrt schienen fast vergessen.

28 Nacht war über die Prärie gefallen. Nur im Westen zog sich noch ein helles, rotes Band über den Horizont.
Windböen wirbelten Sand hoch und fachten die Glut immer wieder an. Und trieben ihnen den Rauch in die Augen.

Bill hatte Fleischstücke, die größer waren als die Teller, auf den Rost geworfen, dazu Kartoffeln, eingepackt in Silberfolie. Sie tranken „Carta-Blanca", mexikanisches Bier. Und sie tranken es auf mexikanische Art. Auf den Deckel der Dose kam Salz und der Saft von Limonen. Das Bier vermischte sich damit bei jedem Schluck.

Die Hunde rissen an ihren Ketten, jaulten in die Nacht. Von irgendwoher kam Antwort.

Nur Picacho schlief und schnarchte röchelnd. Greisenschlaf.

Riesige Insekten taumelten gegen das grelle Gaslicht auf dem Tisch, verbrannten sich ihre Flügel, zappelten weiter über den sandigen Boden. Einer der jüngeren Hunde schnappte sich die Invaliden auf ihrem letzten Flug aus der Luft.

Monica hatte sich eine Decke über die Schulter gelegt und nagte das saftige, rote Fleisch von einem *T-Bone.* Einer der Hunde saß geduldig neben ihr und wartete auf den Knochen.

Der Lichtstrahl der Lampe hatte aus der unendlichen, nachtschwarzen Ebene einen kleinen, überschaubaren Kreis herausgeschnitten. Bis zu den Wassertonnen, den armseligen, dürren Büschen, zum Geräteschuppen, den beiden Autowracks, der Drehbank und dem Wohnwagen. Weiter reichte er nicht.

Bis dorthin war bewohnbares, belebtes Territorium. Dahinter war das Nichts.

Hätten sie die Lampe gelöscht, hätten sie feststellen müssen, daß noch anderswo Leben herrschte. In der Dunkelheit glühten die erleuchteten Fenster der Wohnwagen in der weiteren Nachbarschaft. So aber hockten sie im Zentrum einer schwarzen Arena, irgendwo und ohne Zeit. Und waren allein auf diesem Planeten.

„Du mußt den gleichen Weg gehen wie Mike . . ."

Bill hatte bisher geschwiegen umd nachgedacht. Jetzt war es soweit. Er hatte einen Faden gefunden und begann ihm zu folgen.

„Den gleichen Weg wie er, verstehst du? Wenn du ihn finden willst."

Monica hatte ihn erstaunt angesehen. Irgendein Grauen stieg

langsam in ihr hoch, als wüßte sie, wie der Gedanke Bills weiter und zu Ende gehen sollte.
„Du kannst nur dort anfangen mit der Suche, wo du ihn verloren hast", fuhr er fort. „Du mußt wieder hin!"
Sie hatte aufgehört zu essen, legte das Fleisch auf den Teller.
„In das Motel?"
Er nickte.
„Nein!" sagte sie. Aber es klang nur entsetzt, nicht endgültig.
„Nein?" Bill ging nur scheinbar darauf ein. „Okay!"
Er aß weiter. Aber dann nahm er den Faden wieder auf: „Anderes Kleid, Perücke, Brille, vielleicht . . ."
Aber sie schüttelte den Kopf. „Nein. Bestimmt nicht."
Nachdenklich nippte er von seinem Bier, streute neues Salz auf den Deckel, preßte aus einem Limonenrest die letzten Tropfen darüber.
„Wie geht sie dann weiter, die Geschichte?"
Er löffelte Bohnen aus einer Dose, strich Picacho über das Fell, um ihn zu beruhigen. Der hatte böse Träume gehabt, jaulte im Schlaf, zuckte mit den Läufen. Vielleicht war er auf Jagd, vielleicht auf der Flucht.
„Ich glaube", fuhr Bill fort, „die wollten nicht Mike fangen oder dich. Ich mein', das hat nicht euch gegolten, persönlich. Verstehst du?"
„Bist du sicher?" Monica war nicht überzeugt.
„Ja, ich bin sicher. Die fangen jeden."
„Warum?"
Er zuckte die Schultern, sah in die Schwärze des Himmels.
„Weiß nicht. Muß man eben herausfinden."
„Und wie?"
Er sah sie wieder an. „Sag' ich doch: Wenn man den gleichen Weg geht wie Mike. Sich fangen läßt. Nur so . . ."
Jetzt war es gesagt. Monica wickelte sich fester in die Decke. Aber sie fröstelte weiter.
„Ich geh' da nicht hin. Ich hab' Angst!"
„Dann geh zur Polizei."
Bill riß den Deckel von einer neuen Dose, streute Salz, zerschnitt eine Limone.

„Es ist nur schwierig zu erklären, warum du erst nach fünf Tagen kommst.“
Er wischte sich das Bier vom Mund und das Salz. Und fuhr fort: „Ich bin schuld. Ich weiß. Mit dieser Raserei, mit diesem Job. Terminfracht. Man kommt nicht zum Denken. Fährt Meile um Meile ... Jetzt ist es zu spät.“
Er warf einen Fleischrest hinter sich. Die Meute balgte sich darum. Eine Sandwolke stob hoch, hüllte die Hunde ein, trieb weiter zu dem Platz, an dem sie beide saßen.
„Wär' auch schwierig gewesen“, fuhr er fort, „das den Leuten an der Ostküste und im Norden zu erklären.“
„Ja“, sagte Monica. „Ich hätte hier bleiben müssen. Aber die haben mich gejagt.“
Das Licht flackerte. Bill drehte am Ventil, schüttelte die Flasche mit dem Gas, bis die Flamme wieder gleichmäßig fauchte.
„Hier im Süden ist es noch schwieriger. Ausländerin. Ohne Papiere. Die Wirtin von diesem Motel schwört jeden Eid: Sie kennt euch nicht. Hat euch nie gesehen. Dein Auto ist längst verschwunden, dein Gepäck ... Die Ambulanz findet keiner. Davon fahren Dutzende auf den Straßen herum. Alle haben sie Fahrtenbücher. In dem Motel war keiner. Nein. Von der Seite hast du keine Hilfe zu erwarten. Und vergiß nicht: dein Mann ist verschwunden. Und verdächtig bist du!“
Die Nachtfalter schwirrten und warfen riesige Schatten und stürzten ab. Picacho war wieder auf seine Traumjagd gegangen, jaulend und mit zuckenden Läufen. Die anderen Hunde kläfften in die Nacht.
Bill aß weiter und trank, streichelte seinen Hund, streckte sich und schaute in den Himmel.
Monica wischte Krümel vom Tisch.
Und der helle Schimmer über dem Horizont war längst verschwunden.

29 Sie hatte lange wach gelegen. Aber es war ihr nichts eingefallen zu dem, was Bill gesagt hatte, außer einem „Nein“.

Das Kläffen der Hunde ging die ganze Nacht, das Klirren der Ketten, das Rütteln an den Drähten, das Klopfen gegen das Holz, wenn sie sich kratzten und sich dabei gegen den *Trailer* lehnten. Sie hatte sich in Laken und Decken gewickelt und trotzdem gefroren. Die Nächte in der Prärie waren kalt.

Wind war plötzlich aufgekommen, hatte an *Trailer* und Klappen und Türen gerüttelt, hatte Sand gegen das dünne Sperrholz gepeitscht. Kreischend hatte sich das Windrad gedreht.

Erst nach und nach war ihr eingefallen, wo es herkam, dieses schabende, metallische Geräusch hoch über ihrem Kopf: Der Kühlschrank summte in Intervallen und brachte das Besteck zum Klappern, das in den schmutzigen Tellern lag. Sicher waren Stunden vergangen. Die Leuchtziffern der Uhr auf dem Bücherbrett waren zu schwach. Licht wollte sie keines machen.

Sie fuhr mit der Hand über das glattgewetzte Holz der Koje, legte den Arm über die Augen.

Wo war Mike?

Bill stand in der Tür. Helles Tageslicht blendete sie.

Sie schreckte hoch, zog sich das Laken, in das sie gewickelt war, vor die Brust. Strich die Haare aus dem Gesicht und brauchte lange Sekunden, bis sie wußte, wo sie war und wer da vor ihr stand. In Anzug, Krawatte, Hemd. Ungewohnt und fast ein wenig komisch.

Bill lachte. „Alles okay?“

„Du willst weg?“ fragte sie.

„Wenn du fertig bist. Ich mach Kaffee. Dann fahren wir.“

„Wohin?“

„Einkaufen.“ Er setzte Wasser auf, zündete den Gaskocher an. „In El Paso. Für dich. War doch ausgemacht, oder?“

Sie wußte nicht, wovon er sprach. Er schüttete Unmengen Kaffeepulver aus der Dose in die bauchige Glaskanne.

Sie rührte sich nicht, blieb aufgerichtet sitzen in dieser Koje,

preßte Laken und Decke an ihren Körper und sah ihm zu. Sie wollte Zeit gewinnen.
„Zieh dich an", sagte er.
„Ist es so eilig?"
Er stellte Tassen und Teller auf den Tisch, holte Margarine und Speck aus dem Kühlschrank, schlug Eier in die Pfanne.
„Hab noch 'ne Menge unterwegs zu erledigen. Weiß ja nicht, wen ich von den Kumpels treff'."
Der Duft nach Kaffee, nach heißem Speck und nach Toast erfüllte den kleinen Raum. Aber in Monica würgte etwas.
„Muß ich denn mit?" „Sicher!"
Er raspelte rohe Kartoffeln über der Pfanne: *Hush-brown-potatoes.*
„Sicher mußt du mit. Wir kommen nicht zurück. Wir fahren gleich weiter."
Er nahm die glänzende Thermoskanne vom Regal, fing an, Kaffee einzufüllen.
Der Kaffee . . .! Kaffee für das Motel!
Vorsichtig verschraubte er den Verschluß. Dann legte er die Kanne in die Reisetasche, warf einen Pyjama darüber, ein frisches T-Shirt, Socken.
Monica verfolgte jede seiner Bewegungen, versuchte, die Vorbereitungen richtig zu deuten.
„Wenn die Sonne untergeht, fahren wir hin."
Monica fühlte die Feuchtigkeit auf ihrer Haut. Einzeln liefen die Tropfen aus ihrer Achsel den nackten Körper hinunter. Die Angst hüllte sie ein mit ihrem scharfen Geruch.
Wenn die Sonne untergeht, fahren wir hin . . .!
„Ja", sagte Bill, „und mieten uns ein."
Er verteilte Speck und Eier und *hush-brown-potatoes* gerecht auf zwei Teller, goß den restlichen Kaffee in die beiden Tassen und sah sie erwartungsvoll an.
. . . und mieten uns ein . . .
„Ja", sagte Bill, „im ‚Honeymoon-Inn'!"
Als ob das das Einfachste sei von der Welt, ein Ausflug, einfach hinfahren und sich einmieten! „Und was wird dann?"
„Dann warten wir, was passiert."

Sie trocknete sich den Schweiß mit dem Laken ab, fuhr sich mit dem Handrücken über die feuchte Stirn.
„Wir schleichen uns ein, gehen den gleichen Weg. Ganz einfach ..."
Ganz einfach? Meinte er das wirklich? Hatte er keine Angst?
„Doch. Sicher hab' ich Schiß. Ganz gewaltig sogar. Aber es ist die einzige Chance!"
Die einzige Chance? Ihre Chance, Mike zu finden? Und die einzige Chance von Mike ...?
Bill fing an zu essen. Die Angst saß ihm offenbar nicht in der Kehle wie ihr, nicht im Magen. Weiß Gott, wo sie saß. Er ließ sich nichts anmerken.
Ausgeschlafen und ohne den geringsten Rest der Strapaze, die er hinter sich hatte, war er wieder zu allem fähig, und er war sicher, daß er gewann.
„Komm! Steh auf. Alles wird kalt."
„Ich kann jetzt nichts essen."
„Du mußt etwas essen. Wir haben 'ne Menge vor!"
„Ja."
Sie rührte sich immer noch nicht, war wie betäubt, wie gelähmt von Entsetzen.
„Wenn du duschen willst – draußen. Das Wasser ist schon warm von der Sonne."
Sie wickelte ihre Beine aus Decke und Laken, stand auf, ging zur Tür, drängte sich nackt und immer noch wie betäubt an ihm vorbei – während er scheinbar ungerührt weiter aß. Ging nach draußen, kletterte die Stufen hinunter, spürte den von tausend Hundepfoten festgetretenen Sand unter den bloßen Füßen, spürte die frische Morgenluft auf dem schweißnassen Körper ...
„Hej."
Sie drehte sich um. Er stand in der offenen Tür und warf ihr ein Handtuch zu.
Und dabei spürte sie seinen interessierten Blick, sein Verlangen. Er lachte ihr zu, war voller bubenhafter Freude.
Sie hätte sich verbergen können hinter diesem Handtuch, aber sie lachte einfach zurück.

Der Zauber hatte gewirkt. Sie wußte, daß sie keine Angst mehr haben würde, oder nur ganz wenig, eine Angst, die zu ertragen war. Er war dabei. Es konnte ihr nichts geschehen.
Das Wasser lief in kleinen, eiskalten Bächen über ihre Haut. Er hatte gelogen. Die Sonne stand erst zwei Handbreit über dem Horizont und hatte das Wasserfaß auf dem Dach noch nicht erwärmt.
Sich einschleichen. Den gleichen Weg gehen wie Mike. Ihm folgen.
Der Plan schien seinen Schrecken zu verlieren.
Mike.
Am Ende des Weges, das wußte sie, würde sie ihn finden.

30

Vor ihnen lag Las Cruces, ausgewalzt über das Tal des Rio Grande.
Wie damals stand die Sonne tief über der Prärie. Wie damals fiel das gelbe Abendlicht auf die bizarren Zacken der Orgelberge hinter der Stadt.
Der *Pickup-Truck* parkte neben dem *Highway Interstate 10.* Am Steuer saß Bill, neben ihm Monica mit dunkler Perücke, Leinenjacke und Brille.
Sie schwiegen, hörten Musik und warteten. Und schauten hinunter in diese Stadt.
Die Schatten wurden länger.
Bill sah auf die Uhr. Seine Ruhe, das spürte man, war gespielt. Besonders Monica merkte es. Aber sie wußte auch, daß sie beide fest entschlossen waren, diesen Weg zu gehen, gleichgültig, was geschehen würde.
Bill stieg plötzlich aus.
„Was ist?“
„Nichts.“
Er nahm die Reisetasche vom Rücksitz und verstaute sie im Kofferraum vor der Ladefläche.
Dann kam er zurück, ließ sich schwer in den Sitz fallen und wischte sich die feuchten Hände an seinem Jackett ab.
„Wir hätten einen anderen Wagen nehmen sollen“, sagte er.

„Warum?"
„Ein *Pickup-Truck*, ein Lieferwagen. Wer fährt damit zum ... na ja ...!"
„Gerade mit so einem." Monica versuchte zu lächeln.
„Wer einen anderen Wagen hat, braucht ja nicht unbedingt ins ‚Honeymoon-Inn'. Aber ein Farmer, der ein Mädchen aufgabelt, Arbeiter auf Montage, mit der Sekretärin vom Chef ..."
Bill sah sie seltsam an. „Du hast ziemlich viel Erfahrung, ja?"
„Nein", sagte sie. „Eigentlich nicht. Aber Phantasie."
Dann schwiegen sie wieder und warteten.
Die Sonne hatte den Horizont fast erreicht. Unten im Tal war der Schatten schon über die halbe Stadt gekrochen. Lichter waren aufgeflammt, Straßenlampen, Leuchtreklamen. Kämpften an gegen diese strahlend gelbe Dämmerung.
Bill war erneut ausgestiegen und aus seinem Jackett geschlüpft. Dann holte er die Tasche wieder nach vorn.
„Warum tust du das?" fragte sie.
„Herrgott, ich weiß auch nicht, was am besten ist!"
„Wir werden ja sehen."
Ein *Truck* kam von hinten angedonnert. Bill sah ihm entgegen. Der Truckfahrer hupte ein Signal, Bill winkte zurück.
„Wer war das?" wollte Monica wissen.
„Tennessee-Joe. Fährt meistens Maschinen zur Westküste."
Monica sah dem *Truck* nach, der ins Tal hinunterfuhr. Die roten Bremslichter glühten auf und verschwanden hinter der nächsten Biegung.
„Du kennst sie alle?"
„Viele. Und alle sind da, wenn man sie braucht."
Bill stieg wieder ein.
Die Sonne war endgültig verschwunden, hinter dem dürren Präriegras der Böschung.
„Ja, es wird Zeit ..."
Bill startete den Motor, schaute kurz zu Monica, sie schaute zurück. Es ging los. Sie war mit allem einverstanden.

Er blinkte, dann fuhr er schnell hinaus auf den *Highway*.
Die Stadt war ausgestorben, wie immer um diese Zeit nach Feierabend.
Zwei Dutzend Tankstellen, zwei Dutzend Motels: „Town-House", „Paradise", „Royal-Host", „Best-Western", „Imperial-Sky", „Palms-Motor-Hotel", „Colonial", „Desert-Lodge", „Las Cruces-Inn" und so weiter.
Nichts wäre passiert, wenn wir hier gehalten hätten. Nichts, vermutlich. Damals vor sechs Tagen.
„*Family-Rates, Kingsize-Betten, Weekend-Arrangements*".
In diese Falle mußten wir gehen. In die einzige Falle.
„*Free Car-Wash, Free Cocktail, Free Coffee* . . ."
Free Coffee. Wetten, der Kaffee . . .
Sie hatten die Stadt durchquert, hatten das Ende erreicht, das Brachland, die Mülldeponie, die Verkaufsfläche für *Caravans*, die Kreuzung mit der *Interstate-Z5*.

31 „Dort vorne", sagte Monica. „Dort vorn, das ist es!"
Bill nickte nur.
Ein niederer Gebäudekomplex am Rande der Prärie.
Absolut einsam, absolut isoliert.
Zwei verschlungene Herzen flackerten rosa:
„Honeymoon-Inn."
Monicas Herz klopfte bis zum Hals.
„*Room-Rate 2 for 7,50.*"
Wir sind da, dachte sie. Wir sind da, aber vielleicht kehrt er noch um.
„*Free coffee!*"
Aber er ging nur vom Gas, um in den Hof einzubiegen.
„*Office.*"
Er hupte.
Monica wischte sich über die Augen, setzte die dunkle Brille wieder auf. Aber es lag nicht an der Brille. Das letzte Mal war heller Tag gewesen. Die Sonne hatte in den Hof geschienen.

Jetzt war es fast Nacht. Der Hof lag im Dunkel. Aber dann flammten die spärlichen Lampen plötzlich auf.
„Hallo! Nicht viel los heute abend, wie?“ rief Bill.
Die Wirtin war in der Tür zum *Office* erschienen, und Bill hatte das Fenster heruntergedreht.
„Seien Sie froh“, sagte die Alte, als sie näher kam. „ Die Saison fängt erst an. Über Weihnachten kriegen Sie kein freies Bett in der Stadt.“
Monica lief ein Schauer über den Rücken.
Sieh sie nicht an, die Alte, sagte sie sich. Aber dann schaute sie doch und hatte Angst, wiedererkannt zu werden, trotz Perücke und Brille und dunkler Nacht.
„Okay“, sagte Bill. „Wir bleiben. Aber nicht bis Weihnachten. Nur ein paar Stunden.“
Die Alte ging zurück zu ihrer Rezeption. „Ich hol’ den Schlüssel. Fahr’n Sie schon mal vor. An der Ecke dort. Nummer zwei.“
„Ist gut“, rief Bill ihr nach. „Lassen Sie sich Zeit!“
Er legte den Gang ein und fuhr langsam über den Hof.
Fragend sah er Monica an. Die nickte nur, fummelte an ihrer Perücke.
Bill stieg aus.
Er nahm die Reisetasche und sah der Wirtin entgegen.
Die kam vom *Office* her, watschelte mit kurzen, kleinen Schritten an den zerzausten Palmen vorbei.
Dann machte sie Licht über der Tür, suchte das Schlüsselloch, fand es, schloß auf und ging hinein.
Bill folgte ihr.
Licht flammte auf, drinnen im Raum, fiel durch die offene Tür hinaus in den Hof.
Dann erklang Musik.
Bill erschien und winkte Monica zu.
Sie stieg aus. Die Tür des Wagens fiel hinter ihr ins Schloß.
Dann ging sie auf den Eingang zu.
Die Wirtin begegnete ihr gerade in der Tür. Aber Bill hatte bereits einen Geldschein gezückt, hielt ihn der Wirtin entgegen.

Die hatte für Monica nur einen kurzen Blick übrig. Zehn Dollar waren wesentlich interessanter.
„Ich finde, wir erledigen das gleich", sagte Bill, während Monica an beiden vorbei in das *Apartment* schlüpfte. Bill fuhr fort: „Wir fahren morgen sehr früh."
Die Wirtin hatte nach dem Zehn-Dollar-Schein gegriffen. „Einverstanden. Siebenfünfzig." Sie suchte in ihrer Tasche nach Münzen und Kleingeld. „Das ist inklusive Taxe, verstehen Sie?"
Bill nickte.
„Wenn Sie sich eintragen wollen . . .?" Sie gab Bill zwei Dollar und fünfzig Cent zurück.
„Will ich eigentlich nicht." Damit wandte Bill sich ab.
„Okay", rief ihm die Alte noch nach. „Ich bringe gleich den Kaffee!"
„Kaffee ist gut." Bill lachte. „Den hab ich dringend nötig." Er grinste sie unverschämt an, wandte sich ab und ging hinein. Er spürte, wie ihm die Wirtin noch sekundenlang nachsah, dann ließ er die Tür hinter sich ins Schloß fallen.

32 Nein, es war kein Traum.
Alles war wie damals, vor sechs Tagen, als sie das erste Mal diesen Raum betreten hatte: die gleiche Musik, das superbreite Bett frisch bezogen und einladend aufgedeckt und dasselbe Fernsehgerät, das rauschend fahle Schattenbilder produzierte.
„Nicht mal Farbe . . .", sagte der fremde Mann neben ihr und drehte an den Knöpfen, um den Ton schließlich abzuschalten.
Aber es war kein fremder Mann, es war Bill, und sie erschrak, wie vertraut er ihr war. Und er hatte das gleiche gesagt wie damals Mike.
Sie hielt sich fest an einem dieser beiden Stühle – abgewetzter Plastikbezug, rostige Metallbeine.
Der Schrank stand halb offen. Verbogene Drahtbügel hingen

darin. Auf der Kommode sah sie Kaffeeflecken auf der rissigen Politur.
„Was ist?“ Bill hatte sich zu ihr umgedreht.
Aber sie schüttelte nur den Kopf: Nichts ist. Es war nur die Erinnerung, die sie frieren ließ, und die Angst natürlich.
Nach sechs Tagen stand sie an der gleichen Stelle wie damals, aber diesmal wartete sie auf ein Abenteuer, dessen Ausgang ungewiß und grauenhaft sein konnte.
Das Fenster, durch das damals die Abendsonne geschienen hatte, war nun schwarz und unheimlich und tot.
Sie sah Augen in der Nacht, neugierige Blicke, die sie beobachteten. Überall sah sie diese Blicke. Aus dem Schrank, durch den Spiegel, zwischen den grellen Mustern der Tapete.
Sie zog den Rolladen aus schwarzem Papier herunter und die Gardinen darüber.
„Geh ins Bad“, sagte Bill. „Sie kommt gleich mit dem Kaffee.“
Monica nickte, nahm Bills Tasche und ging.
Sie sah ihr Gesicht im Spiegel, erschreckend fahl trotz der dunklen Brille. Und erschreckend fremd mit diesen dunklen Haaren.
Sie nahm die Brille ab.
Aber selbst die eigenen, ungeschützten Augen erschienen ihr plötzlich fremd.
Sie ließ das Wasser laufen. Es kam warm aus der Leitung und roch nach Chlor.
Trotzdem füllte sie die hohlen Hände und tauchte das Gesicht hinein. Immer wieder.
Sie trocknete die Nässe nicht ab. Die Wassertropfen liefen ihr übers Gesicht, rannen auf Brust und Schulter. Sie schlüpfte aus der Jacke und warf sie über das Bidet.
Ich sollte das T-Shirt waschen, den Slip. Sie kam sich so ungepflegt vor, verschwitzt, seit Tagen immer in dem gleichen Zeug.
Als ob ihre Chancen besser stünden, wenn sie gepflegt und sauber in dieses Abenteuer ging!
Sie schloß die Tür heimlich ab, drehte den Riegel möglichst leise im Schloß. Dann setzte sie sich aufs Klo und ließ die

Wasserspülung rauschen, damit Bill nicht hören konnte, was hier vor sich ging.
Dabei war der Raum da draußen erfüllt mit dieser Musik.

Bill saß auf dem Bett, wartete nervös und fing an, sich seine dämliche Krawatte auszuziehen.
Dann legte er sich zurück. Sie sollten die Decke mal streichen, dachte er. Die Risse liefen kreuz und quer durch den Putz. Er hörte ein Geräusch vor der Tür, richtete sich auf – aber es hatte bestimmt nicht geklopft. Bestimmt nicht!
Er drehte die Musik leiser.
Dann legte er sich wieder hin. Scheißspiel, dachte er plötzlich. Wirklich. Ein Scheißspiel. Warum mach' ich das eigentlich? Warum spiele ich da mit?
Weiß Gott, was da alles noch auf ihn zukam.
Hatte er nicht schon genügend *trouble*, mit seinem Job, seinem *Truck*, mit Ladung und Terminfracht und so?
Ja, wenn man solche Geschichten anfing, um ein Mädchen aufzureißen, okay. So ein Mädchen wie Monica, meinetwegen. Auch wenn die ihm 'ne Nummer zu clever war, Princeton und so.
Aber das alles, um deren Mann zu finden . . .?
Ich bin doch verrückt, dachte Bill. Einfach meschugge. Ein Mädchen, nicht mal von hier, mit so einem verdammten Akzent. Auch so eine, genau wie er, die eigentlich nicht so richtig hierher gehörte in dieses Land. Die Schwierigkeiten hatte, genau wie er. Und *trouble* und Ärger. Und die niemanden hatte. Genau wie er.
Und für die er verantwortlich war. Ja, verdammt noch mal, das war er wirklich. Verantwortlich. Seit er auf die Bremse gelatscht war und ihr damit vielleicht das Leben gerettet hatte. Seit dieser Sekunde war er verantwortlich. Daß sie durchkam, heil wieder herauskam aus dieser Geschichte, und daß sie irgendwie wieder glücklich wurde.
Deshalb war er jetzt hier, bereits mittendrin in diesem Scheißspiel, und er wußte plötzlich, daß das so in Ordnung war. Er fand sich unheimlich gut dabei.

Plötzlich sprang Bill auf, ging zur Tür, riegelte auf.
Da stand die Wirtin. Sie brachte ein Tablett mit einer roten Thermoskanne und Plastikbechern.
„Warten Sie schon lange hier draußen?"
Sie antwortete nicht, sondern kam zielstrebig in den Raum.
„Ich hab' Sie nicht gehört – die Musik . . .", sagte Bill.
Sie stellte die Kanne und die Becher neben das Fernsehgerät.
„Der Kaffee", meinte sie.
„Ich dachte es mir."
Sie ging zur Tür zurück. „Ach, drehen Sie die Musik ruhig laut. Sie stören niemanden. Sie sind ganz allein."
„Ja, danke", erwiderte Bill und drehte lauter.
„Kassettenmusik. Unser Spezial-Service, wissen Sie", erklärte die Wirtin noch. „Und wenn Sie auf drei schalten, bekommen Sie Radio."
Sie führte es vor.
„Ja, und dann gute Nacht – im ‚Honeymoon-Inn' . . .!"
Wörtlich sagte sie: „*Enjoy the ‚Honeymoon-Inn'* " – viel Spaß!
„Danke", sagte Bill. Und: „Gute Nacht!"
Er riegelte zu. Aber der Riegel klemmte.
Und die Sperrkette war abgerissen und zu kurz.
Bill war sicher der erste Gast in diesem *Apartment*, den das mit einer gewissen Befriedigung erfüllte.

33 „Los, mach auf!"
Bill klopfte an die verschlossene Badezimmertür, klinkte mehrmals. „Komm raus, sie ist weg."
Monica schloß auf und sah sich um.
Sie hatte wieder die dunkle Brille aufgesetzt.
„Du kannst sie abnehmen", meinte Bill, „sie ist wirklich weg."
„Aber sie beobachten uns", flüsterte Monica. „Durch den Spiegel, durch ein Loch in der Wand."
Bill musterte den Raum, warf einen kurzen Blick auf Wände und Spiegel.
„Nein, glaub' ich nicht . . ."

„Und sprich leise. Sie hören alles!" Sie flüsterte immer noch.
„Sie hören nichts. Die Musik ist zu laut!"
Er ging ins Bad, schloß die Tür hinter sich. Drinnen hustete er, drückte auf die Wasserspülung.
Er benimmt sich fabelhaft unverdächtig, das schaff' ich nicht, dachte Monica.
Sie löschte das große Licht – nur die beiden Leselampen neben dem Bett brannten noch.
Dann kroch sie ins Bett, in Jeans, mit T-Shirt und Turnschuhen. Vorsichtig zog sie die Decke bis zum Kinn.
Das Fernsehgerät lief immer noch. Daneben stand die rote Kanne mit dem Kaffee.
Sie blickte zum Fenster, suchte die Wände ab, aber es war nichts Verdächtiges zu entdecken.
Dann kam Bill zurück.
Er schlüpfte aus seinem Hemd.
„Laß es an", sagte sie. „Doch, wirklich, laß es lieber an."
Er zögerte. Da hob sie die Decke, zeigte ihre Schuhe.
„Du bist verrückt!" Inzwischen flüsterte auch er. „Was soll das?"
„Ich weiß nicht, aber ich glaube, es ist besser so."
Er zuckte die Schultern, legte das Hemd nachlässig zusammen und packte es oben auf die Reisetasche.
Dann kam er ins Bett zu ihr. Auch in Hosen, mit den Schuhen. Scheu rückte sie zur Seite.
„Komm", sagte er, „ich meine, wenn sie uns beobachten ..."
Da kroch sie näher zu ihm, immer noch scheu und gehemmt.
Er legte den Arm um sie, drückte sie an sich. Eine unnatürliche, gestellte Geste für Lauscher und Voyeure hinter der Wand.
„Es kann lange dauern", flüsterte sie und rührte sich nicht.
Bill nickte nur, drückte sie immer noch an sich.
„Vielleicht kommen sie erst – mitten in der Nacht?" sagte sie.
Ebenso leise flüsterte er zurück: „Vielleicht kommen sie gar nicht ..."
„Ja", antwortete Monica, „vielleicht."
Er hatte sie noch näher an sich gezogen. Wie Tangotänzer,

Wange an Wange, Gesicht an Gesicht. Die Lippen dicht am Ohr des anderen und doch voller Hemmungen gegenüber dieser intimen Nähe.
„Der Kaffee . . .!“ Monica machte sich frei von ihm.
„Was ist?“
„Wir haben den Kaffee nicht getrunken.“
Immer noch stand die rote Kanne unberührt neben dem flakkernden, fahlen Bild des Fernsehgerätes.
Bill stand auf, nahm Kanne und Becher und verschwand, ohne Licht zu machen, im Bad.
Dann kam er zurück, holte die Reisetasche.
Monica saß aufrecht im Bett und beobachtete jede seiner Bewegungen.
Dann verschwand er aus ihrem Blickfeld. Sie hörte nur, wie er den Duschvorhang zur Seite schob, vermutlich, um nicht beobachtet zu werden.
Aber sie wußte ja, was er tat: Er nahm seine alte Thermosflasche aus der Reisetasche und füllte die beiden Plastikbecher bis zum Rand mit dem mitgebrachten Kaffee.
Den Rest goß er weg und spülte sorgfältig Wasser hinterher. Dann nahm er sich die rote Kanne der Wirtin mit dem „*free-coffee*“ vor. Er klappte den Verschluß hoch und roch daran.
Nichts Verdächtiges.
Trotzdem füllte er den Inhalt der Kanne vorsichtig in seine Thermosflasche um und vergrub sie anschließend wieder unter Wäsche und Pyjama auf dem Boden seiner Tasche.
Dann kam er zurück in den Raum und stellte die leere rote Kanne mit hochgeklapptem Verschluß auf den alten Platz auf der Kommode.
Monica saß immer noch starr und aufrecht in dem superbreiten Bett.
„Sei still, ich hör' etwas . . .“, zischte sie.
Er drehte die Musik leiser, horchte, aber da war nichts. Absolut nichts. Kein Windgeräusch, kein Motorenlärm von der nahen Nummer *10*. Nichts.
Er stellte die Reisetasche mitten auf den Tisch und kroch wie-

der zu Monica ins Bett. Mit Schuhen, in Jeans. Und mit den beiden Bechern voll Kaffee.
Den tranken sie nun. Demonstrativ und hastig, mit kleinen Schlucken. Sie schauten sich an dabei, beobachteten ihre Umgebung. Aber nichts geschah.
Bill nahm ihr schließlich den leeren Becher aus der Hand, stellte ihn neben den seinen auf das Nachtkästchen neben dem Bett.
Dann krochen sie wieder zueinander in diese verkrampfte Position, halb sitzend, halb liegend, aneinandergeklammert, weil man das von einem Paar in dieser Situation erwarten konnte, schmiegten sich aneinander, scheu und gehemmt, aber Hemmung und Scheu schienen geringer geworden zu sein.
Sie saßen da, warteten, schwiegen, hörten die leise Musik, horchten auf irgendwelche Geräusche, starrten auf die flüchtigen Schatten auf dem Fernsehschirm, auf die geöffnete rote Kanne, die daneben stand.
„Bill . . .“
„Ja?“ flüsterte er zurück.
„Warum tust du das alles?“
Er antwortete nicht.
„Für mich?“ fragte sie weiter. „Für Mike?“
„Kenn’ ihn doch nicht, deinen Mike . . .“
„Warum tust du’s?“ Sie hatte die Lippen dicht an seinem Ohr. Er spürte ihre warme Haut durch das dünne Baumwollhemd, fühlte ihren Körper, ihr Atmen, ihren Herzschlag, die Angst, merkte deutlich, wie sie sich an ihn klammerte, ganz plötzlich ohne Hemmung, ohne Scheu.
„Warum . . .?“
„Mußt du das fragen?“
Aber dann fragte sie nicht mehr.
Irgendwann lösten sie sich aus ihrer Umklammerung.
„Sie kommen nicht“, sagte sie und legte sich zurück.
Er legte sich dicht daneben, den Arm um ihren Nacken geschlungen. Sie roch seinen Atem. Fremd. Und inzwischen doch vertraut.

„Sie kommen nicht...“, wiederholte sie. „Sie kommen nicht...“ Sie schloß ihre Augen.
Ein großer Rest an Angst war immer noch in ihr. Sie lauschte auf jedes Geräusch, wußte nicht, ob sie das alles durchhalten würde – wenn sie kamen. Aber sie kamen ja nicht...
Wir hätten den Kaffee trinken sollen, aus der roten Kanne, dachte sie. Vielleicht würden wir jetzt schlafen... einfach schlafen... nichts mehr hören, nichts mehr spüren... nichts mehr denken... schlafen.
Einfach bewußtlos, tot, ohne Angst und Widerstand... wenn sie kamen.
Aber sie kamen ja nicht.

34 Irgendwo in Las Cruces hatte sich ein großer Ambulanzwagen in Bewegung gesetzt. Mit kreisendem Rotlicht, aber mit abgeschalteter Sirene war er betont langsam durch die abendlich toten Geschäftsviertel gefahren, hatte an allen Ampeln und Stopschildern und vor dem Schienenstrang der *Santa-Fe-Railroad* vorschriftsmäßig angehalten. Übrigens aus gutem Grund: Mit langem, melodischem Hupen seiner Hörner schob sich ein Zug über die Straße. Voraus zwei Dielselloks, gewaltige Maschinen mit den Initialen A. T. & S. F. RY. Unter diesen Initialen war der Südwesten erobert worden – trotz Mescalero-Apachen, Büffelherden und mexikanischen Hoheitsrechten.
Dann folgten einige hundert braune Großcontainer mit Kupfererz aus Santa Rita und Silver City auf dem Weg in die Hütten von El Paso. Im Abstand von fünfhundert Metern waren wieder Dieselloks dazwischengekoppelt. Und immer wieder hallten diese melodischen Hörner über die Stadt.
Der Ambulanzwagen hatte es nicht eilig. Er wartete geduldig, bis der Lindwurm mit seinem Erz vorübergezogen war. Dann fuhr er weiter, bog in die *Interstate-10*, fuhr ostwärts, ohne sein träges Tempo zu beschleunigen, verließ die Stadt, vorbei an Schrotthalden, Brachland und aufgelassenen Tankstellen. Er

überquerte die große Kreuzung mit der *Interstate-25* und nahm keine Notiz von den parkenden *Trucks.*
Die standen dort, jeder in eine andere Richtung zeigend, ohne Licht, zufällig. Die Fahrer schliefen vermutlich.
Der Ambulanzwagen näherte sich schließlich dem alten Motel am Rande der Prärie.
Die verschlungenen Herzen flackerten rosa.
Die alte Wirtin stand erwartungsvoll hinter dem rostigen Fliegengitter ihres *Office*, als der Wagen den *Highway* verließ, in den Hof einbog, seine Lichter löschte, wendete und rückwärts vor dem *Apartment* Nummer zwei zum Stillstand kam.
Das alles lief mit lautloser Routine ab.
Nichts geschah weiter.
Zwei Sanitäter in ihren weißen Kitteln blieben, wo sie waren, warteten, lasen Zeitung.
Irgendwann kam die Wirtin über den Hof gelatscht, an den schütteren Palmen vorbei.
Sie nahm nicht die geringste Notiz von dem Wagen. Sie ging auf das Neben-*Apartment* von Nummer zwei zu und verschwand darin.
Immer noch geschah nichts.
Draußen auf dem *Highway* donnerte ein *Truck* vorbei, dann war wieder Stille.
Nur die Grillen sägten in ihren Verstecken unter den rissigen Lehmziegelmauern.

Da öffnete sich die Tür zum Neben-*Apartment* von Nummer zwei. Die Wirtin erschien und gab ein Zeichen.
Und nun ging alles sehr schnell.
Die beiden Sanitäter öffneten die Hecktüren ihres Wagens. Einer warf sich lässig, ohne rechte Kraft, gegen die Türe von *Apartment* Nummer zwei. Die Tür sprang auf.
Die beiden Männer verschwanden im Raum, erschienen nach wenigen Sekunden erneut und holten die Tragen aus dem Fond des Wagens. Die Wirtin beobachtete die Umgebung. Nervös, ängstlich lief sie über den Hof.
Da tauchten die beiden Sanitäter wieder auf, schleppten reg-

lose Gestalten, zugedeckt mit weißen Laken, aus dem inzwischen abgedunkelten Raum, schoben die Tragen in die Fixierung des Wagens und hakten sie fest.
Erst die eine Trage, dann die andere.
Eine Reisetasche flog hinterher.
Das lief ab wie am Schnürchen. Ein eingespieltes Team war am Werk.
Kein Wort war gefallen. Jeder Handgriff saß.
Kein überflüssiges Nachdenken, keine Fragen, kein Zögern.
Anderthalb Minuten, nachdem die Tür gewaltsam geöffnet worden war, schlossen sich die Heckklappen der Ambulanz, Fahrer und Beifahrer sprangen auf ihre Sitze.
Mit gelöschtem Licht verließ der Wagen den Hof und fädelte sich mit rasch zunehmender Geschwindigkeit und kreischenden Reifen in die Fahrspuren des *Highway* ein. Irgendwann flammten die Scheinwerfer auf, das Rotlicht begann zu kreisen, die Sirene gellte durch die Nacht.
In voller Fahrt raste eine Ambulanz auf die Kreuzung der *Interstate-10* mit der *25* zu, überquerte sie und nahm Kurs auf die Abzweigung der Nummer *70* jenseits der Stadt.

Die Fahrer der beiden *Trucks* hatten nicht geschlafen.
Der eine sprach seinen Satz in Ruhe zu Ende, dann hängte er das Mikrofon des CB-Funks an den Haken, startete mit routinierten Griffen seine Maschine, legte den Gang ein und rollte los.
Die Scheinwerfer leuchteten auf.
Langsam folgte der *Truck* der längst entschwundenen Ambulanz. Auch der zweite Wagen fuhr an, beschleunigte, verließ den Parkstreifen und setzte seine Fahrt in entgegengesetzter Richtung fort.

An der Abzweigung Mesquite, an der Abzweigung Mesilla und an den fünf Ausfahrten der Stadt, von La Mesa bis Doña Ana, von Fairacres bis Organ, standen die *Trucks*.
Die meisten von ihnen fuhren los. Sie setzten ihren Weg fort, nach dem Norden, zur Ostküste, an den Pazifik. Sie waren aus

dem Spiel und blieben nur noch über CB mit den Ereignissen der nächsten dreißig Minuten verbunden.
Denn die Route der Ambulanz stand nun fest. Überall, wo der Wagen mit kreisendem Rotlicht und heulender Sirene vorüberraste, sprach ein Truckfahrer ein paar Sätze in sein Mikrofon und startete dann seine Maschine.
So waren auch die Kollegen in Organ, drei Meilen unterhalb des San Agustin Passes, gewarnt, als sich das rote Blinklicht vom Tal des Rio Grande her auf der *Nummer 70* näherte.
John del Rio schob den Gang ein und scherte vom Parkstreifen hinaus auf die Straße.
Er hatte Werkzeugmaschinen geladen für Alamogordo.
Richard Cooper folgte mit zwanzig Tonnen Beef. Er hatte Terminladung für Chicago, aber ein, zwei Stunden, meinte er, führe er leicht wieder herein.
Als dritter verließ Hoagy Carmichael die Randspur. Sein Autotransporter war leer. Rückfracht gab es keine für ihn. Er war kein *Wildcatter*, war angestellt bei Ford in Detroit. Aber in so einem Fall war jede Rivalität zwischen den „Freien" und den „*Teamsters*" vergessen.
Langsam krochen die drei *Trucks* die sanfte Steigung zum Paß hinauf.
Das Rotlicht war näher gekommen. Carmichael, als „*Back-Door*", behielt es im Auge. Die klare Luft New Mexicos erlaubte eine Sicht über Meilen. Er gab genaue Meldung nach vorne, verschlüsselt. Kein Außenstehender konnte ahnen, worum es hier ging.
Noch zwei Meilen.
Sie hatten die Berge erreicht, Don Pecos *Coffee-shop* lag hinter ihnen. Die Standspur war hier mit schrägen Mustern bemalt und endete unvermittelt im Nichts.
Noch eine Meile.
Der Mittelstreifen war zur Gegenfahrbahn durch stählerne Leitplanken gesichert. Stahlplanken auch rechts.
Dort ragte die Felswand glatt abgesprengt und durch Netze gesichert dreihundert Fuß steil nach oben.
Eine halbe Meile.

Richard Cooper scherte aus seiner mittleren Position, schob seine zwanzig Tonnen Fleisch auf die Überholspur und entfesselte ein Gigantenrennen. Meter um Meter schob er sich an John del Rios Werkzeugmaschinen vorbei.
Eine viertel Meile.
Die Sirene gellte zwischen den Felswänden, das kreisende rote Licht blendete die *Truck*fahrer bereits in den Spiegeln. Mit unverminderter Geschwindigkeit kam die Ambulanz an Carmichaels Autotransporter vorbeigeschossen.
Null.
Auf gleicher Höhe mit John del Rio stieg der Fahrer der Ambulanz auf die Bremse.
Die Sirene gellte, das Rotlicht rotierte. Aber Drängeln war sinnlos.
Ein *Reefer* mit Kühlfleisch versperrte den Weg.
Der Fahrer hatte seine Kräfte wohl überschätzt, er kam nicht mehr recht voran. Sein Heck war auf der Höhe von John del Rios *Cockpit* hängengeblieben und fiel nun sogar langsam zurück.
Beide Spuren waren zu.
Geduld!
John del Rio grinste unverschämt auf die beiden Sanitäter herunter. Dann trat er auf die Bremse, genau wie Richard Cooper, der fast zum Stehen kam.
Der Fahrer der Ambulanz blickte nach hinten.
Auch der Rückweg war versperrt. Dicht hinter seinem Wagen hatte ein Autotransporter versucht, bei dem Rennen mitzuspielen, war ebenfalls auf die Überholspur ausgeschert und dicht aufgefahren.
„Stop", gab John del Rio an die Kollegen durch.
„Okay!" kam es zurück.
Auf einer achtel Meile kamen sie alle drei zum Stehen. Der Ambulanzwagen auch. Gezwungenermaßen. Er saß ja mitten in der Falle.
Die Alarmsirene gellte. Das rote Flackerlicht reflektierte an Felswänden und *Trucks.*
„So, jetzt aber schnell!" sagte John del Rio in sein Mikrofon,

schmiß es in die Ecke und trat mit dem Fuß die *Cockpit*-Tür auf.
Der Fahrer der Ambulanz hatte seinen Platz verlassen, war aus dem Wagen gesprungen, hatte sich umgesehen.
Das war kein Zufall, soviel war ihm klar. Die Falle war zu perfekt.
Er sah den grinsenden *Truck*fahrer oben im offenen *Cockpit*, sah von den beiden anderen *Trucks* die Fahrer aus ihren Kabinen klettern.
Es war ein Reflex, ein Reflex in Panik. Er griff in den Wagen, hinter seinen Sitz, packte den Colt, entsicherte und gab Feuer.
Eine Waffe zu besitzen und sie in der Öffentlichkeit zu tragen war im Staate New Mexico, und nicht nur dort, jedem Bürger erlaubt.
Dies ist ein freies Land.

35 Das erste Geschoß hatte Blech durchschlagen. Das zweite und dritte prallte irgendwo gegen Stahl. Die Querschläger summten und flatterten durch die Luft. Zu einem vierten Schuß kam der Ambulanzfahrer nicht mehr. John del Rio hatte eine abgesägte Schrotflinte aus der Halterung gerissen.
Die Salve saß.
Als hätte eine Windbö eine Strohpuppe erfaßt, so wehte der Fahrer der Ambulanz drei, vier Meter rückwärts, überschlug sich und blieb seltsam verkrümmt und bewegungslos liegen. Der Colt schlitterte über den Asphalt. Richard Cooper stoppte ihn mit dem Fuß und hatte ihn eine Sekunde später im Anschlag. Auf dem Beifahrersitz der Ambulanz saß der Sanitäter, bleich wie sein Kittel, und hielt die Arme hoch.
Carmichael hatte sich von rückwärts herangepirscht, jetzt riß er die Wagentür auf, zerrte den Sanitäter ins Freie, tastete ihn mit geübten Griffen ab, stellte ihn mit dem Gesicht an den *Truck*. Da stand er fürs erste, bewacht von del Rio, während Carmichael und Cooper die Ambulanz durchsuchten.

Die Hecktüren wurden zur Seite geklappt. Da lagen Monica und Bill angeschnallt auf den Tragen. Sie waren weder bewußtlos noch tot. Im Gegenteil. Die Begrüßung mit ihren Befreiern war stürmisch.
Bill kroch ins Freie, dann half er Monica auf die Beine.
„Schießerei . . .?" fragte Bill. „Mußte das sein?"
„Ja", sagte Cooper. „Der hat geschossen, bevor wir fragen konnten. Hätte bös ausgehen können. Aber del Rio war schneller. Jetzt hat der Kerl seine Quittung."
Sie beugten sich über den Fahrer, der auf dem Gesicht lag. Der weiße Kittel war am Rücken fast unversehrt.
Aber schmale, rote Rinnsale liefen unter dem Körper über den Asphalt und sickerten bergab.
„Kein einziger Ausschuß", sagte Cooper und drehte ihn auf den Rücken.
„Sieht schlimm aus", meinte Bill. Und Monica wandte sich ab. Das über Gesicht und Körper verschmierte Blut glänzte immer wieder auf im Schein des roten Blinklichts der Ambulanz.
„Los, helft doch mal!" rief Cooper. „Stellt doch einer mal die verdammte Sirene ab. Und das Licht. Ich kenn' mich nicht aus mit der Karre."
Er fummelte am Armaturenbrett des Wagens herum. Aber ohne Erfolg.
Bill versuchte es ebenfalls, fand einen Schalter an der Decke. Die Sirene verstummte. Und irgendwann verlöschte das Licht auf dem Dach.
„Ist er tot?" fragte Monica.
Sie stand immer noch starr und verstört im Schatten der Ambulanz und sah hinüber zu dem blutverschmierten Körper auf dem Asphalt.
„Keine Ahnung." Bill war wieder nach vorn gekommen und untersuchte den leblosen Körper genauer.
„Del Rio hat ihm eine Unze Blei in den Wanst gepustet. Pure Notwehr. Aber das Zeug steckt jetzt in seinem Körper. Er muß in die Klinik, muß sofort operiert werden." Cooper sah sich hilflos um. Del Rio zuckte nur die Schultern. Die Mündung

seiner Flinte zeigte immer noch auf den Sanitäter, der mit den Händen über dem Kopf und mit dem Gesicht voran an dem Container lehnte.
„Hat das noch Sinn?“ wollte Monica wissen. „Operieren . . .?“
„Wenn's schnell geht, schon“, meinte Cooper. „Hinüber ist er noch nicht.“
„Ich hab kein Mitleid!“ Carmichael drehte den Körper vorsichtig zur Seite. „Wirklich nicht. Egal, wie das nun ausgeht mit dem. Du vielleicht?“
Bill sah ihn an, hatte nicht zugehört. „Was soll ich haben?“
„Mitleid!“ wiederholte Carmichael. „Hast du vielleicht Mitleid mit dem?“
„Dafür weiß ich zuwenig“, sagte Bill und stand auf. „Aber ich schwör' dir, ich find' heraus, was für eine Sauerei da läuft. Und dann sag' ich dir, ob ich Mitleid hab' oder nicht.“
„Er hat verdammt noch mal zuerst geschossen“, verteidigte sich John del Rio.
„Darum geht's doch nicht.“ Bill winkte ab.
„Worum geht's dann?“ wollte del Rio wissen.
„Werden wir gleich erfahren.“ Bill stellte sich dicht hinter dem Sanitäter auf. „Hör mal zu. Wenn du überleben willst, mußt du mir ein paar Fragen beantworten. Okay? Also: Wer bezahlt eure Tour? Und wer hat Interesse an uns?“
Der andere schwieg.
Bill trat näher. „Das gab noch keine Punkte, Mann. Also nächste Frage: Wo sollte es hingehen? Na?“
Aber der Sanitäter atmete nur aufgeregt.
Vorsichtig bohrte John del Rio den abgesägten Lauf seiner Flinte gegen den weißen Kittel. Kein Erfolg. Der Kerl schwieg.
„Du wirst uns schon verraten müssen, wo du uns beide abliefern wolltest“, fuhr Bill fort. „Eingeschläfert mit diesem Scheißkaffee . . . Und was das Ganze soll? Menschenhandel? Was? Aber warum – und wozu – und wofür . . .?“
Der Sanitäter rührte sich nicht, hatte die Augen geschlossen, preßte die Hände gegen das Metall des Containers und schwieg. Nur seine Hände zitterten.

„Du bist nicht sehr gesprächig“, meinte Bill. „Vielleicht noch zu aufgeregt, ja?“

Er sah sich zu Cooper um: „Eine kleine Abkühlung hilft vielleicht, was meinst du?“

Cooper sah Bills Blick und drehte sich um zu seinem *Reefer.* Das Kühlaggregat auf dem Dach röhrte durch die Nacht.

„Gute Idee!“ Cooper ging zur Ladeluke des Kühlcontainers und fing an, die Schrauben der Verriegelung aufzudrehen.

Da packte Bill den Sanitäter plötzlich an der Schulter. „Kittel aus.“

Der rührte sich nicht.

„Hörst du nicht? Kittel aus!“

Del Rio stieß ihm unsanft den Lauf seiner Flinte in die Rippen. Daraufhin reagierte der Mann.

Er blickte sich um, eingeschüchtert und scheu, nahm vorsichtig die Arme herunter und begann mit zitternden Händen die Knöpfe seines Kittels zu ertasten.

„Du schaffst das nicht, was?“ Carmichael stieß dem Sanitäter die Arme wieder nach oben. Dann hatte er mit drei Griffen die Knöpfe geöffnet und riß ihm den Kittel vom Leib.

„Weiter!“ sagte Bill. „Los, weiter: Hose – Hemd . . .!“

Der Sanitäter sah Bill nur fassungslos an, hatte immer noch nicht begriffen, was hier geplant war.

„Ich habe gesagt: der Strip geht weiter. Hose runter, los. Und Hemd!“

Irgendeine sehr dunkle und sehr unangenehme Ahnung stieg in dem Mann hoch. Aber Gegenwehr war ja wohl zwecklos.

Er zögerte noch, die zitternden Finger fanden die Hemdenknöpfe nicht. Dann fing er an zu reden: „Was wollen Sie von mir? Sie sperren hier die Straße . . . Man hat uns gerufen: zwei Kranke . . . Daß das ’ne Finte war, daß ihnen nichts fehlte, wußte ich doch nicht!“

„Was ist los . . .?“ Bill packte den Mann am Hals. „Sich rausreden, wie? Du, das ist nicht drin. Daß ihr zwei gottverdammte Kidnapper seid, das wissen wir, das ist bewiesen. Ich will nur wissen, warum. Und du wirst reden, das schwöre ich dir.“

Er ließ ihn los und wischte sich die Hände an den Jeans ab.

„Du hast ja gesehen", fuhr er fort, „wir haben euch gegenüber keine Hemmungen. Klar? Du willst nicht reden? Okay! Aber du wirst tun, was ich sage. Sonst liegst du drei Sekunden später hier neben deinem Kollegen."

Del Rio hatte den Finger am Abzug und spannte ihn.

„Ausziehen!" befahl Bill.

Der Sanitäter warf einen kurzen Blick in die Runde, sah in die Mündung der Flinte.

Dann schlüpfte er aus seinem geblümten Halbarmhemd, die helle Leinenhose fiel zu Boden . . .

„Weiter: Schuhe und Socken!"

Der Mann gehorchte und bückte sich.

Er hielt nach Fluchtmöglichkeiten Ausschau, aber es gab keine.

Da schien er plötzlich zu begreifen: „Nein!" Er schrie auf und taumelte hoch.

„Du hast aber lange gebraucht, um zu kapieren!" Cooper grinste ihn an.

Die Luke des *Reefers* hatte sich geöffnet. Die eisige Luft quoll heraus wie Nebel und fiel auf den Asphalt.

„Nein! ! !" schrie der Sanitäter noch einmal.

„Doch", sagte Bill. „Doch! Ich hab dich etwas gefragt. Aber du hast ja deinen Diensteid. Deine ärztliche Schweigepflicht, nicht wahr?"

Er gab ihm noch einige Sekunden Zeit.

Aber der Mann schwieg vor Entsetzen und hatte sie schnell verspielt.

„Steig ein!" Bill schob den Mann in Richtung Luke. „Steig ein! Wir reden später wieder miteinander. Okay?"

Der Mann wehrte sich plötzlich, schlug um sich, wand sich wie ein Aal.

„Steig ein!" schrie Bill ihn an.

*Truck*fahrerfäuste packten zu. Colt und Schrotflinte halfen nach.

Nackt, barfuß, schreiend und zitternd landete der Sanitäter zwischen den tiefgefrorenen Rinderhälften, die genauso bleich und blaß waren wie er.

Die Luke schwang zu. Die Verschlüsse schnappten ein. Das Geschrei des Mannes war verstummt. Eine atemlose Stille lag über der Szene.
Ein halbtoter Mann auf der Erde. Vier *Truck*fahrer im Licht der Scheinwerfer einer Ambulanz. Ein verstörtes Mädchen, das auf der stählernen Leitplanke saß. Nur das Kühlaggregat brummte hoch über ihren Köpfen.

„Was meinst du, wie lange hält er das durch?“ Bill hatte als erster das Schweigen gebrochen.
„Drei Minuten, fünf ... oder nur zwei ...“, sagte Cooper. „Ich hab’s nie ausprobiert, barfuß in der Tiefkühltruhe, hab’ keinerlei Erfahrung.“
Carmichael sah auf die Uhr. „Kann auch passieren, der redet hinterher gar nicht mehr.“
„Das wär’ schlecht“, meinte Bill. „Wir müssen nämlich ’ne ganze Menge von ihm erfahren. Wenn er abkratzt, was machen wir dann?“
„Kein Problem“, lachte Cooper. „Dann bleibt er eben, wo er ist. Den halt’ ich frisch bis Chicago.“
Aber so komisch fand er den Einfall dann gar nicht mehr.
„Brauchst du uns noch? Mir fehlen jetzt schon drei Stunden.“
John del Rio sah ebenfalls auf seine Uhr.
„Ich weiß“, sagte Bill. „Und jetzt bekommen wir auch noch Besuch!“
Er hatte unten auf der Paßstraße ein blinkendes Rotlicht entdeckt.
„Noch ’ne Ambulanz? Kriegen die Verstärkung?“ wollte Cooper wissen.
Aber es war der Streifenwagen der *Highway-Patrol* von New Mexico, der langsam die Steigung heraufkam.
Bill überlegte. „Wir machen auf Reifenpanne!“
Aber da lag einer leblos auf dem Asphalt, zersiebt von einer Unze Blei.
„In die Ambulanz mit dem.“ Carmichael sah das praktisch. „Dahin muß er so oder so.“
Sie packten ihn, schleppten ihm zum Heck des Wagens, zogen

die Trage aus der Verankerung, legten ihn darauf, schnürten ihn fest und verriegelten das Heck.
Das Rotlicht war näher gekommen.
John del Rio hatte Wasser aus einem Kanister auf den Asphalt gekippt, um das Blut wegzuschwemmen. Die Waffen verschwanden im Cockpit.
„Und was geschieht mit dem da drinnen?“ Cooper sah plötzlich seine Ladung um eine Einheit aufgestockt.
„Ich denke, der hält sich frisch bis Chicago?“ meinte Carmichael.
„Red keinen Quatsch. Was machen wir wirklich?“ Cooper wurde nervös.
„Wenn der *County-Mounty* mit seinem Jagdwagen länger bleibt“, sagte John del Rio, „dann hat er Pech gehabt.“
„Ja“, meinte Bill, „und wir auch!“
Er hob den weißen Kittel auf und warf ihn voller Wut auf den Beifahrersitz der Ambulanz. „Dann erfahren wir nichts. Dann war alles umsonst!“
Er lief an der Reihe der haltenden *Trucks* entlang, die die Sicht auf den Schauplatz verstellten, dem Polizeifahrzeug entgegen.

36 „Was ist los?“
Der Streifenpolizist hielt neben Bill.
Er trug trotz der Nachtfahrt große, getönte Gläser, kaute intensiv und sah an Bill vorbei zu den *Trucks*, die die Straße blockierten.
„Reifenpanne.“ Bills Erklärung klang sehr überzeugend.
„Alle drei?“
„Einer“, erwiderte Bill. „Aber der blockiert die anderen.“
„Ich seh’ kein Warnschild. Oder sehn Sie eins? Vergessen aufzustellen, wie?“
„Nein“, log Bill, „steht eine halbe Meile weiter unten. Sie haben es übersehen, Sergeant.“
Der Sergeant sah sich um.

Aus der braunen Uniformjacke mit dem kurzen Ärmel quoll ein Arm mit dichten roten Haaren und hing aus dem Fenster. Gleich wird er mich wieder fragen, woher ich komme, mit meinem verdammten Akzent, überlegte Bill.
Aber der Sergeant dachte nicht daran. Er sah nur, daß er hier nicht weiterkam und daß das Unternehmen vermutlich mit Arbeit verbunden war.
„Am besten ist, Sie leiten den Verkehr einfach um", schlug Bill vor. „Auf die Gegenfahrbahn, unten, gleich von der Kreuzung an. Falls wirklich einer hier durchkommt und trotz Samstagabend noch durch die Wüste will . . ."
Der Streifenbeamte schaute Bill über seine Gläser hinweg an, kaute weiter. „Sonst noch Wünsche?"
„Nein", sagte Bill. „Es war nur ein Vorschlag."
Bill wandte sich zum Gehen.
„Moment mal", sagte der Polizist, und Bill blieb stehen. „Wie lange?"
„Wie lange was?" fragte Bill.
„Die Umleitung . . ." Der Polizist kratzte mit Genuß die roten Haare seines Unterarms.
„Bis wir fertig sind, Sergeant."
„Und darf ich erfahren, wann Sie fertig sind?" Es klang ziemlich gereizt.
„Viertelstunde. Wie üblich. Wir helfen ja alle zusammen!"
„Wie immer", sagte der Polizist und schaltete auf „*drive.*"
„Stimmt", ergänzte Bill, als er ging. „Wie immer!"
Er grinste dem Polizisten hinterher, der den Wagen wendete, daß die Reifen quietschten, und ins Tal hinunterraste.
Dann rannte Bill wieder nach oben.

Cooper entriegelte gerade das Ladetor des Containers. Der Sanitäter fiel ihnen entgegen, direkt aus dem Nebel der kalten Luft. Sein blaßblondes Haar war bereift, auch der kurze Schnurrbart. Er wirkte noch blasser, noch runzliger als vorher. Carmichael fing ihn auf, legte ihn erst mal auf den Boden. Der Körper dampfte. Der Mann zitterte und war unfähig zu sprechen.

John del Rio hatte die Schrotflinte wieder aus seinem Cockpit geholt und bezog Posten. Für alle Fälle.
Bill hockte sich neben den Mann auf den Asphalt. Er zog die Beine hoch, schlang die Arme um die Knie. So sitzt man unter Freunden. Er ließ sich Zeit. Jetzt eilte es nicht mehr. Der Verkehr, wenn es einen gab, wurde umgeleitet. Durch die Polizei.
Der Sanitäter klapperte mit den Zähnen.
„Hör zu", sagte Bill zu ihm, „du kannst auch in dem Container weiterreisen. Bei den toten Stieren und minus zwanzig Grad."
Er machte eine Pause. Hinter ihnen fiel mit dumpfem Schlag das Ladetor wieder in die Verriegelung.
„Du kannst aber auch ein wenig über deinen dreckigen Job erzählen", fuhr Bill fort. „Was meinst du? Das ist ein fairer Vorschlag, und du kannst dich frei entscheiden."
Der Sanitäter stammelte etwas, zitterte noch am ganzen Körper. Bill beugte sich vor, um die Wortfetzen zu verstehen.
Aber da war nichts zu verstehen außer einem gestammelten: „. . . ich . . . ich . . ."
„Du willst also erzählen." Bill nickte dem Mann freundlich zu. „Das ist vernünftig. Eine kluge Entscheidung. Gratuliere. Also: das Ziel. Wo liefert ihr ab?"
Der Ambulanzfahrer fuhr sich über den zitternden Mund.
„. . . Flughafen . . . Flughafen . . . Hospital . . . Roswell . . ."
„Aha." Bill kam näher. „Aber ich meine nicht die Kranken, Unfallopfer und so, die ihr aufpickt. Ich meine die anderen. Die ihr kidnappt. Wo bringt ihr die hin?"
„Ja . . .", sagte der Mann und nickte. „Ja!"
„Flughafen-Hospital in Roswell?"
„Ja . . ." Er nickte immer wieder und rieb die Hände gegeneinander, die er kaum ruhig halten konnte. „Ja. Roswell . . ."
Die anderen waren näher getreten, auch Monica, und beugten sich hinunter zu dem Mann.
„Und weiter?" Bill setzte das Verhör fort. „Was machen die dort im Flughafenhospital? Was machen die mit den Leuten, die ihr ihnen anschleppt?"
Aber der Sanitäter atmete nur schwer und schwieg.

Monica hatte eine Decke aus der Ambulanz geholt und über den frierenden, nackten Mann gebreitet.

„Was machen die mit denen? Los, Mann, rede . . .! Die sind doch alle kerngesund? Was machen die mit denen? Ohnmächtig, ja, also bewußtlos . . . der Kaffee von der Alten . . . Aber sonst . . .? Was machen die dort?"

Er sah, daß der Mann die Lippen bewegte, und beugte sich über ihn, um das geflüsterte Stammeln zu verstehen.

„Spender . . . die entnehmen Organe . . ."

„Was?" Er hatte nicht richtig verstanden. Aber der andere wiederholte nur: „Organspender . . . die schlachten aus . . . Nieren, Leber – alles . . . Man kann alles brauchen . . . fast alles . . ."

Bill schaute hoch, zu den anderen.

Er hatte wohl immer noch nicht richtig verstanden.

„Schlachten aus?!!" Entsetzt versuchte er zu begreifen, was das alles zu bedeuten hatte.

„Fangen Menschen – und schlachten sie aus . . .?" Fast tonlos war der Satz über Bills Lippen gekommen.

Monica hatte sich neben ihn hingekniet, schaute verständnislos vom einen zum anderen.

Aber der Sanitäter stammelte bereits weiter: „Nieren sind das Wichtigste. Herz. Es gibt Listen von Leuten. Lange Wartezeiten. Transplantationen . . . Leute, die Nieren brauchen. Auch andere Organe . . . die zahlen dafür . . . Zahlen jeden Preis . . ."

In Bills Hirn ging das alles so schnell nicht hinein.

Er war immer noch sprachlos. Aber dann sah er zu Monica: „Da wär' ich nicht drauf gekommen . . . Das schwör' ich . . . schlachten Menschen aus . . ."

Monica begegnete ihm nur mit einem unendlich leeren Blick.

Nach einer langen Pause wandte er sich wieder an den Sanitäter. „Was bringt so eine Fuhre? Los – ich frag' was . . ."

Als er keine Antwort erhielt, gab er Cooper ein Zeichen: „Mach den *Reefer* wieder auf, los . . .!"

Darauf kam prompt die Antwort des Mannes: „Zweitausend Dollar!"

„Zweitausend Dollar ...?“ fragte Bill.
„Ja“, keuchte der Mann, „pro Stück.“
„... pro Stück ...“, wiederholte Bill. „Ihr habt oft so eine Fuhre, ja?“
Der Mann nickte und zog die Decke höher ans Kinn. „Ja, hin und wieder ...“
„Hin und wieder ...“ Bill dachte nach, dann fragte er weiter: „Und ihr wart die einzigen ... die ... ja?“
„Es fahren viele“, antwortete der Mann.
„So“, sagte Bill, „es fahren viele ...“
Er sah zu Monica. Die saß da und sah an ihm und an diesem Mann vorbei, der da am Boden lag und Ungeheuerliches berichtete, sah an allen vorbei, mitten hinein in die blinden Lampen der Ambulanz, und rührte sich nicht mehr.
Er zwang sich dazu, das Verhör fortzusetzen, obwohl er das Schlimmste ja nun wußte. „Gibt es viele Fallen? Menschenfallen? Wie das ‚Honeymoon-Inn‘?“
Der Mann nickte. „Ja ... einige ...“
„Einige ...?!“ Bill beugte sich drohend zu dem Mann: „Du wirst alle aufschreiben, hörst du? Alle, die du kennst. Ja?!!“
Erst als er laut wurde, stimmte der Sanitäter zögernd zu.
„Okay, abgemacht!“ Bill richtete sich wieder auf.
„Und wenn du ankommst, in Roswell, im Flughafen-Hospital, zu wem gehst du da? Wer nimmt die Ladung in Empfang. Wer zahlt euch aus?“
Es dauerte eine Weile, bis der Sanitäter zu einer Antwort bereit war. „Jackson. Doktor Jackson ...“
Als Bill sich wieder zu ihm hinunterbeugte, fuhr er fort: „Man fragt nach Doktor Jackson ... und ...“
„Und?“
Der Mann wandte sich ab, aber Bill packte sein Gesicht, drehte es zurück und sah ihm in die Augen: „Und? Man sagt ...? Was sagt man ...?“
„Fleisch ...!“ flüsterte der Sanitäter.
Mit einemmal flüsterte er. So, als ob es ein Geheimnis bleiben müßte, was er diesen vier Männern und dem Mädchen anvertraute.

„Fleisch . . .?" fragte Bill zurück.
„Ja. Man sagt: ‚Ich bringe Fleisch . . . für Doktor Jackson.'"
Bill nickte. Er hatte verstanden. Und der andere fuhr fort: „Keiner fragt dann mehr. Nur, es muß wie ein Unfall aussehen, und die Ausweise müssen stimmen . . ."
Doch Bill war noch nicht soweit.
Er hatte das makabre Codewort noch nicht verdaut: „Fleisch. Du bringst also Fleisch! Für zweitausend Dollar das ‚Stück'. Kopfprämie, ja? Und Jackson? Du kennst ihn gut?"
Der andere schüttelte den Kopf. „Ich kenn' ihn nicht. Er kennt uns nicht. Das Geld liegt an der Kasse. Bei Kranken . . . die normale Tour. Kilometertarif. Bei ‚Fleisch' zweitausend Dollar extra. Das ist alles . . ."
Bill entspannte sich. Er wußte, was er wissen wollte, was er wissen mußte. Der Rest war jetzt Routine.
„Ja. Das ist alles . . . Und jetzt die Liste. Die Liste der Fallen. Los, wer hat was zu schreiben?"
John del Rio hockte sich auf die Fersen, suchte mit der linken Hand in der Tasche seiner Jacke, dann legte er die Flinte auf die Straße und holte Bleistift und Papier . . .
Es ging sehr schnell. Keiner hatte damit gerechnet.
Der Sanitäter schnellte vor, ergriff die Flinte, warf sich auf den Rücken, drehte sich . . .
Bill versuchte, ihn zurückzureißen . . .
Del Rio erwischte den Lauf, riß ihn hoch . . .
Aber der Sanitäter hatte sich an der Waffe festgekrallt und kämpfte um sein Leben.
Vier Männer waren in der Defensive. Versuchten, den Lauf dieser tödlichen Waffe jeweils von sich fortzudrücken.
Der Sanitäter hatte die Hand am Abzug.
Ein lautloser Kampf.
Bei der Streubreite des Gewehrs war mindestens einer der vier Männer dran. Mindestens einen würde die Schrotladung auf diese kurze Distanz zerfetzen. Und die Flinte repetierte.
Es waren noch sechs Patronen im Lauf. Aussichtslos.
Da sauste das schwere Montiereisen mit ganzer Kraft auf den Kopf des Mannes.

Mit der ganzen Kraft, deren Monica fähig war.
Und sie schlug noch einmal zu – und noch einmal. Immer wieder.
Die Hand des Mannes löste sich vom Schaft, der Finger vermochte den Abzug nicht mehr zu bewegen. So schnell, so überraschend war alles gekommen. Er sackte nach vorn.
Selbst die vier Männer brauchten lange Sekunden, um zu begreifen, was vorgefallen war. Monica schien ebenfalls fassungslos.
Das Ganze war ein Reflex gewesen. Jetzt lag dieser Mann, der sie eben noch bedroht hatte, der ihren Mike – und auch sie beinahe – als „Fleisch" bei diesem Doktor Jackson abgeliefert hatte, zum „Ausschlachten", wie er sagte, jetzt lag dieser Mann vor ihr auf dem Asphalt und rührte sich nicht mehr. Sie ließ das Montiereisen fallen, das blutig war und eigentlich viel zu schwer für sie.
Es klirrte auf die Straße. Lag nun wieder neben dem Reservereifen. Als Alibi für die Polizei, für die „Reifenpanne". Und Monica wußte nicht, wie das alles geschehen war.
Die vier Männer standen auf, sahen sie merkwürdig und erstaunt an. Dann schienen sie zu beraten. Aber sie hörte nichts davon. Sie sah, wie der Sanitäter weggeschleppt wurde, wie er im Heck der Ambulanz auf der zweiten Trage landete. Dort, wo sie vor einer halben Stunde noch gelegen hatte. Voller Angst. Voller Ungewißheit, was geschehen würde. Überzeugt, daß es nur noch Minuten dauern könnte, bis entdeckt würde, daß sie nicht bewußtlos war. Und einer würde kommen und ihr eine Spritze geben. Vielleicht würde sie sterben. Vielleicht. Vielleicht so wie Mike . . .
Und jetzt lag der Mann, den sie halbtot geschlagen hatte, auf dieser Trage.
„Nein", sagte Bill zu ihr, „tot ist er nicht."
Er nahm sie am Arm und führte sie zur Ambulanz. Dort schob er sie auf den Beifahrersitz. „Aber viel hat nicht gefehlt."
Er lächelte sie an, als er die Tür schloß.
Aber ihr war nicht nach Lächeln zumute.

37 Mit kreisendem Rotlicht raste eine Ambulanz durch die Nacht. Mit zwei Schwerverletzten. Nach Nordosten.

Zurück nach Las Cruces in das dortige Hospital hätte es nur dreißig Minuten gedauert.

Aber Bill hatte andere Pläne.

Er fuhr nach Roswell, in das Flughafen-Hospital. Er fuhr die ganze Nacht.

Monica schlief neben ihm auf dem Beifahrersitz. Eine vertraute Situation.

Sie hatte wirre Träume. Hinter sich die beiden halbtoten Männer, die schon weiß Gott wie viele Menschen auf dem Gewissen hatten, vor sich die Höhle des Löwen, das Krankenhaus des Doktor Jackson.

Ob Mike noch am Leben war?

Sie fuhren durch die Wüste von White Sands.

Die schneeweißen Gipsberge und Dünen leuchteten hell im Mondlicht, begrenzt von den weit entfernten Ketten dunkler Berge, den *Sacramento-Mountains.* Rechts und links der Straße, vierzig Meilen, durch das ganze Tal des Tularosa-Beckens, liefen hohe Zäune. Stacheldraht, Hochspannung, Alarmleitungen. „*White-Sands-Missile-Range*", das militärische Sperrgebiet, das Raketen-Testgelände.

Es reichte von El Paso im Süden bis Socorro im Norden. Ein Gebiet, größer als Schleswig-Holstein.

Sechzig Meilen zur Linken lag *Trinity-Site.* Dort wurde der erste atomare Sprengsatz gezündet, 1945, die erste Atombombe als Testexplosion. Bevor zwei weitere die Städte Hiroshima und Nagasaki auslöschten. *Trinity-Site,* Platz der Dreieinigkeit. Einmal im Jahr, Ende Juli zum Jahrestag, wurde die Zufahrtstraße geöffnet. Dann versammelten sich einige Dutzend Menschen vor dem schlichten Monument neben dem verglasten Krater in der Wüste. Neugierige, ein paar Patrioten, die „stolz sind auf dieses Amerika", wie sie im Gästebuch vermerkten, und auch ein paar Pazifisten. Alamogordo. Vor dem Gebäude der Handelskammer ragten die bleichen Phallussymbole aus-

gedienter Raketen in den Himmel. Was wäre Alamogordo ohne sein Testgebiet und ohne seine Air Force!
Die Stadt schlief bereits, als die Ambulanz durch die einzige Hauptstraße nach Norden raste.
Tullarosa-Coffee-shop. In langer Reihe hatten sich die *Trucks* versammelt. Der Laden war wieder brechend voll.
Aber Bill tankte weder *gas* noch Kaffee. Er fuhr ohne *speed.*
Sie erreichten die Berge der Sierra Blanca, durchquerten das Reservat der Mescalero-Apachen.
Die Straße schlängelte sich durch Pinienwälder, vorbei an den Souvenirläden der Indianer.
Sacramento River, Bluewater Creek, Turkey Creek, Silver-Spring-Canyon. Die Namen bekannter und tragischer Schlachten zwischen Weiß und Rot. „*Go westward, young man* ..." – nimm dir das Land! Jetzt verkauften die Indianer Kitsch und Kunstgewerbe, *Airport-Art*, nicht selten mit dem Stempel „*Made in Hongkong*", an die durchziehenden weißen Touristen.
Ruidoso in tiefem Schlaf.
Bill überholte einen dahinschleichenden Streifenwagen mit Rotlicht und jaulender Sirene. Der wich beeindruckt zur Seite.
Angriff war hier die beste Verteidigung.
Die beiden Schwerverletzten im Heck des Wagens rührten sich nicht. Und Monica schlief.
San Patricio. Hier hatte „Billy the Kid" sein letztes Gemetzel zelebriert, bevor man ihm in Fort Sumner auflauerte, ihn erschoß und verscharrte.
Achtzig Kapitel Western-Historie auf achtzig Meilen.
In der alten Postkutschen-Station „Silver-Dollar", heute ein exklusives Restaurant mit dreipfündigen Steaks, brannte bereits Licht im *Coffee-shop.*
Bill donnerte daran vorüber.
Als die kalkig weißen Berge zurückwichen, als die unendliche Ebene vor ihnen lag, wurde es hell.
Die Ebene. Hier begann der legendäre „Llano Estacado", die grenzenlose Grassteppe, die weit in texanisches Territorium hineinreicht.

Die *Westerner* hatten zur Orientierung Pfähle in den trockenen Boden gerammt. Heute folgte der *Highway 380* dem alten *Trail.* Und auch die Büffel waren verschwunden. Zahme Rinderherden lagerten zu beiden Seiten der Straße, dunkle Flecken im Morgenlicht.
Die Windräder standen still über den Tränken.
Noch 48 Meilen bis Roswell.

Die Stadt hatte über sechzigtausend Einwohner, damals im kalten Krieg. Eine riesige Flotte der A-Bomben-bestückten B-52-Bomber war hier stationiert. Die Zahl war geheim.
Aber als die *air-base* aufgelöst wurde, als man die Bomber abzog, wer weiß wohin, als Rollfeld und Kasernen und Offiziersvillen sich leerten, hatte die Stadt innerhalb weniger Wochen fast die Hälfte ihrer Einwohner eingebüßt. Die Infrastruktur brach zusammen.
Es dauerte Jahre, bis der Schock überwunden war. Erst allmählich füllten sich Baracken und Hangars mit Firmen und Fabriken, siedelten wieder Menschen in den Kasernen und Villen. Das Rollfeld diente internationalen Fluglinien als Testgelände für *touch-and-go*, Piloten wurden geschult.
Und auch das alte *Air-Force-Hospital* fand neue private Interessenten.

Bill hielt an. Er versuchte sich zu orientieren.
Die Gebäude der *air-base* lagen weit verstreut, wurden beherrscht von einem runden, weiß-rot gestrichenen Wasserturm, der in der Morgensonne glänzte.
Bill war in den weißen Kittel des Sanitäters geschlüpft und hatte Monica einen hellgrünen Mantel zugeworfen, der an einem Haken hing. Ein Männermantel, viel zu weit und viel zu lang für sie.
Dann steuerte er das Flughafen-Krankenhaus an.
Monicas Herz pochte ihr bis zum Hals. Sie versuchte vergeblich, die nassen Handflächen an dem kalten Synthetik-Material des Mantels trockenzureiben.
Schon auf der Hauptstraße Roswells hatte sie die Scheibe her-

unterdrehen und den Leuten da draußen zurufen wollen, was sie wußte. Das Grauen wohnte in dieser Stadt, und keiner schien es zu ahnen. Und jetzt war das Grauen plötzlich greifbar geworden. *Air-port-Hospital: „Medical Center“*. Ein Wegweiser.

Ein flaches, zweistöckiges Verwaltungsgebäude. Der Parkplatz davor weitgehend unbesetzt. Vor einem der höheren, langgestreckten Ziegelbauten parkten drei Ambulanzen. Ein vierter Krankenwagen begegnete ihnen. Der Fahrer winkte einen flüchtigen Gruß.

Es war kurz nach acht.

Bill sah sich um. Auf seiner Oberlippe glänzten Schweißperlen. Von der Hitze kamen sie nicht, es war ein kühler, frischer Morgen im November.

Bill fuhr sich über das Gesicht.

Er wirkte wieder grau und eingefallen. Einen Kaffee, dachte er, ich brauche dringend einen Kaffee.

Seine Unruhe übertrug sich auf Monica.

Die zwängte den losen Stoff des weiten Mantels hinter ihren Rücken – dann riß sie sich die dunkle Perücke endgültig vom Kopf und warf sie hinter sich.

Bill sah sie nur verwundert an und sagte kein Wort, fragte nichts und verlangte keinen Kommentar.

Ihre Handflächen waren immer noch feucht, als sie versuchte, ihr strähniges blondes Haar etwas zu ordnen.

Wegweiser mit der roten Leuchtschrift: *Emergency* – Notaufnahme – halfen ihnen weiter.

Bill verminderte die Geschwindigkeit, sah sich um.

Kein Mensch auf der Straße, keiner auf dem Parkplatz. Niemand stand an der Rampe mit dem gelben Blinklicht: *Emergency*.

Bill stoppte. Dann verließ er die Hauptstraße, die den Gebäudekomplex durchschnitt, bog ab und hielt auf die Rampe zu. Vorsichtig ließ er den Wagen ausrollen, stoppte schließlich mit dem Heck exakt vor dem Eingang.

Es ging sehr schnell, und es wirkte professionell und routiniert, was nun kam.

Vier Pfleger in grünen Kitteln und mit grünen Mützen kamen durch die Schwingtüren ins Freie. Sie hatten, bis Bill ausgestiegen war, die Hecktüren der Ambulanz längst entriegelt.

Die beiden Tragen wurden herausgezogen und ausgeklinkt. Zwei Schwestern hielten die Schwingtüren auf. Die beiden Schwerverletzten wurden mitsamt ihren Tragen auf den ausgeklappten Rollen in das Gebäude gefahren. Keiner hatte ein Wort gesprochen, keiner etwas gefragt. Stumme Übereinkunft. Das lief ab wie hundertfach praktiziert. Keine Sekunde, so schien es, sollte verlorengehen.

Und keiner hatte auf Bill geachtet, der etwas zu sagen hatte. Keiner war daran interessiert.

Keiner wollte es hören: „Fleisch . . . für Doktor Jackson . . .!“

38 „Fleisch für Doktor Jackson . . .!“ wiederholte Bill. Er murmelte die makabre Nachricht wie eine geheime Botschaft, deutlich und dennoch beiläufig, unverständlich für Außenstehende. Ein *Dealer* bietet heiße Ware feil. Und nur die Kundschaft entschlüsselt seinen Code.

Aber Schwestern und Pfleger nahmen keine Notiz von ihm. Sie verschwanden mit den beiden „Patienten“ hinter den gläsernen Pendeltüren.

Bill blieb verwirrt zurück. Irritiert sah er sich um.

Monica hatte die getönte Scheibe heruntergedreht und beugte sich aus dem Fenster. Langsam ging er zurück zum Wagen.

„Was ist?“ fragte sie leise.

„Nichts. Nichts ist . . .“ Bill zuckte die Schultern.

Sie waren allein. Kein Mensch war zu sehen auf dem weitläufigen Areal der ehemaligen *Air-Force-Basis*, zwischen den verstreuten Gebäuden dieser Klinik.

„Nichts. Offensichtlich . . . ein Gerücht. Falsche Fährte. Oder . . . ich weiß nicht was. Vielleicht bin ich verrückt. Rein-

gefallen auf diesen Irrsinn, den dieser Mann ... es funktioniert nicht."
Er lehnte sich gegen den Wagen. Nachzudenken, logisch nachzudenken fiel ihm plötzlich unendlich schwer. Er hatte keine Idee, wie es weitergehen sollte.
Die erste Runde ist verloren, dachte er, vielleicht auch das ganze Spiel.
Und dann fühlte er sich beobachtet. Er wandte sich um.
An einem Fenster über der Notaufnahme stand eine Frau. Sie stand dort ganz ruhig und sah auf ihn und auf Monica herunter. Ein scharfes, markantes Gesicht. Interessierte Augen. Kurzgeschnittenes, rötliches Haar ...
Monica war Bills Blick gefolgt. Aber sie kam zu spät.
Die Frau war verschwunden.

Bill ging um den Wagen herum, öffnete die Tür zum Fahrersitz, wollte gerade einsteigen, als ein junger Mann erschien. Er stand in der offenen Schwingtür und fixierte Bill durch eine randlose Brille.
Bill zögerte. Da winkte der andere mit einem Schreibbrett, das er unter den Arm geklemmt hatte: „Was ist denn? Wo bleiben Sie?"
Das gilt mir, dachte Bill. Die zweite Runde beginnt!
Er warf die Wagentür zu, ging dem anderen entgegen, die Stufen zur Notaufnahme wieder hinauf, zu dieser halboffenen Pendeltür. Typischer *Egg-head*, dachte Bill, blaß und bleich und *crew-cut*. Sicher ein Arzt. Der weiße Mantel war offen. Eiskalte Augen, stahlblau, autoritär und nervös.
„Los, kommen Sie!" Er hielt Bill immer noch die Pendeltür auf. Bill trat ein.
Ein hellgefliester Vorraum im kalten Licht der Leuchtstoffröhren. Rechts und links verlor sich ein Gang in der Weitläufigkeit des langgestreckten Gebäudes.
Scharfer Lysolgeruch kroch in Bills Unterbewußtsein und rief dort ungute Bilder und Empfindungen aus der Vergangenheit wach.
Eine Schwester tauchte aus dem Dunkel des langen Korridors

auf, passierte die Reihe der fahrbaren Tragen und verschwand hinter einer breiten, weißlackierten Tür. Ein rotes Schild hing an einem Haken: „Nicht eintreten." Es schwankte und schlug blechern gegen das lackierte Holz.
Für Sekunden sah Bill in einen dämmrigen, blaubeleuchteten Raum hinein, aber es war unmöglich, irgend etwas Konkretes zu erkennen.
„Haben Sie die Papiere von den beiden?" fragte der Arzt, oder was immer er war. Er hatte sein Schreibbrett gezückt und begann ein Verhör.
„Nein", sagte Bill. Aber da fiel ihm ein, daß draußen in der Ambulanz sicher irgendwo Papiere zu finden sein müßten. Nur – das war jetzt zu spät.
„Keine Papiere?" Der Arzt sah ihn zweifelnd an – oder tadelnd. Dann machte er sich kurz einen Vermerk auf einem Vordruck.
„Unfall?" fragte er weiter.
„Ja, Unfall", bestätigte Bill. Und er ergänzte noch: „Schießerei."
Der Arzt nickte und vermerkte auch das auf seinem Papier. „Schießerei . . . und wo?"
Bill zögerte, aber etwas Besseres als die Wahrheit fiel ihm so schnell nicht ein: „Hinter Las Cruces."
„Las Cruces?" Der Arzt blickte erstaunt von seinem Schreibbrett hoch. „Und da fahren Sie bis hierher? Mit Schwerverletzten? Weshalb?"
Bill wurde unruhig. „Hören Sie, ich will zu Jackson. Doktor Jackson . . ."
Wenn's der Teufel will, dachte Bill, ist er das selbst, dieser Doktor Jackson.
Aber der Arzt reagierte nicht.
„Ihr Fahrtenbuch, bitte", sagte er.
„Fahrtenbuch? Wozu?"
„Wegen der Abrechnung!"
Kalte, hastige Routine. Nirgends die Möglichkeit einzuhaken. Bill fand es unerträglich heiß in diesem Vorraum.
Die Schwester hatte soeben den anschließenden Raum durch

die breite Tür mit dem klappernden Verbotsschild wieder verlassen. Abermals versuchte Bill einen Blick hineinzuwerfen. Aber die Türe knallte bereits ins Schloß, als er hinsah.
„Ich bringe Fleisch. Ich will zu Doktor Jackson!"
Jetzt war es heraus, war nicht mehr zu stoppen. Dritte Runde, dachte Bill.
Aber der Arzt nahm von neuem sein Schreibbrett hoch. „Deswegen brauchen Sie nicht zu Doktor Jackson."
Er musterte Bill kurz über den Rand seiner Brillengläser hinweg. Und Bill schien, als hätte die Kälte dieser Augen für einen Moment nachgelassen.
Für einen Moment. Dann kam bereits die nächste inquisitorische Frage: „Wo sind die Organspender-Ausweise von den beiden?"
Ich muß wahnsinnig gewesen sein, dachte Bill, mich auf diese Geschichte einzulassen. Es war ihm, als hätte er den Hals in der Schlinge. Der andere konnte zuziehen, wann er wollte.
„Sie verstehen doch hoffentlich, was ich meine", fuhr der Arzt fort. „Oder soll ich die Karten selber schreiben? Wissen Sie die Namen?"
„Nein, natürlich nicht . . .", sagte Bill.
„Natürlich nicht . . ." Der Arzt ließ das Schreibbrett sinken und sprach plötzlich sehr leise: „Hören Sie, ich will keinen Ärger. Ist das klar? Ich brauche die Freigabe der Staatsanwaltschaft. Und dafür will ich Papiere. Und die liefern üblicherweise Sie. Es gibt Spielregeln in jedem Beruf. Ich hab's nicht sehr mit Amateuren."
Bill wußte nicht, sollte er zustimmend nicken oder gehen. Die Ambulanz schaffte ohne Probleme 120 Meilen in der Stunde. So schnell kam da keiner mit. Und Streifenwagen der *Highway-Patrol* ließen sich mit Rotlicht und Sirene mühelos aus der Fahrbahn pusten. In knapp einer Stunde konnte er in Texas sein. Dann sah er weiter. Anderer Staat, andere Gesetze. Ich sollte die Karre irgendwo in die Wüste stellen und verschwinden, dachte er. Aber dann blieb er doch eingeschüchtert und angewurzelt vor diesem Arzt mit den kalten Augen stehen und wartete, bis der sein Formular ausgefüllt hatte.

„Hier", sagte er, während er einen schmalen Abschnitt vom Block herunterriß.
„Aber das nächste Mal läuft das nicht mehr so! Klar?!"
Bill nickte und nahm das Blatt in Empfang.
„Holen Sie sich Ihr Geld an der Kasse. Unten im Keller." Damit drehte der Arzt sich um und griff nach der Klinke dieser großen, weißlackierten Tür. „Nicht eintreten!" Das Schild klapperte wie zuvor. Bill sah durch den Türspalt eine strahlend helle Lampe und hellgrüne Gestalten mit Käppchen und Mundschutz. Mehr nicht.
Der Arzt hatte sich noch mal kurz zu Bill umgedreht: „Fahren Sie den Wagen um die Ecke. Machen Sie die Anfahrt frei!"
Damit schloß er die Tür und ließ Bill allein.
Aus dem Lautsprecher an der Decke kam plötzlich ein Knakken, das Bill zusammenzucken ließ. Dann folgte eine Ansage: „Doktor Reynolds bitte zu OP 2, Doktor Reynolds zu OP 2."
Dann knackte es wieder, und Bill ging durch die Schwingtür nach draußen.
Immer noch heller Tag, wunderte er sich.
Er sah auf seine Uhr. Kurz vor halb neun, früher Morgen.
Bill spürte seine Knie, als er die vier Stufen hinunterstieg. Er fühlte sich beobachtet. Hinter ihm, aus allen Fenstern. Aber er drehte sich nicht um.
Schwer fiel er auf den Sitz hinter dem Steuer.
Dann knallte er die Tür zu und startete.

Monica sah ihn fragend an, aber Bill reagierte nicht.
Langsam lenkte er das Fahrzeug auf der schmalen Betonpiste hinaus auf den Parkplatz.
Erst als er hielt, reichte er Monica den abgerissenen Abschnitt des Formulars.
„Hier."
„Was ist mit Mike?" fragte sie. Aber dann nahm sie das Papier und verstand nicht, worum es ging.
„Zahlungsanweisung. Das Geld liegt an der Kasse." Bill nahm Monica den Vordruck wieder weg, zerknüllte ihn und steckte ihn in die Tasche.

„Von Jackson?“ wollte Monica wissen.
Bill antwortete nicht. Er schaute sich ängstlich um. Aber niemand belauerte sie, niemand beobachtete sie. Sie waren allein.
Laß uns abhauen, bevor's zu spät ist, dachte Bill.
Da fragte das Mädchen noch einmal: „Was ist mit Mike?“
„Ich weiß es nicht.“
Er fuhr sich nervös über das Gesicht.
„Hier was rausfinden . . .?“
Er holte den Zettel wieder aus der Tasche und glättete ihn über dem Knie.
„Das läuft alles so verdammt glatt . . . so verdammt glatt. Hier: ich soll mein Geld holen. Geld für ‚Fleisch'!“
„Hol es“, sagte Monica. „Vielleicht bringt uns das weiter.“
Bill starrte auf den Vordruck. Zahlen, Chiffren, eine Unterschrift: „Reynolds . . .“
„Wer ist das?“ wollte sie wissen.
„Keine Ahnung. Der Arzt vermutlich. Notaufnahme. Unfallstation.“
„Reynolds“, las er noch einmal. Selten unterschrieb ein Arzt so deutlich. Der Doktor Reynolds, der ausgerufen wurde? Aber war das wichtig?
„Laß uns fahren“, sagte Bill. „Irgendwohin.“
„Was ist mit Mike?“ fragte Monica, nun schon zum dritten Mal.
„Das finden wir nicht heraus, glaub mir.“
Monica legte plötzlich ihren Arm vor die Augen. Er sah ihr Kinn, ihren Mund, der zuckte. Hörte das unterdrückte Schluchzen.
Bis zu dieser Sekunde hat sie sich beherrscht, dachte er. Eine ganze Woche lang. Jetzt war's wohl zuviel. Wenn Mike lebt, lebt er hier. Starb er, starb er hier.
Er legte die Hand auf ihre Schulter. Versuch einer beruhigenden Geste. Aber sie beruhigte sich nicht.
Sie wandte sich ab von ihm, voller Scham. Aber aufhören konnte sie nicht. Es schluchzte einfach in ihr, schluchzte immer weiter. Sie konnte sich nur abwenden, sich verbergen und warten, daß es aufhörte.

Aber es hörte nicht auf.
Da stieg er aus, um das Geld zu holen.
Er fand einen Hintereingang, lief durch einen langen Gang, traf Pfleger und Schwestern, fand das Treppenhaus, den Keller, Patienten wurden über den Korridor geschoben. Apparate standen herum.
Der Boden wurde geschrubbt. Dafür hatten sie dicke Mexikanerweiber.
Rohre liefen an der Decke entlang. Irgendwo summten Aggregate.
Ein Labor stand offen, aber kein Mensch war zu sehen. Wäschesäcke türmten sich.
Und alles durchdrang dieser süßliche, schwere Geruch nach Lysol.
Der Kassierer hinter dem Gitter blickte kaum auf. Er nahm sich den Zettel vor, den Bill durch einen Schlitz über der Marmorplatte geschoben hatte, die aus Plastik war, dann tippte er irgendwelche Zahlen in seinen Rechner. Aus einem Radio klang Musik.
Bill sah sich um.
Die Kasse wäre nicht schwer zu finden gewesen. Sie lag neben der Haupttreppe. Aber Bill war vom falschen Ende des Gebäudes gekommen.
Der Kassierer rechnete immer noch, als ein Mann im weißen Kittel zu ihm trat und ihn in ein Gespräch verwickelte. Die beiden lachten.
Bill versuchte zu erfahren, worum es ging. Aber die dicke Scheibe hinter dem Gitter war aus schußfestem Glas und außerdem schalldicht, wie es schien.
Immer noch rechnete der Kassierer, schrieb Zahlen auf einen Block, füllte einen anderen Vordruck aus, zählte Geld aus einer Kasse auf einen schwarzen Plastikteller und redete, redete. Und dann lachten die beiden von neuem.

Aus dem Radio kamen Werbespots.
Ein Mann war eingetreten, stellte sich hinter Bill und wartete.
Eine Frau kam dazu. Eine zweite.

Der Kassierer redete und schrieb, und die Schlange wuchs: eine dritte Frau stellte sich an.
Der Kassierer zählte das Geld auf dem Tablett noch einmal nach. Dann schob er es unter Scheibe und Gitter durch.
„Las Cruces – Hin- und Rückfahrt: 148 Dollar 48. Hier quittieren."
Er schob ein Quittungsformular hinterher. 148,48, keinen Cent mehr.
Bill hatte gerade unterschrieben, jetzt blickte er auf. Aber der Kassierer lachte schon wieder mit diesem Kollegen, schloß die Kasse weg, heftete Vordruck und Anweisung in ein Buch.
„Wo finde ich Doktor Jackson?" wollte Bill wissen.
Der Kassierer unterbrach kurz sein Gespräch, schaute auf die elektrische Uhr an der Wand: „Nicht hier unten! Und nicht vor neun."
Es war zwanzig vor.
Bill nickte, nahm das Geld und machte den Schalter der Kasse für die Nachfolgenden frei.
Dann ging er den langen Kellergang wieder zurück. Kaltes Licht, Rohre, Wäschesäcke, die mexikanischen Putzweiber mit ihrem Geschnatter.
Eine farbige Schwester war ihm gefolgt, eilig, lautlos. Sie drängte sich an ihm teilnahmslos vorbei – und reichte ihm im Vorüberhasten ein Kuvert: „Von Doktor Jackson!"
Bill griff zu. Es war ein Reflex. Er blieb nicht einmal stehen.
Es war ein dickes, braunes Kuvert. Zugeklebt.
Als er wieder aufblickte, als er fragen wollte, war die Schwester in einem Lift verschwunden. Die Türen schlossen sich gerade vor ihr.
Bill sah sich um. Er war plötzlich allein auf diesem Korridor. Niemand beobachtete ihn.
Er wechselte das Kuvert in die andere Hand. Seine Finger hatten feuchte Spuren auf dem dunklen Papier hinterlassen.
Er riß es auf: zwei Bündel grüner Hundert-Dollar-Scheine.
Er fing an, sie zu zählen. Erst gründlich, Schein für Schein, dann flüchtiger. Zehn, zwanzig, fünfundzwanzig.
Den Rest schätzte er. Es waren mindestens vierzig.

Viertausend Dollar. Für Fleisch!
Er hatte sie in der Hand.
Nein, nicht nur die Scheine, diese verdammten viertausend Dollar, auch diese Mafia, diese Verbrecherclique, die Menschen von der Straße wegfing, um sie „auszuschlachten".
Fleisch für Doktor Jackson.
Er sah sich um: Weißlackierte Türen, die Bahren aufgereiht, abgestellte medizinische Maschinen in ihrem metallischen Glanz, weißlackiert und abgegriffen, der Geruch nach Lysol, der plötzlich wieder in sein Bewußtsein sickerte.
Auszuschlachten? . . . Wo denn? Hier? Hinter diesen Türen, in irgendwelchen Operationssälen, durch diese Ärzte hier, diese Schwestern und Pfleger?
Er umklammerte das Geldkuvert und ging hastig weiter.
Er hatte sie in der Hand – aber sie ihn ebenfalls. Er hatte zwei Opfer abgeliefert, Schwerverletzte oder Tote, Ermordete, und er hatte dafür kassiert.
Er hatte Geld genommen. Von dieser Mafia. Für Fleisch. Er hing jetzt mit drin.
Er konnte sie auffliegen lassen – aber er hing mit drin.

Das Tageslicht umfing ihn wieder, er atmete auf.
Er lief zum Parkplatz, zu dieser Ambulanz, nach wie vor das braune Kuvert mit den grünen Scheinen in der verschwitzten Hand. Er klopfte an die Scheibe.
Aber Monica war verschwunden.

39 „Müde – oder Kummer?"
Es war eine sympathische Stimme, ruhig, angenehm. Trotzdem war Monica tödlich erschrocken.
Sie hatte im Wagen gesessen, in dieser Ambulanz, die Scheibe heruntergedreht. Die Sonne brannte herein, und sie hatte versucht, aus diesem Schluchzen, aus diesem Krampf wieder aufzutauchen. Bill war gegangen, das hatte sie gespürt, sie konnte den Schutzwall ihrer Arme nach und nach verlassen.

Ihre Augen brannten.
Tränen, die Müdigkeit, das grelle Licht – sie hielt die Hände vors Gesicht und lehnte sich zurück.
Und dann diese Stimme. Plötzlich und überraschend. Sie hatte nichts gehört. Keinen Schritt.
Jetzt fiel ein Schatten in den Wagen, und sie erkannte im hellen Gegenlicht diese Frau. Ein markantes, gutgeschnittenes Gesicht. Kurze, rötliche Haare. Interessierte Augen.
Der weiße Mantel flatterte im Wind, der in Böen in diese von flachen Gebäuden durchsetzte Steppe einfiel und den Sand zwischen dem dürren Gras zu Wirbeln drehte.
„Sie sind also die junge Kollegin, die den Transport aus Las Cruces begleitet hat?"
Monica sah erstaunt in diese interessierten Augen, dann nickte sie, zaghaft und vorsichtig.
Eine Ärztin, dachte Monica. Was weiß diese Ärztin über uns und unseren Transport und über Las Cruces? Weiß sie es von Bill?
„Ich finde das sehr wichtig", fuhr die Ärztin fort. „Jeder angehende Mediziner sollte sich möglichst früh in der Praxis informieren – und abhärten." Die Frau lachte. Es war ein ehrliches und sympathisches Lachen. „War es schlimm? Sie sind ja noch richtig blaß."
Monica lächelte zurück. Die Überraschung war überwunden, das Mißtrauen schwand.
„Kommen Sie – wir trinken einen Kaffee zusammen." Die Ärztin öffnete die Tür des Wagens, ganz einfach und ganz selbstverständlich: „Seien Sie nicht schüchtern. Kommen Sie!"
Monica zögerte noch. Aber die sympathische Ausstrahlung dieser Frau, ihre Offenheit, die Selbstverständlichkeit, mit der sie einen Kontakt knüpfte – sie stieg aus.
„Ich heiße Rey, ich arbeite hier in der Klinik."
Sie ging auf den Seiteneingang zu, und Monica folgte ihr. Die Ärztin fuhr fort: „Sie können hier bei mir eine Menge erfahren ..."
Wie meinte sie das? Aber wenn sie Monica schon für eine Me-

dizinstudentin hielt, dann dachte sie wohl an fachliche Informationen.
Und wo war Mike?
Monica versuchte, aus dem zu weiten grünen Mantel zu schlüpfen.
„Halt, lassen Sie ihn an. Er steht Ihnen ausgezeichnet!"
Die Ärztin lachte. „Stammt von einem Kollegen, ja?"
Monica nickte.
„Dort, wo ich Sie hinführe, ist so ein Mantel gar nicht fehl am Platze. Hier." Sie hielt Monica die Pendeltüre auf.
Krankenhausgeruch, geschäftige Schwestern, medizinisches Mobiliar und technische Apparaturen auf dem Gang. Monica war weitaus leichter einzuschüchtern als Bill. Sie brachte diese intensive Szenerie mit Horror in Verbindung. Und mit Mike.
„Sie wissen, was wir hier tun?" Die Ärztin hatte sich nur kurz zu Monica umgesehen, ohne stehenzubleiben, ohne ihr rasches Tempo zu bremsen. Monica folgte ihr, diesen langen, kalten Korridor hinunter, raffte ihren weiten Mantel zusammen, stülpte die Ärmel hoch und versuchte Schritt zu halten. Und jetzt diese Frage: *Sie wissen, was wir hier tun?*
„Unfallstation." Das war das erste Wort, das Monica herausbrachte, seit sie diese Ärztin getroffen hatte.
„Ja, natürlich. Unfallstation. Das auch. Und auch sonst alles das, was üblicherweise in einem Krankenhaus anfällt."
Eine enge eiserne Treppe führte hinunter. Daneben stand die Tür offen zu einem breiten Lift. Schwestern und Pfleger schoben gerade einen Patienten hinein.
Die Ärztin warf nur einen kurzen Blick auf ihn, beiläufig und uninteressiert, dann nahm sie die Stufen mit schnellen, hastigen Schritten.
„Normale Patienten der Inneren und der Orthopädie überweisen wir weiter, auch Gynäkologie und HNO. Es gibt zwei weitere Krankenhäuser in der Stadt." Sie waren unten angekommen. Ein breiter, gefliester Gang öffnete sich vor ihnen. „Wir sind hier spezialisiert auf Transplantationen . . ."
Das Stichwort war gefallen: Transplantationen.
„Unfälle, Erkrankungen und angeborene Anomalien machen

den Austausch eines Organs notwendig, wenn der Patient überleben soll. Es gibt Kunstorgane, Herzklappen aus Metall oder Kunststoff, Gelenkpfannen, Herzschrittmacher. Die verwenden wir auch. Aber das Spektrum ist sehr schmal, die Möglichkeiten sind noch begrenzt. Deshalb arbeiten wir in erster Linie mit Spenderorganen."

Die Ärztin öffnete eine eiserne Tür. Dahinter ein Vorraum. Das Summen von Kühlaggregaten drang ihnen entgegen.

Monica fröstelte. Sie hatte Vertrauen zu dieser Frau gefaßt, und nur dieses Vertrauen nahm ihr die Angst.

„Hier." Die Ärztin war an eine massive Tür getreten. Mattglänzender Edelstahl. Schwere Verschlußhebel. Kühlhäuser haben solche Türen, Klimakammern.

Sie öffnete eine Klappe in der Mitte der Tür, blickte durch zentimeterdickes Glas in einen beleuchteten Innenraum.

„Sehen Sie . . ." Sie winkte Monica herzu. Die trat zögernd vor das Fenster und sah hinein: ein heller Raum mit weißgestrichenen Regalen bis zur Decke. Glänzende Stahltische in der Mitte. Darauf Glasgefäße, Apparate, Schläuche mit rötlichem Inhalt.

Zwei Schwestern mit Mundschutz und Käppchen hantierten an den Geräten. Sie hatten glänzende, abgesteppte Jacken und Hosen an, trugen Handschuhe und Ohrenschützer. Alles in hellem, sterilem Grün.

„Unsere Organbank." Die Ärztin nahm Monica behutsam am Arm, schob sie zur Mitte der Tür, genau vor das Sichtfenster.

„Wir verpacken gerade Nieren. Das ist Ihnen sicher geläufig. Nierenkranke, das heißt Patienten, deren Nieren bereits versagt haben, müssen zweimal pro Woche zur Blutwäsche in die Dialyse. Dort übernehmen Filter die Aufgaben der ausgefallenen Organe, bis es gelingt, eine passende Fremdniere, eine Spenderniere, einzusetzen. Erst dann beginnt für diese Patienten wieder ein normales, freies Leben. Und oft ist das auch die einzige Möglichkeit zu überleben."

Monica atmete tief. Dann faßte sie Mut: „Da muß ein Mensch also sterben – damit ein anderer gerettet wird und leben darf . . .?"

Die Ärztin sah Monica mit einem seltsamen Ausdruck an. Dann erwiderte sie, nicht ohne den leichten Sarkasmus, der einer Medizinerin einer jungen Berufskollegin gegenüber zustand: „Sterben müssen wir alle. Es ist immer nur eine Frage des Zeitpunktes. Oder?"

Damit schloß sie die Klappe vor dem Sichtfenster.

„Kommen Sie mit."

Sie ging quer durch den Vorraum zu einer anderen Tür gleicher Bauart.

„Noch immer beherrschen archaische Vorstellungen diese Gesellschaft. Wenn jeder Sterbende, jedes Unfallopfer sein Einverständnis gegeben hätte, daß mit seinen noch funktionsfähigen Organen andere gerettet werden sollen ... Es gibt nämlich viel zu wenig Organe für unsere Zwecke!"

Sie schob auch an dieser Tür eine Klappe vor dem Fenster zur Seite, blickte hinein, machte aber keinen Platz für Monica, die irritiert und mißtrauisch danebenstand und weiter zuhörte.

„Wenn der Gesetzgeber unsere Bemühungen unterstützte, damit wir rechtzeitig diese Organe entnehmen dürfen, die oft Minuten später irreversibel geschädigt sind – wenn nämlich der Tod des Spenders endlich von sämtlichen vorgeschriebenen Experten bestätigt worden ist ..."

Jetzt trat sie zur Seite und schob Monica vor das Fenster.

Ein ähnlicher Raum, die gleiche Einrichtung, die gleichen Apparaturen. Diesmal war es eine einzelne Schwester, die irgendwelche Organe in Plastiktüten in Polystyrolbehälter, eine Art Kühlbox, verpackte, die mit Eiswürfeln gefüllt waren.

Die Ärztin war zurückgetreten und fuhr fort: „Aber – es soll ja möglichst alles komplett unter die Erde kommen. Der ‚unversehrte Leichnam', Geisterglaube verstaubter Religionen. Mittelalter ..."

Mit einem fragenden Blick wandte sich Monica an die Ärztin, sah sie schweigend an, hatte keinen Mut.

Die deutete den Ausdruck des Mädchens auf ihre Weise: „Die Organe werden verschickt. Gekühlt in den Boxen. Oder angeschlossen an transportable Perfusionsapparate. Die spülen

Blutersatz durch das Gewebe, damit es nicht abstirbt. Mit batteriegetriebenen Pumpen. Lungen bleiben so acht Stunden transplantierfähig, Lebern zwölf, Herzen achtzehn Stunden, Nieren sogar vier bis fünf Tage. Die verschicken wir bis nach Europa. Nur ein geringer Teil der anfallenden Organe wird hier im Hause transplantiert. Organbanken und Transplantationszentren stehen untereinander in engem Kontakt, liefern mit Hilfe eines weitverzweigten Systems über Grenzen und Kontinente hinweg. ‚Intertransplant' ist einer unserer Partner. Unsere Lage ist günstig. Draußen vor dem Haus das Rollfeld. Dort stehen Jets und Hubschrauber bereit. Wir holen Unfallopfer mit irreparablen Gehirnschäden aus dem ganzen Südwesten der USA zusammen, vorausgesetzt, die Papiere stimmen und das Einverständnis liegt vor. Denn es ist immer eine Frage von wenigen Stunden, daß wir Erfolg haben. Daß ein Transplantat, ein lebenswichtiges Organ rechtzeitig den Empfänger erreicht."

Monica blickte wieder hinein in den Kühlraum der Organbank.

Die Schwester hatte die Zuschauer hinter der Tür bemerkt, winkte einen Gruß und lächelte, soweit das hinter Mundschutz und frostsicherer Gesichtsmaske zu erkennen war. Aber Monica lächelte nicht zurück.

Das klang alles so einleuchtend, so normal, so harmlos und daher so verwirrend für sie.

Sie hatte Horror erwartet und Verbrechen, und nun begegnete ihr kühle, lebenserhaltende Wissenschaft.

Ihr kamen Zweifel – an den Gerüchten, an den Befürchtungen.

Sie wandte sich abermals an die sympathische Ärztin und stellte eine Frage: „Was ist der Mensch eigentlich wert? In Dollar und Cent? Wie hoch ist sein Materialwert?"

Mike, das Hochzeitslied, Donald, die Freunde, Musik, ein *Square-Dance* auf dem *Campus*, Blätter fielen, der Song, der aus dem Radio kam, die lange, lange Reise – und dann Mikes Entführung und seither die Angst . . .

Was war der Mensch wert – so in Dollar und Cent?

„Nicht viel – hieß es früher." Rey, die Ärztin, lächelte. Sie fuhr sich mit ihren schmalen Fingern durch das kurzgeschnittene rötliche Haar und wandte sich zum Gehen. „Das meiste sei Wasser, dazu Kalzium, Natrium, Kalium, Phosphor und Schwefel. So haben wir das gelernt – aber heute wissen wir's besser: Fast alle Organe sind verwendbar, Gefäße, Nerven, die Haut, Sehnen, Knochen. Und vor allem: die Drüsen des endokrinen Systems, Hormone, Fermente, Enzyme. Wertvolle Stoffe zur Steuerung des Organismus, die heute noch nicht synthetisierbar sind. Das alles wird eingescharrt nach dem Tod, wie vor Jahrtausenden, oder verbrannt. Eine Verschwendung an Rohstoffen, wie überall."

Dann ging sie wieder voraus, mit dem üblichen schnellen Schritt. Ein wehender Mantel, ein kurzer Gruß an Vorüberkommende, eine Treppe nach oben, noch eine, ein Gang, weiße Türen, Nummern, Leuchtschilder *Nicht eintreten*, Monica immer hinterher.

Wo war Mike?

„Hier – unser Computer!" Rey hatte eine Tür geöffnet. Hinter Glas ein Rechner mit Terminal und Schnelldrucker. Lange Protokolle quollen aus der Maschine, falteten sich, stapelten sich, füllten Regale.

„Wir sind an ein internationales Netz angeschlossen. Und jede Zeile auf dem Ausdruck ist ein Hilferuf. Denn jede Zeile ist die detaillierte Beschreibung eines Menschen, der nur durch ein fremdes Organ gerettet werden kann. Hier: Blutgruppe, Rhesusfaktor, HLA, also Gewebsantigene mit Untergruppen, die Gewebeverträglichkeit."

Sie hatte ein Protokoll aus dem Regal genommen und aufgeblättert. Chiffren, Formeln, Zahlen.

„Das hier sind Suchlisten, Wartelisten. Tausende von Schicksalen. Herzen, hier der ganze Stapel. Da: Nieren, Lebern, Bauchspeicheldrüsen . . ."

Sie faltete das Protokoll wieder zusammen und legte es zurück in das Regal.

„Oft ist es unmöglich zu helfen, weil bestimmte Organe in ihren Merkmalen nicht zum Empfänger passen. Sie würden vom Gewebe abgestoßen. Wir müssen Übereinstimmung suchen. Der Computer hilft uns dabei."

Sie trat zurück, machte Monica Platz. Aber die warf nur einen letzten, entmutigten Blick auf diese gestapelten Schicksale, wandte sich ab und ging hinaus auf den Gang.

Rey schloß die Tür hinter ihnen.

„Und oft ist es unmöglich zu helfen, weil bestimmte Organe eben nicht tagelang tiefgekühlt und verschickt werden können. Sie müssen direkt von einem Organismus zum anderen übertragen werden. Man müßte den Empfänger zum Spender bringen, wenn das möglich ist. Oder den Spender zum Empfänger."

Monica sah dieser Ärztin voll in die Augen.

Eine Freundin, dachte sie. Jemand, der mir helfen wird. Du mußt die Wahrheit sagen, dachte sie. Mußt die Befürchtungen, die Gerüchte aussprechen. Auch wenn du dich dabei lächerlich machst.

Du mußt diesen Doktor Jackson denunzieren, der offenbar die gutgemeinte Absicht dieses Hauses mit üblen Machenschaften und Profitinteressen unterläuft.

Doktor Jackson – wenn es ihn überhaupt gab. Vielleicht war er ein Phantom. Die lächerliche Idee eines Frankensteins. Die Ausgeburt schwarzen Medizinerhumors.

„Bringt alles sehr viel Geld, nicht wahr?" fragte Monica.

Die Frage war ein Test, ein Anfang. Aber Rey, die Ärztin, sagte nur beiläufig: „Es kostet sehr viel Geld!"

Nicht aufgeben, dachte Monica. Ich werde ihr Schritt für Schritt meine Geschichte erzählen. Und sie wird mir helfen, Mike zu finden.

„Kostet sehr viel Geld. Okay. Aber es bringt auch. Immerhin so viel, daß es sich lohnt, gesunde Menschen auf der Straße oder in Motels wegzufangen – und auszuschlachten . . ."

Die Ärztin lachte. Unbefangen und naiv, wie es schien, lachte sie Monica offen ins Gesicht: „So etwas gibt es natürlich – in Horrorfilmen, vielleicht."

Ich habe doch nicht geträumt, dachte Monica. Mike wurde weggefangen. Ich habe es gesehen. Wir wurden gekidnappt.

Und der Kerl von der Ambulanz hat doch gestanden! Warum sollte er ein so unglaubliches Verbrechen gestehen, wenn es keines zu gestehen gab? Ob ich sie nach Jackson frage? Das Code-Wort verrate? Ob sie dann noch weiterlacht, dachte Monica. Aber dann sagte sie nur: „Sind Sie sicher?"

Die Ärztin hatte wohl den Faden zu Monicas Frage verloren. Sie schwieg einige lange Sekunden lang, blieb merkwürdig ernst, dann begann sie plötzlich mit einem neuen Thema: „Was mich beunruhigt, ist . . . daß sich nur ein Teil der Menschen, die diese Hilfe brauchen – ein nicht sehr großer Teil . . ."

Sie brach plötzlich ab.

Drinnen, hinter der Tür, spuckte der Schnelldrucker des Computers ratternd Zeile um Zeile Schicksale aus.

„Sie meinen", ergänzte Monica, „daß nur ein kleiner Teil derer, die diese Hilfe brauchen, sie sich auch leisten kann. Der Teil, der sich immer alles kaufen kann – für Geld?"

Sie staunte, daß sie soviel Mut aufbrachte.

Die Ärztin sah Monica nachdenklich und ruhig an: „Ich dachte eigentlich an unsere beschränkten Möglichkeiten und daran, daß viel zuwenig Organe für Transplantationen zur Verfügung stehen." Aber dann, nach einer Pause, stimmte die Ärztin Monica zu. „Sie haben recht. Manchmal ist das so. Da kaufen sich einige einfach Ersatzteile für den Rest eines neuen Lebens – egal, was das kostet. Damit der alte Rolls-Royce noch nicht aus dem Verkehr gezogen wird und noch mal auf große Fahrt gehen kann . . ."

Dann fiel ihr etwas ein, was sie vergessen hatte, und sie lachte, genauso unbeschwert und offen wie zu Beginn: „Ach ja. Ich hatte Ihnen Kaffee versprochen . . ."

Sie fiel wieder in ihren raschen Trab. Ihr Mantel wehte. Kurzer Gruß hierhin, dorthin.

Ein Frischoperierter wurde vorbeigeschoben.

Schwestern hielten Flaschen mit Infusionslösung über ihn. Ein kurzer, beiläufiger Blick von Rey.

Lysolgeruch. Grüne Kittel überall. Ansagen aus dem Lautsprecher. Und Monica versuchte, Schritt zu halten.

40 „Er ist nicht besonders gut. Aber er ist wenigstens heiß. Und immer ein willkommener Anlaß für eine Atempause."
Sie standen am Fuß einer Treppe, am Kreuzungspunkt zweier Gänge, vor den Automaten für Coke und Sprite und Seven-up, für Eiswürfel und für Kaffee.
„Danke, nein." Monica schüttelte den Kopf. „Keinen Kaffee."
Aber die Ärztin überhörte den Einwand und reichte Monica einen der Becher.
„Wenn Sie wieder einmal vorbeikommen, hier in Roswell, bei einer Tour . . . Schauen Sie rein bei mir."
Die Einladung klang herzlich und ehrlich. Und die Ärztin fügte hinzu: „Wenn Sie etwas erfahren wollen, Hilfe brauchen . . . ja?"
Hilfe brauchen? Etwas erfahren wollen?
„Ja", sagte Monica, „ja, gern." Sie trank den Kaffee nun doch, er war wirklich heiß, und sie atmete tief, Kaffeeduft mit Lysol, und dann brachte sie es heraus: „Ich suche jemanden . . ."
Als Rey, die Ärztin, nicht sofort reagierte, wiederholte sie: „Ich suche jemanden!"
„Ja?" Die Ärztin blickte über den Becher, interessierte Augen . . .
„Er ist hier – abgeliefert worden."
Monica faßte Mut. Wer Hilfe suchte, mußte auch etwas riskieren.
„Hier abgeliefert, glaub ich. Sonntag nacht."
„Hier in der Klinik?"
„Ja."
„Und Sie wissen den Namen des Patienten?"
„Kein Patient. Er war gesund."
Die Ärztin dachte nach. Monica schien es, als dauere das einige Sekundenbruchteile zu lang. Und sie wunderte sich, daß eine Ärztin auf diesen doch sehr ungewöhnlichen Einwand nicht einging.
Die Antwort fiel so allgemein, so unverbindlich aus, daß Monica über ihren Mut erschrak.
„Das ist doch sehr einfach. Wir gehen zusammen hinauf, zur

Verwaltung der Klinik, und schauen in die Kartei. Die Kartei der Patienten. Der Eingänge. Jetzt ist es allerdings gleich neun, und ich muß los. Ein Transport. Aber mittags. So kurz nach zwölf."

Sie blickte auf ihre Uhr, verglich die Zeit mit der Uhr im Treppenhaus: „Sagen wir kurz nach zwölf in meinem Büro: 1234 im ersten Stock. Direkt über der Notaufnahme."

Sie warf den leeren Pappbecher in den Korb und lächelte Monica beruhigend an. „Und machen Sie sich keine Sorgen. Wer hier eintrifft, wird genau registriert..."

Sie knöpfte ihren Mantel zu.

Nochmals ein Blick auf die Uhr im Treppenhaus. Eine Minute vor neun.

„Und wenn Sie mich oben nicht finden, dann fragen Sie einfach nach mir. Die rufen mich dann aus, ja? Fragen Sie nach Doktor Jackson. Rey Jackson. Man findet mich dann schon..."

Ein kurzer Gruß, ein Lächeln.

Mit raschem Schritt eilte sie die Stufen nach oben und verschwand. Monica sah ihr nach, verwirrt, wie gelähmt. Die Hand umklammerte einen leeren Pappbecher.

Was hatte sie eben gehört? *Doktor Jackson?*

Nein. Das war nicht wahr. Das wußte sie. Ein Hörfehler, eine Verwechslung. Ein Mißverständnis.

Eine farbige Schwester war inzwischen an den Automaten getreten. Jetzt stellte sie zahllose volle Kaffeebecher in einen leeren Karton für Einwegspritzen. Abwesend sah Monica auf den dünnen, dampfenden Strahl, der Becher um Becher füllte.

„Hören Sie, die Frau eben, die Ärztin ... wer war das?"

Die farbige Schwester sah auf Monicas Frage hin nur kurz von ihrer Tätigkeit auf.

„Welche Frau?"

„Die eben nach oben gegangen ist ... Sie haben sie noch gesehen. ...?"

„Tut mir leid. Ich bin neu hier. Ich weiß nicht ..."

Sie nahm den offenen Karton und ging den Gang hinunter.

„Das war Frau Doktor Jackson."
Monica sah sich um. Die Auskunft kam von einem jungen Arzt, einem typischen *Egghead*, mit randloser Brille. Der hatte die ganze Zeit unbeachtet hinter ihr gestanden und seinen Kaffee getrunken. Und hatte in irgendwelchen Formularen herumgemalt, die er in ein Schreibbrett geklemmt hatte.
Monica wußte nicht, worüber sie mehr erschrak. Über die Auskunft oder über diese eiskalten Augen. Oder über die Erklärung, die folgte: „Frau Doktor Jackson leitet hier die Organbank ..."

41 „Fahr los! Fahr weg!"
Monica hatte die Tür der Ambulanz aufgerissen, war atemlos und in Panik auf den Beifahrersitz gefallen.
„Wo warst du? Ich suche dich seit einer halben Stunde ..."
„Weg von hier. Schnell ...!"
Bill fuhr rückwärts aus dem Parkplatz.
„Was ist los? Wohin?"
„Erst mal weg ..."
Sie schaute sich um.
„Niemand folgt uns", sagte Bill nach einem Blick in den Rückspiegel. „Also, was war?"
„Ich habe Jackson getroffen. Ja! Doktor Jackson. Eine Frau. Ich hab' ja nicht gewußt, daß sie das war, daß sie das sein könnte, hab' ihr meine ganze Geschichte ... oh, mein Gott! Fahr schneller ...!"
Das Gelände lag immer noch menschenleer und ausgestorben zu Füßen des rot-weiß gestreiften Wasserturms.
Eine Kolonne von zwei Ambulanzen, gefolgt von einem dunklen Wagen, kreuzte ihren Weg, fuhr hinüber zum Flugfeld.
Bill bog in einen Seitenweg ein, der hinter eine lange Reihe runder Wellblech-Hangars führte. Zufahrten und Tore waren zugewuchert. Das Unkraut war kniehoch und verdorrt.
Fürs erste waren sie aus dem Blickfeld des Hospitals verschwunden.

„Also, wohin jetzt? Zurück nach Las Cruces? Zu mir nach Hause? Nach New York? Nach Princeton . . .?"
Monica blickte sich immer noch nach Verfolgern um.
„Nein. Halt an!"
Sie war verzweifelt. „Wir sind hier wegen Mike . . . Was ist mit ihm passiert? Ist er noch hier? Lebt er noch?"
Sie schaute auf Bill.
Der hatte den Wagen im Schatten einer verrotteten Trafostation geparkt. Dicke Leitungsbündel endeten im Nichts.
„Was machen wir?" fragte Monica. Aber Bill schüttelte nur den Kopf. „Ich weiß es nicht . . ."
Er schaute hinaus. Ein stahlblauer Himmel, gleißendes Licht.
„Wir gehen in irgendein Motel in der Stadt. Schlafen ein paar Stunden. Ich kann nicht mehr denken."
Er griff nach dem braunen Kuvert, das vor ihm auf dem Armaturenbrett lag, reichte es Monica.
„Hier. Viertausend Dollar! Anstandslos bezahlt. Für ‚Fleisch'. Mit Grüßen von Doktor Jackson. Wenn diese grünen Scheine nicht wären – ich würde sagen: Ich träume, oder ich bin verrückt!"
Er nahm das Geld aus dem Kuvert und hielt es Monica hin: „Los, steck ein!"
„Ich? Nein!" Sie schaute entsetzt auf Bill, auf das Geld.
„Doch. Nimm davon, soviel du willst."
Aber Monica schüttelte den Kopf. „Ich will nicht."
„Du brauchst es irgendwann."
„Nein. Davon nicht."
Sie wandte sich ab.
Bill packte das Bündel Scheine wieder in das Kuvert, legte es zurück auf das Armaturenbrett.
„Und jetzt? Wie geht's weiter?" Bill lehnte sich zurück, fuhr mit dem Handrücken über sein Gesicht.

Da tauchte zwischen den alten, rostigen Wellblechhütten nahe dem Rollfeld ein weißgestrichener Minibus auf. Er bog auf die Betonpiste ein und hielt genau auf die dort parkende Ambulanz von Monica und Bill zu.

Monica faßte nach dem Türgriff – fliehen, aber wohin?
Bill richtete sich auf und wartete gespannt, was geschehen würde.
Es geschah sehr wenig.
Der Minibus hielt, keine zehn Schritte entfernt.
Zwei Pfleger stiegen aus, schauten herüber, blieben aber stehen.
Dann kletterte Reynolds, der Arzt mit der randlosen Brille und den eiskalten Augen, aus dem Fond des Wagens. Er drückte sein Schreibbrett einem der Pfleger in die Hand und überquerte die Straße.
Bill ließ das Fenster herunter, sah dem Arzt entgegen.
Der trat bis dicht an die Tür, beugte sich herunter – und lächelte. Er lächelte wirklich.
„Schön, Sie noch zu treffen. Hab schon gefürchtet, Sie sind wieder auf Tour." Er lehnte sich, so weit es ging, in den Wagen und fuhr fort:
„Wir brauchen Ihre Hilfe!"
Bill saß steif auf seinem Sitz hinter dem Lenkrad und war plötzlich unfähig, sich zu bewegen. Er wollte sich zu Monica umsehen, wollte starten, weiterfahren. Es wäre ein leichtes gewesen, mit dieser Ambulanz die Flucht zu ergreifen. Aber dann kamen ihm bereits die beiden Pfleger mitten auf der Fahrbahn entgegen, schlenderten langsam auf ihn zu und blieben vor dem Wagen stehen. „Haben Sie nicht verstanden?" Reynolds beugte sich näher zu Bill. „Sie müssen uns helfen!"
„*Was* wollen Sie?" Bill hatte zwar seine Überraschung schnell überwunden. Aber ein verdammt unangenehmes Gefühl stieg in ihm hoch.
„Ein Job." Der Assistent lächelte wieder, aber es war kein freundliches, verbindliches Lächeln mehr. „Wir haben einen Job für Sie. Transportbegleitung. Fünf Patienten nach New York."
Bill war ihm bereits ins Wort gefallen: „Nein, keinen Job mehr. Es reicht. Keine Begleitung nach New York. Nichts mehr. Schluß!"
Das war doch alles einfach absurd. Vor ihm lag das Kuvert

mit dem ergaunerten Geld. Und jetzt ging der Zirkus also weiter. Vielleicht fing die üble Geschichte für ihn und Monica erst richtig an.
„Wir brauchen qualifiziertes Personal!" – Reynolds Worte, das war doch beißender, gefährlicher Sarkasmus.
„Wir sind nicht qualifiziert."
„Das zu entscheiden, überlassen Sie lieber uns. Wir tragen die Verantwortung. Wir übernehmen das Risiko. Zerbrechen Sie sich nicht unseren Kopf."
Bill konnte diesen aalglatten, überhöflichen Mann nicht mehr länger ansehen. Der stechende Blick durch die randlose Brille tat ihm körperlich weh. Er schaute vor sich auf die Straße, zu den beiden Pflegern, bulligen, kräftigen Typen in ihrem blauen Leinenzeug. Die standen da, die Hände auf dem Rücken, grinsten. Einer wippte immer wieder hoch auf die Spitzen seiner weißen Plastiksandalen. Und Bill war nahe daran, zu starten, Gas zu geben und die beiden über den Haufen zu fahren.
Aber er rührte sich nicht, wehrte sich nicht. Er sah im Augenblick keine Chance, irgendeinem undurchsichtigen Komplott zu entgehen.
„Sie fliegen also mit. Beide." Reynolds Lächeln war verschwunden. Er richtete sich auf. Für ihn war die Sache offensichtlich entschieden.
„Lassen Sie uns in Ruhe. Bitte." Eine unendliche Müdigkeit kroch lähmend in Bills Gehirn. Er wußte, das war die Angst. Bill Michalski hatte plötzlich Angst. Das war durchaus kein unbekanntes Gefühl für ihn. Aber diesmal war es eine abgrundtiefe, eine irgendwie endgültige und aussichtslose Angst.
Reynolds kam wieder näher, beugte sich herunter zu Bill, warf einen kurzen Blick auf das Mädchen, das immer noch stumm und verschüchtert in seiner Ecke saß.
Bill hielt den Atem an, als Reynolds dicht vor seinem Gesicht leise auf ihn einsprach: „Ich fürchte, Sie haben mich nicht richtig verstanden. Doktor Jackson ist überzeugt, daß Sie beide nicht ablehnen können!"
„Doch! – Doch, Sie werden lachen, ich kann!" Diesmal war es Trotz. Reiner, unvernünftiger Trotz.

Aber der andere lachte nicht und wich nicht zurück. Er blieb dicht vor Bills Gesicht, daß dieser mit jedem Wort diesen aseptischen Atem spürte. Pfefferminz mit Menthol.
„Sie stehen in unserer Schuld. Das wissen Sie doch, oder? Sie haben sehr viel Geld genommen. Und einer der beiden Patienten war bereits klinisch tot. Seit Stunden. Zersiebt von Blei. Kadaverorgane haben keinen hohen Wert. Aber in diesem Fall waren sie völlig wertlos. Wir haben Ihnen zuviel bezahlt."
Bill sah plötzlich wieder einen Ausweg.
Es ging also um Geld. Er konnte sich freikaufen, sich und Monica. „Hier!" Er hatte die grünen Scheine aus dem Kuvert herausgerissen und das ganze, unordentliche Bündel dem anderen vor sein Gesicht gehalten, das so aufdringlich dicht, so aggressiv in seine Nähe gerückt war. „Hier! Das Geld! Nehmen Sie's. Nehmen Sie's zurück."
Aber Reynolds machte keine Anstalten, es zu nehmen oder zurückzuweichen. „Wir verrechnen das. Wir sind nicht kleinlich. Es ist bereits verbucht. Sie müssen es behalten. Wir rechnen das an auf diesen Job."
Aber Bill gab nicht so schnell auf: „Mein Gott, nehmen Sie doch! Ich will es nicht!" Als ob es irgendeine Möglichkeit gab, diese Geschichte mitsamt dem Geld einfach loszuwerden.
Da trat Reynolds wieder einen Schritt zurück, ohne das Geldbündel weiter zu beachten. „Die Maschine startet in ein paar Minuten."
Jetzt erst drehte Bill sich um zu Monica. Ein blasses Gesicht, umrahmt von blassen, blonden Strähnen. Große, dunkelgeränderte Augen. Den Mund leicht geöffnet. Flacher, hastiger Atem.
Die ist völlig fertig, dachte Bill.
Dann schloß er für Sekunden die Augen, bevor er sich wieder an Reynolds wandte: „Hören Sie – wir waren die ganze Nacht unterwegs. Wir müssen schlafen. Ein paar Stunden wenigstens."
Reynolds lächelte wieder. Es wirkte teilnahmsvoll.
„Auf dem Flug haben Sie die Möglichkeit zu schlafen. Sechs

bis sieben Stunden, meinetwegen. Sehr viel gibt's da nicht zu tun. Sie sind für den Notfall dabei."
„Wir fliegen nicht mit!" Bill warf das Geldbündel wieder zurück auf die Schreibkonsole vor dem Armaturenbrett, zurück auf das zerknitterte, braune Kuvert. „Glauben Sie mir, wir fliegen nicht. Lassen Sie uns fahren. Wir haben zu tun . . ."
Er war leise geworden. Leise und unsicher.
Er schaute wieder zu Monica. Die saß immer noch zusammengekauert und eingeschüchtert auf ihrem Sitz und starrte zu Boden. Sie wischte sich gerade eine Haarsträhne aus dem Gesicht und nagte an ihrer Unterlippe. Aber dann richtete sie sich plötzlich auf und blickte zu Reynolds: „Was sind das für Leute?"
„Welche Leute?" Reynolds beugte sich wieder zum Fenster herunter und fixierte das Mädchen.
„Für New York . . ." Sie wich seinem Blick nicht aus und wirkte plötzlich sehr wach und sehr streitbar.
„Patienten!" Er lachte wieder. „Ich habe es Ihnen doch schon erklärt. Patienten. Dringende Fälle."
„Patienten von Doktor Jackson?" wollte Monica wissen.
Reynolds nickte. „Ja, sicher."
„Und was fehlt ihnen, diesen Patienten von Doktor Jackson?"
Monica überfiel plötzlich eine erregende Idee. Man muß den Empfänger zum Spender bringen – oder den Spender zum Empfänger . . . Das waren doch die Worte von Doktor Jackson gewesen, ihr eigener Kommentar.
„Warum müssen diese Leute nach New York?"
„Sie werden zur weiteren Behandlung dorthin überwiesen."
Reynolds verzog keine Miene. Seine Erklärung war sachlich und überzeugend und klang plausibel.
„Sie haben doch hier zwei Kliniken in der Stadt. Warum überweisen Sie die Leute quer durch den Kontinent? Weshalb nach New York?" Monica ließ nicht nach. Sie wollte es wissen.
Wieder lächelte Reynolds. „Sie fragen zuviel."
Er blickte von Monica zu Bill und ließ sich Zeit.
„Ich habe Sie auch nicht gefragt: Was sind das für Leute, die Sie uns hier angeschleppt haben? Diese Unfallopfer. Schieße-

rei? Okay. Aber wer hat geschossen? Wurde die Polizei eingeschaltet? Hat sie die Verletzten freigegeben? Wurde sie informiert, wo die beiden Opfer geblieben sind?"
Er richtete sich auf und stützte sich mit beiden Händen auf das Wagendach über dem Fenster.
„Und es sind tatsächlich Patienten, also Kranke, die Sie nach New York transportieren?"
Bill biß sich auf die Zähne. Sie redet zuviel. Warum, verdammt noch mal, redet sie so viel. Will sie Zeit gewinnen, oder was ist los?
Aber Reynolds ging ganz ernsthaft auf Monicas Fragen ein.
„Bitte. Sie haben ein Recht, es zu erfahren. Und wir haben nichts zu verbergen. Es sind Herzpatienten. Schwere, chronische Fälle. Junge Menschen, die nur noch eine einzige Chance haben. Eine Transplantation. Ein neues Herz. In New York wird sofort operiert. Dort gibt es Spezialisten."
„Und Sie haben hier keine? Herztransplantation? Das können Sie nicht?" Monica sah Reynolds erstaunt an.
„Noch nicht." Reynolds nahm die Hände vom Wagendach und verbarg sie in den Taschen seines weißen Mantels. „Wir sind in erster Linie eine Organbank. Wir liefern Organe..."
Damit brach er seine Erklärungen plötzlich ab. Er sah Monicas ängstliche Augen mit einer seltsamen Intensität auf sich gerichtet. Es schien, als würde sie plötzlich die Zusammenhänge begreifen, Folgerungen ziehen aus den beiden letzten Sätzen, die er offenbar zuviel gesagt hatte.
Aus den Augenwinkeln beobachtete Bill diesen Reynolds, dann das Mädchen, dann sah er zu Boden. Die Pause, die dem Frage-und-Antwort-Spiel folgte, war zu lang geraten, war beklemmend und peinlich und machte ihm wieder Angst.
Sie hat verdammt noch mal zuviel geredet, zuviel gefragt.
Bill sah keine Zusammenhänge, zog keine Folgerungen. Er hatte nur das Gefühl, daß die Sache nun völlig ausweglos geworden war. Er war kein Zocker. Er hatte sich auf ein Pokerspiel eingelassen, obwohl er wußte, daß er die schlechteren Karten hatte. Die lagen jetzt auf dem Tisch. Aus.

„Fein", sagte schließlich Reynolds, als keine Antwort mehr kam und kein Einwand. „Ich sehe, wir sind uns einig." Er hatte die Hand aus der Tasche genommen und abschließend kurz auf das Wagendach geklopft, ein Zeichen, daß der Handel für ihn abgeschlossen war. „Doktor Jackson bedankt sich. Sie hat gewußt, daß Sie nicht ablehnen werden. Es war schließlich ihr Vorschlag."
„Nein", sagte Bill, ohne aufzuschauen, „wir werden nicht fliegen." Er schlug mit der Faust gegen das Steuer. „Wir werden nicht fliegen! Wir werden ganz bestimmt nicht fliegen!"
Aber bevor Reynolds darauf reagieren konnte, kam aus der Ecke ganz ruhig, ganz selbstverständlich die Stimme von Monica: „Doch – ich fliege mit."
„Okay", sagte Reynolds und ging um den Wagen herum.
Er öffnete die Tür zum Beifahrersitz und drängte sich neben Monica auf die Bank. „Machen Sie Platz, los. Ich bring' Sie zur Maschine." Er schlug die Tür zu und gab den beiden Pflegern, die gerade in den Minibus stiegen, ein Zeichen, ihnen zu folgen. „Fahren Sie los!"
Bill gehorchte, startete, dann schaute er Reynolds feindselig an: „Und wohin?"
„Sag' ich Ihnen schon. Erst mal geradeaus . . .!"
Bill schaltete auf *Drive* und fuhr los. Hinter ihnen wendete der Bus und folgte ihnen.
„Dort vorn, nach der Halle links . . .", befahl Reynolds.
Bill antwortete nicht.

Zerbrochene Fenster. Das riesige Metalltor der Halle schwang im Wind wie ein Blatt Papier. Dahinter gähnende Leere. Wegweiser und Schilder waren verblichen. An einer Ziegelwand, über einem Gebirge aus Schrott, prangte das riesige Wappen der SAC, des *Strategic-Air-Command.*
„Links!"
Sie hatten das Ende der Halle erreicht.
Ein hoher Drahtzaun schirmte das Rollfeld von der Straße ab. Eine Durchfahrt stand offen. Die Tore waren aus den Angeln gehoben, lagen auf dem Boden, zugewachsen mit *Tumble-*

Weed. Der Schlagbaum war abgeknickt, das Postenhaus nicht besetzt.
Dahinter dehnte sich einer der größten Flugplätze des Westens. Aus den Ritzen zwischen den Betonplatten wuchs Gras. Am Rand, im Schatten der alten Hangars, schliefen zehn oder zwölf Sportmaschinen.
„Dort drüben. Fahren Sie quer über das Feld."
Bill nickte, passierte das Tor, dann sah er die Maschine. Ein zweistrahliger Jet, weiß lackiert, ohne Aufschrift. Nur am Heck war die Kenn-Nummer vermerkt.

Die Maschine stand einsam mitten in diesem Meer aus Beton. Neben der Gangway parkten zwei Ambulanzen und ein dunkler Wagen.
Die Frau neben dem dunklen Wagen sah ihnen entgegen.

42 „Danke, daß Sie uns helfen."
Rey Jackson war ihnen entgegengekommen und reichte Monica die Hand.
Eine verwirrende Geste, ungewöhnlich für dieses Land, ungewöhnlich in dieser Situation.
Nein, dachte Monica, nein! Aber dann ergriff sie die Hand. Es war mehr ein Reflex.
Ein beruhigender Händedruck, voller Vertrauen, voller Zuversicht. Doch Monica erschien er auch voller Zynismus. Sie wußte zuviel, ahnte zuviel. *Fleisch für Doktor Jackson* . . .
Es war unfaßbar: diese Frau mit dem gutgeschnittenen Gesicht, den interessierten Augen, die soviel Sympathie ausstrahlte, soviel Wärme und Offenheit, die Monica jetzt beim Arm nahm und zur Gangway führte . . .
„Wenn es Probleme gibt – denken Sie daran: Sie sind nicht allein!" Dieser Satz von Rey Jackson schien nur für Monica bestimmt. Niemand sonst war in der Nähe, wenigstens in diesem Augenblick nicht. Zwei Schwestern standen oben in der Maschine, schauten herunter auf Monica und Rey. Sie hatten

weiße Hosenanzüge an, modische weiße Käppchen auf den frisch ondulierten Haaren. Und sie wirkten arrogant und feindselig.

Bill war nachgekommen, gefolgt von diesem Arzt, Reynolds, und von einem der beiden Pfleger. Bill hatte sofort kapiert, wer diese Frau sein mußte. Er schaute sie an, unverhohlen und neugierig, aber es blieb ihm wenig Zeit. Reynolds schob ihn zur Gangway, der Pfleger griff nach Bills Tasche, nahm ihn am Arm und brachte ihn nach oben. Bill wehrte sich nicht. Er ging einfach mit, ohne Widerstand, ohne zu zögern, ohne sich umzusehen.

Reynolds übergab Doktor Jackson eine Mappe und ging zurück zum Wagen.

Wieder waren sie allein, Monica und Rey.

Aber Monica konnte dieser Frau nicht mehr in die Augen sehen. Sie wandte sich ab, grußlos, und stieg hinter Bill, der längst in der Maschine verschwunden war, die schmalen, eisernen Stufen der Gangway hinauf.

„Monica!"

Es traf sie unvermittelt.

Dr. Rey Jackson, die Ärztin, hatte sie gerufen. Hatte sie bei ihrem Namen genannt. Bei einem Namen, den sie nicht wissen konnte.

Sie blieb stehen, wandte sich um.

Dr. Jackson stand am Fuße der Treppe und lächelte sie an.

„Sie heißen doch Monica, nicht wahr?"

Monica reagierte nicht.

Woher weiß sie ... woher weiß diese Frau, diese Dr. Jackson ...?

„Unsere Verabredung müssen wir leider verschieben", fuhr Dr. Jackson fort. „Das Management hat anders verfügt. Hier." Sie reichte Monica die Mappe hinauf. „Ich möchte Ihnen die Papiere der Patienten anvertrauen."

Monica zögerte immer noch.

Aber dann lief sie die drei, vier Stufen wieder hinunter und griff nach der Mappe.

Eine dicke Mappe, mit ziehharmonikaartigen Fächern, durch ein Schnappschloß gesichert, schwer, abgegriffen, Plastik, ein häßliches Braun.
Die Ärztin sah Monica noch immer an. „Passen Sie auf, ja? Geben Sie die nicht aus der Hand!"
Monica nickte.
„Und haben Sie Geduld!"
Diese verdammte Offenheit, dachte sie. Ein Mensch, der einem Vertrauen einflößt, dem man Zuneigung und Sympathie entgegenbringt, dem man sich anvertrauen möchte, um Hilfe bitten . . . Vielleicht ist alles nicht wahr, dachte Monica.
Dann nahm sie all ihren Mut zusammen: „Was geschieht mit den Leuten?"
Sie stockte. Ihre Lippen waren trocken und verkrampft.
„Mit welchen Leuten?" fragte Rey.
„Den Patienten. In der Maschine. Was geschieht mit denen? In New York?"
„Sie werden abgeholt. Das ist alles bestens organisiert!"
Bestens organisiert, dachte Monica. Aber dann fragte sie weiter: „Was geschieht mit ihnen wirklich?"
Von Dr. Jackson kam keine Antwort, jedenfalls nicht auf diese Frage.
Sie sagte statt dessen: „Die Kontaktadresse ist: St. Thomas Hospital, 1160, Fünfte Avenue, Ecke 106. Straße. Merken Sie sich das. Direkt am Central Park. Es steht auch in den Papieren . . ."
Sie unterbrach sich.
Zwei Pfleger kamen aus der Maschine, kletterten die Gangway hinunter, drängten sich an Monica vorbei, an Rey und liefen zu ihren Ambulanzen.
Oben erschien wieder eine der Schwestern, sah mißtrauisch und neugierig hinunter.
Sie rief etwas. Monica verstand sie nicht. Aber sie wußte, daß sie oben erwartet wurde. Vermutlich war die Maschine startbereit.
„Halt. Geben Sie noch einmal her." Rey griff nochmals zu der Mappe, öffnete das Schnappschloß. Die einzelnen Fächer

klafften weit auseinander. Papiere waren zu sehen. Irgendwelche Protokolle, Computerstreifen, Röntgenbilder.
Rey suchte in einem Fach, griff in ein Kuvert, fand nichts, schaute abermals in die Mappe und brachte schließlich drei Fotos zum Vorschein. Drei kleine, farbige Fotos aus einer Polaroid-Kamera. Und die zeigte sie Monica.

Es dauerte lange Sekunden, bis Monica begriff, was sie da sah: Bilder von fröhlichen Menschen. Ein Clown in Großmutters Brautkleid, mit einem breitkrempigen Blumenhut. Daneben ein junger Mann, sportlich, voller Lebensmut. Und drumherum: die Hochzeitsgesellschaft, die Freunde aus Princeton, Donald, Sergio, Thomas, Sidney, Betty, Lilian, Barbara. Die standen vergnügt und albernd vor einer niederen Holzkirche mit Stummelturm, neben einem ernstblickenden Reverend, dessen Namen sich Monica nie merken konnte.
Ein *Square-Dance* über abgefallenen Blättern, unter kahlen hundertjährigen Ulmen. Ein unscharfes Bild, verwischt durch Tanz und Bewegung. Großmutters Brautkleid wehte wie ein Nebelschleier, und der Hut hatte zahllose Konturen.
Und schließlich das junge Paar: Monica und Mike. Sie lachten unbeschwert in die Kamera. Hielten sich im Arm.
„Was ist der Mensch wert?"

Wie kommt diese Ärztin zu den Fotos, dachte Monica. Sie wagte die Frage nicht zu Ende zu denken.
Rey streckte die Hand aus, nahm die drei Fotos Monica aus den zitternden Fingern.
Ihr Mund war immer noch leicht geöffnet vor Überraschung und Bestürzung. Aber dann begriff sie: Rey hatte Mikes Brieftasche aus dem Kuvert genommen, die Bilder wieder hineingelegt . . . kein Zweifel. Mikes Brieftasche, seine Papiere. Sein Führerschein. Ihre Briefe an ihn. Geschrieben über fünfhundert Meter Distanz, von einem Ende des *Campus* zum anderen. Die Brieftasche, das Kuvert, beides verschwand in dem dafür vorgesehenen Fach. Das Schnappschloß rastete ein.

„Ich habe gewußt, daß Sie kommen werden ...", sagte Rey und gab Monica die Mappe zurück.
Die Schwester war in der Einstiegsluke verschwunden. Reynolds, der Arzt, wartete an dem dunklen Wagen und sprach mit einem der Pfleger.
Die Triebwerke wurden angelassen.
Techniker krochen unter die Maschine, klemmten Kabel ab. Zogen die Bremsklötze vor dem Fahrwerk zur Seite.
„Steigen Sie ein", sagte Rey. „Und – verzeihen Sie mir ..."
Sie war plötzlich ganz ernst geworden.
Die Triebwerke heulten auf.
Ein schrilles, schmerzendes Geräusch.
Aber Monica hörte durch den Lärm ganz deutlich Reys letzten Satz: „Mehr kann ich jetzt nicht für Sie tun ...!" Und: „Passen Sie auf sich auf ...!"
Ein Gruß mit den Augen, und Rey wandte sich ab. Ging schnell zu dem dunklen Wagen, ohne sich noch einmal umzusehen.
Ein Techniker in orangefarbenem Overall kam an die Gangway, machte eine deutliche Handbewegung nach oben. Monica gehorchte, preßte die Mappe an sich und stieg hinauf. In der Einstiegluke blieb sie stehen.
Sie drehte sich um. Ein kurzer Blick zurück.
Rey stand immer noch bei Reynolds und sprach auf ihn ein. Die beiden Ambulanzen fuhren langsam über die riesige Fläche aus Beton auf das offenstehende Tor mit dem zerbrochenen Schlagbaum zu. Der weiß-rot gestreifte Wasserturm glänzte in der Sonne über den niedrigen Gebäuden.
Die Luft flimmerte über den unendlichen Runways, die weit in die fahlbraune Grassteppe hineinragten.
Die Gangway wurde zurückgerollt ...
All das nahm Monica in sich auf mit einem einzigen, kurzen Blick. Dann schob die Schwester sie zur Seite, schloß die schwere Luke und verriegelte sie hermetisch.
Die Triebwerke heulten inzwischen auf vollen Touren. Aber nun war der schrille Lärm plötzlich weit entfernt, drang nur noch gedämpft von draußen in die Maschine. Man konnte die

Stimmen der Piloten hören aus dem Cockpit, das Gekrächze der Gegensprechanlage, die Anweisungen der Lotsen vom nahen Tower. Monica sah die Schatten uniformierter Gestalten durch den Türspalt. Die Tür schwang auf, wurde wieder zugeworfen. Die Maschine bewegte sich.
Monica schwankte, stützte sich ab an der Wand.
„Gehen Sie nach hinten!" sagte die Schwester an der Luke.
Ein Vorhang versperrte die Sicht in die Kabine.
Monica schob ihn zur Seite.
Die Kabine schien leer zu sein. Aber es war nur ein kurzes, ungewöhnlich eingerichtetes Compartment, das durch eine geschlossene Falttür vom übrigen Teil der Maschine abgeteilt war. Zwei tiefe Ledersessel standen vor einer Schreibtischplatte. Auf der anderen Seite zog sich eine Couch über die ganze Länge des Abteils. Die Ecken waren mit weißen Medizinschränken zugebaut, neben denen technisches Gerät, Sauerstoff-Flaschen und Aluminiumbehälter montiert waren.

Monica war mit wenigen Schritten an der Falttür. Sie faßte gerade nach dem Handgriff, als die Tür zur Seite geschoben wurde und ein Pfleger erschien. Seine massige Figur steckte in dem üblichen, blauen Leinenzeug, das viel zu eng war und beinahe zu platzen schien. Ein schwarzer Kinnbart umrahmte das fette Gesicht. Eine Zumutung für jeden Kranken, dachte Monica und versuchte an der feisten Gestalt vorbei in den vorderen Teil der Kabine zu blicken. Aber das Licht war zu gedämpft. Sie erkannte nur zwei Schwestern in ihrem weißen Dreß, die geschäftig nach vorn liefen, sah die hellen Vorhänge, die den Raum mehrfach unterteilten und die mit jeder Schlingerbewegung der Maschine hin und her schwankten.
Von der Decke hingen Infusionsflaschen. Transparente Schläuche verschwanden hinter den weißbezogenen Liegesitzen.
Mehr konnte Monica nicht erkennen. Der Pfleger zog die Falttür hinter sich zu und deutete mit seinem Kopf zu der Couch.
„Dorthin", sagte er. Und: „Schnallen Sie sich an!"

Als Monica sich umwandte, erkannte sie Bill. Der saß halbverdeckt hinter dem Vorhang und starrte seltsam apathisch gegen die Decke.
„Nein", sagte Monica und versuchte sich an dem Pfleger vorbeizudrängen, „ich muß zu den Patienten!"
„Sie bleiben hier und schnallen sich an!"
Doch Monica faßte bereits wieder nach dem Griff der Tür.
„Ich muß nach vorn!"
Die Maschine rollte über das Vorfeld, über den grasbewachsenen Beton des *Taxiway* mit seinen Rissen und Fugen. Sie scbwankte und rüttelte.
Monica krallte sich an dem Türgriff fest. Der Pfleger löste ihre Hand jedoch mit sanfter Gewalt, faßte sie an der Schulter, schob sie rückwärts auf die Couch zu und drückte sie vorsichtig in den Sitz.
„Sie schnallen sich jetzt an. Vorn sind schon zwei Schwestern. Ihr Platz ist hier!"
Monica hörte ihn nicht. Völlig abwesend starrte sie immer noch auf die Verbindungstür zum vorderen Teil der Kabine und klammerte sich an diese Plastikmappe mit den Papieren – mit den Papieren von Mike.
Da hakte der Pfleger die breiten Gurte zusammen und zog sie über Monicas Hüfte fest. Dann ließ er sich in den Sessel neben der Tür fallen und schnallte sich an, ohne Monica aus den Augen zu lassen. Er legte die nackten, dunkelbehaarten Arme vor sich auf die weiße Fläche der Schreibtischplatte.
„Mike ist an Bord!" flüsterte Monica zu Bill.
Der starrte immer noch gegen die Decke.
Die Maschine war wohl auf die *Runway* eingeschwenkt, verharrte kurz mit aufheulenden Triebwerken, dann fegte sie los.
Bill sackte etwas zur Seite.
Die Beschleunigungskräfte der startenden Maschine drückten auch Monica gegen die Lehne der Couch.
„Hörst du nicht?" flüsterte sie wieder zu Bill. „Mike ist an Bord!"
Aber Bill reagierte nicht.

43 Wie ein Pfeil bohrte sich der weiße Jet in den azurblauen Himmel New Mexicos.

Durch die gegenüberliegenden Fenster sah Monica den Gebäudekomplex der Klinik, die Hangars, den rot-weißen Wasserturm vorüberhuschen.

Dann sah sie die Stadt in ihrer trostlosen Eintönigkeit inmitten der braunen Steppenlandschaft und die fernen Viertausender der White-Mountains. In einer engen Kurve zog der Jet nach oben.

Die Sonne blendete durch die Scheiben und wanderte über Bills Gesicht. Er schaute in das grelle Licht, ohne die Augen zu schließen. Monica beobachtete ihn. Er schien zu schlafen, mit offenen Augen, und atmete unruhig und flach.

Sie faßte nach seinem Arm. Er zuckte zusammen, aber wandte seinen starren Blick nicht von der Decke.

Auf Bills Handrücken bemerkte Monica ein Pflaster. Rund und offensichtlich neu, nicht größer als ein *Quarter*, ein Viertel-Dollar-Stück. Wo kommt das Pflaster her, dachte Monica. Ein winziger Blutstropfen war in der Mitte durchgesickert. Seltsam, dachte sie, wann hat er sich denn verletzt? Und wo? Und warum hatte sie das nicht früher bemerkt . . .?

Aber weiter dachte sie nicht: Die Leuchtzeichen *fasten seat belts* waren plötzlich erloschen, der Pfleger hatte daraufhin seinen Anschnallgurt geöffnet und war durch die Falltür in das vordere *Compartment* gegangen.

Monica löste ebenfalls ihren Gurt, lief hinterher, schob die Tür zur Seite und starrte in blaues Dämmerlicht.

Der Raum war inzwischen noch mehr abgedunkelt. Es dauerte lange Sekunden, bis sich Monicas Augen an die Dunkelheit gewöhnt hatten.

Sie erkannte den Pfleger und die beiden Schwestern, die sich ihr zuwandten. Dann erst sah sie die „Patienten".

Ausgestreckt auf den Liegesitzen, festgeschnallt, schlafend.

Eine der Schwestern war aufgesprungen und ihr entgegengekommen: „Bitte, bleiben Sie auf Ihrem Platz!"

Monica wich zur Seite, weg von der Tür, um nicht wieder hinausgeschoben zu werden.

„Ich bin zur Betreuung engagiert. Muß mich um die Patienten kümmern", sagte sie.

„Bleiben Sie, wo Sie sind!" antwortete die Schwester. „Wir kommen ohne Sie zurecht!"

Die Schwester oder Stewardeß, oder was immer diese Frau sein mochte, die vorn neben dem Cockpit gesessen hatte, war ebenfalls nach hinten gekommen und stand nun neben Monica in der offenen Tür.

„Man hat mir die Papiere anvertraut." Monica zeigte die Mappe. „Die Papiere der Patienten!"

„Wie schön", erwiderte die Schwester, „halten Sie sich daran fest! Aber gehen Sie nach hinten!"

Seltsam, dachte Monica, daß sich die andern beiden nicht um mich kümmern, der Pfleger und die zweite Schwester.

Die hatten ihr den Rücken zugekehrt, standen vor einem offenen, weißen Schrank, hatten Licht gemacht und kramten in einem der Fächer herum.

„Ich werde mir jetzt die Patienten ansehen – jeden einzeln!" Monica drängte sich an der Schwester vorbei. „Und Sie werden mich nicht daran hindern!"

Die Schwester trat tatsächlich einen Schritt zurück, und Monica ging nach vorn. Der Pfleger und die zweite Schwester reagierten immer noch nicht auf sie.

Das Licht aus dem Schrankfach fiel auf die Gesichter der schlafenden Patienten. Mike war der dritte.

Kein Zweifel war möglich: Mike! Es war Mike...

Er schlief. Das Haar hing ihm strähnig in die Stirn. Die glänzte, fettig oder von Schweiß. Er lag völlig entspannt in seinem Sitz. Atmete ruhig.

Da faßte Monica ihn an der Schulter. „Mike... Mike!"

Sie schüttelte ihn, erst zaghaft, dann stärker...

„Mike... hörst du mich?"

Sie kniete sich neben den Sitz, faßte in sein Gesicht...

„Mike...!"

Er öffnete die Augen. Kam von weit her. Aber dann erkannte er sie. „Hej... Monica... Miss-Muller-Meier-Schmitz..."

Es war allerdings mehr ein Versuch, ihren Namen auszuspre-

chen. Wer nicht wußte, was er sagen wollte, verstand ihn nicht.
Seine Zunge war schwer, seine Lippen trocken und spröde. Er hatte große Mühe, die Worte zu artikulieren.
„Mike . . ."
Er schloß bereits wieder die Augen. „Schön . . . du bist hier . . . wie schön . . ." Sie schüttelte ihn abermals.
Die Schwestern, der Pfleger, der Jet, der jetzt irgendwo über New Mexico oder Texas nach Nordosten flog, die anderen Patienten, alles war vergessen . . . „Mike . . .!"
Er lächelte. Seine Lippen bewegten sich.
„Mike! Was ist mit dir? Wach auf! Mike . . .!"
Wieder sah er sie an. Es fiel ihm nicht leicht, die schweren Lider offenzuhalten. Aber er schaffte es.
„Mike! Was fehlt dir? Mike . . .!"
„Nichts . . ." Er schüttelte andeutungsweise den Kopf.
„Mir fehlt . . . nichts . . . wirklich . . ." Er lachte, versuchte es zumindest. „Ich bin unheilbar gesund . . . hat sie gesagt . . . unheilbar gesund . . . und topfit . . . sagt sie . . . Sie heißt Rey . . . und ich bin müde . . . todmüde . . . immerzu müde . . . Laß mich schlafen . . . Monica . . . bitte!"
Er schloß wieder die Augen, aber sie ließ ihn nicht schlafen.
Was war geschehen? Was hatten sie vor? Rey! Rey Jackson? Die Ärztin?
„Mike! Hör mir zu! Mike . . .! Was haben sie mit dir gemacht? Mike!"
Wieder tauchte er auf, verscheuchte den Nebel, der ihn umgab: „Nichts! Nichts gemacht . . ."
Monica sah Mike nur noch wie durch einen Schleier. Sie wischte sich über das Gesicht, über die Augen. Aber die Schleier verschwanden nicht, wurden nur noch dichter. Sie spürte die Tränen, die warm unter den Lidern hervortraten und langsam über ihre eiskalten Wangen sickerten.
„Mike! Was haben sie gemacht? Was hat Rey gemacht mit dir?"
Er lächelte wieder und schloß die Augen. „Getestet . . . glaub ich . . . getestet . . . getestet . . . Alles okay . . . topfit . . . mein

Herz ist ... da beneiden mich viele ... sagt sie ... Tausende ..."
Er atmete tief. „Nur müde ... immerzu ... müde ..."
Er hob die Hand. Es fiel ihm unendlich schwer. Fuhr sich über das Gesicht. „Sie geben mir Spritzen ... dagegen ... aber es hilft nichts ... müde ... laß mich schlafen ... bitte ..."
„Hören Sie nicht?" Der Pfleger stand jetzt dicht hinter Monica. „Lassen Sie den Mann schlafen!"
Da waren der Jet und der Pfleger, die Schwestern mit ihren feindseligen Blicken und die vier schlafenden Patienten vor und hinter Mike in ihren Liegesitzen.
Ein Medizinschrank mit einem grell beleuchteten Fach. Sauerstoffmasken und Flaschen. Infusionsbestecke. Tragbahren, festgeschnallt an der Kabinenwand. Das sanfte blaue Licht, das indirekt aus einer Deckenleiste quoll. Die singenden Triebwerke. Und diese schneidende Stimme: „Hören Sie nicht?"
Der Pfleger beugte sich zu ihr herunter: „Er will schlafen, der Mann! Und Sie werden bald den gleichen Wunsch haben: tief und fest zu schlafen. Wenn wir New York erreichen ..."
Er nahm sie an der Schulter, zog sie hoch.
„Los! Kommen Sie mit nach hinten ...!"
Ein letzter Blick auf Mike. Geschlossene Augen, die Hand hing schwer auf den Boden. Dann wurde Monica sanft, aber nachdrücklich zur Tür geschoben, an zwei Schwestern vorbei, eine dritte machte Platz, trat zur Seite, draußen war Helle, die Sonne fiel auf Bill, fiel ihm immer noch ins Gesicht, aber jetzt hatte er die Augen geschlossen. Sein Gesicht war nach vorn gesackt, er schlief wie Mike, wie die anderen vier Patienten ...
Da wußte sie plötzlich, was das Pflaster zu bedeuten hatte, dieses frische Pflaster auf dem Handrücken von Bill, so groß und so rund wie ein *Quarter*, eine Viertel-Dollar-Münze, mit einem winzigen, durchgesickerten Blutstropfen in der Mitte ...
„Nein!"
Sie wand sich in der Umklammerung. Aber es war schon zu spät. Ein eiserner Griff hielt ihre Hand. Zwei Fäuste nagelten

sie gegen den Türstock zwischen Helligkeit und blauem Dämmerlicht.
Eine Falle, dachte sie. Das Ganze ist eine Falle! Rey, Rey Jackson. Und sie war in ihre Falle gegangen.
Sie hatte Mike wiedergesehen. War das die Chance?
Jetzt haben sie uns beide, dachte Monica. Nein: alle drei ... Bill, Mike und mich ...
Metall blinkte auf, Glas in der Hand einer Schwester. Monica spürte den Stich in ihrer wie in einem Schraubstock festgehaltenen Hand. Sie biß zu. Traf den Arm dieses Pflegers. Biß zu und ließ nicht los. Der Pfleger schrie auf. Die Umklammerung löste sich, sie schlug um sich, mit aller Kraft. Der Stich in der Hand schmerzte höllisch. Irgend etwas fiel zu Boden, zerscherbte am metallenen Fuß dieses Tisches. Flüssigkeit sikkerte in den honigfarbenen Velour.
„Laß sie", sagte die Schwester, „auch die halbe Dosis genügt!"
Ihre Beine waren plötzlich weg, sie kniete auf Samt oder Gummi. Schwebte durch die Kabine. Der Pfleger drückte sie in den Sessel.
Auf ihrer Hand klebte ein Pflasterstück, rund und nicht größer als ein Viertel-Dollar-Stück. Und ein Blutstropfen sickerte durch.
Jetzt haben sie uns alle drei, dachte sie. Alle drei.
Aber sie hatte Mike gesehen. Einmal noch. Ein letztes Mal.
Sie starrte gegen die Decke. Der bunte Nebel wurde langsam grau. Eine der Schwestern beugte sich über ihr Gesicht.
„Sie sind dumm ...", hörte sie eine Stimme. „Wirklich dumm!"
Es war aber nicht Rey, Rey Jackson. Es war eine fremde Stimme.
„Es ist oft besser ... tief zu schlafen ..."
Nein, sagte sich Monica, ich werde nicht schlafen, will nicht schlafen. Sie fühlte eine große Kraft in sich. Ich werde nicht schlafen. Sie hörte ihren eigenen Atem, flach und unregelmäßig. Die Triebwerke sangen.
Unten zog Texas vorbei, Oklahoma, Missouri ...
Sie sah die Wüsten, die Savannen, sah durch treibende Wol-

ken sich die Flüsse silbrig spiegeln, sah Illinois, Indiana, Ohio, herbstliche Felder, Rauchschwaden von brennendem Stroh, Pennsylvania, New Jersey, flache, ausgewalzte Städte im Spinnennetz von Straßen und *Highways* und Schienen . . .
Zweitausend Meilen, hin und zurück, hin und zurück . . .
Der Regen fiel, machte die Scheibe blind, die Straße versank unter ihnen. Ich werde nicht schlafen. Mike steuerte durch den Nebel, dann Bill. Der *Truck* dröhnte durch die Nacht.
Sie waren zusammen. Alle drei waren sie zusammen. Nichts konnte ihnen mehr geschehen. Nur – sie durfte nicht schlafen!

44 Die Skyline Manhattans verschwand in der tiefhängenden Wolkendecke.
Sprühregen senkte sich in die Straßenschluchten, vermischte sich mit dem Smog, den Exkrementen aus Hunderttausenden von „Verbrennungsmaschinen", der Abluft aus Klimaanlagen und Lüftungsschächten.
Der schmierige Asphalt glänzte im diffusen Licht dieses Novembertags. Fahrzeugkolonnen stauten sich. Die Termitentürme begannen, die ersten Legionen ihrer Arbeitsameisen auszuspeien. Millionen würden noch folgen, würden sich zerstreuen und ballen und wieder zerstreuen, auf Parkplätzen, vor den Tunnels, vor den Brücken, würden einsickern in den Untergrund, würden fortgebaggert durch die Tunnelröhren des *Subway*-Systems, hinaus aus der Stadt in das zersiedelte, verbaute Umland dieser Insel.
Die *Rush-hour* begann.
Der Luftraum über New York, eingeteilt in Sektoren und Quadranten, war überfüllt zu dieser Stunde. Im Abstand von jeweils dreißig Sekunden senkten sich die Maschinen im Landeanflug aus der Wolkendecke auf die Pisten von Newark, La Guardia und John F. Kennedy.
In zugewiesenen Warteschleifen drehte sich das Karussell einer Luftarmada zwischen Long Island und Jersey.
Um vier Uhr zwölf pm *Eastern Standard Time* meldete sich der

private Jet des Roswell-Airport-Hospitals beim *NY-Control* und bat um *Emergency*-Einweisung in der Dringlichkeitsstufe eins.

Sieben Patienten waren an Bord. Ambulanzen standen bereit.

Die Fluglotsen schleusten den Jet quer durch alle Warteräume auf den angesteuerten Flushing-Airport im Norden von Queens. Ein aufgelassenes Flugfeld der dreißiger Jahre, zuletzt von den Sportflugzeugen privater Aero-Clubs genutzt. Inzwischen für den allgemeinen Verkehr gesperrt.

Der Jet schwebte ein: über das Funkfeuer Teterboro-Airport auf Jersey, außen um die Nordspitze von Manhattan, über die Ruinenlandschaft der South-Bronx, über das schwarze Wasser von Eastriver und Flushing Bay.

Um vier Uhr und achtundzwanzig Minuten setzte die Maschine auf Flushing-Airport auf.

Die Landung war hart. Die Triebwerke heulten auf, um mit Schubumkehr den Jet auf der kurzen Landebahn rechtzeitig zu stoppen.

Monica sackte zur Seite, nach vorn, durchgeschüttelt von der Vibration der Landung.

Sie öffnete kurz die Augen.

Aber sie sah nichts – erkannte nichts. Es war nur Instinkt. Im Bruchteil dieser einen Sekunde begriff sie, was geschehen war.

New York. Angekommen in New York.

Sie waren gelandet.

Nicht wieder einschlafen!

Sie führte die Hand zum Mund und biß hinein, bis es schmerzte. Dann lehnte sie sich zurück, hielt die Augen geschlossen.

Nicht wieder einschlafen!

Ihr Kopf war eingeschnürt, sie spannte die Muskeln, bewegte langsam die Hände, die Füße. Alles war schwer wie Blei.

Nicht einschlafen!

Aus den Augenwinkeln beobachtete sie den Pfleger, der angeschnallt neben der Tür saß. Vor ihr auf dem Tisch lag die Mappe mit den Papieren.

Bill war in sich zusammengesunken, atmete schwer und rö-

chelnd. Nicht wieder einschlafen und sich nichts anmerken lassen!
Die Triebwerke heulten noch einmal kurz auf und wurden abgeschaltet. Der Jet stand.
Eine der Schwestern kam von hinten und eilte an ihr vorbei. Der Vorhang wehte zur Seite.
Irgendwo knackte es in der Hydraulik, kalte Luft wirbelte in die Kabine, das Geräusch der ersterbenden Düsen drang unmittelbar und schrill in den Raum. Ein motorisches Summen endete in einem harten, metallischen Poltern.
Die Leiter! Die Leiter ist unten, dachte Monica.
Sie griff nach der Mappe, richtete sich auf. Aber der Gurt hielt sie fest. Sie faßte nach der Schließe, der Gurt sprang endlich auf. Zu spät, dachte sie, aber der Pfleger war aufgestanden, um nach hinten zu gehen. Er beachtete sie nicht. Sie sah ihn im blauen Dämmerlicht verschwinden.
Jetzt!
Sie taumelte hoch und rüttelte an Bill. Der sackte nach vorn, fiel ihr entgegen. Es war aussichtslos. Sie stemmte sich gegen die Wand, kam schließlich hoch, prallte gegen die Schwester, die von der Kabinentür zurückkam, sich im Vorhang verfing, nach Monica faßte.
Sie stieß die Frau zurück mit aller Kraft, rannte zur Luke.
Aber da war keine Leiter.
Zwei Arbeiter schoben gerade eine Gangway heran, waren noch zehn Meter entfernt, noch acht.
Die Schwester war wieder aufgetaucht, klammerte sich von rückwärts an Monica, wollte sie hindern zu springen.
Noch fünf Meter.
Monica fiel in sich zusammen. Kraftlos. Mutlos. Das Spiel war verloren. Sie krallte sich immer noch an diese idiotische Mappe. Aber die gab keinen Halt.
Die Schwester ließ das Bündel Mensch einfach liegen, rannte nach vorn, wollte Hilfe holen . . .
Da war die Gangway an der Luke, und Monica ließ sich fallen. Sie rollte über die eisernen Stufen.
Eine Männerfaust fing sie auf.

Sie kam hoch, stieß den Helfer zurück, sprang auf den Beton, ohne ihre Füße zu spüren, knickte weg, strauchelte, stützte sich mit den Händen ab. Die Mappe jedoch ließ sie nicht los.

Und dann rannte sie.

Zwei Ambulanzen kamen ihr entgegen.

Vor einem Hangar standen drei Techniker neben einer Maschine und schauten erstaunt dem taumelnden Mädchen nach.

Sie rannte, rannte weiter.

Sie spürte jedes Gelenk, jeden Muskel. Jeder Tritt auf dem regennassen Beton drang ihr schmerzhaft von den Füßen bis ins Gehirn.

Das Feld zwischen Maschine und Hangar war kurz – für Monica waren es Meilen.

Eine Sirene heulte auf und kam näher.

Das riesige Tor stand einen Spalt breit offen. Sie drängte sich hinein, durchquerte die leere Halle, die kein Versteck bot, keinen Schlupfwinkel. Der Boden war schwarz von Öl und Schmierfetten.

Bremsklötze lagen im Weg. Ersatzteile in aufgebrochenen Kisten. Sie erreichte das Tor auf der anderen Seite, als sie Rufe hörte und das kreischende Bremsen der beiden Ambulanzen.

Sie jagen mich, dachte sie. Die Schwestern, der Pfleger. Die Sanitäter. Die Männer von der Gangway vielleicht.

Aber sie sah sich nicht um. Sie lief an dem Tor entlang, das die ganze Wand in ganzer Länge und Höhe beherrschte. Es war verriegelt.

Es war auch nicht mehr nötig, sie zu jagen.

Eine neue Falle, dachte sie.

Eine Pendeltür stand offen. Eine winzige, völlig verdreckte Toilette, hochgemauert in einer Ecke der Halle. Das schmale Schiebefenster über der Klosettschüssel war übertüncht und blind.

Monica stieg hinauf. Das Fenster klemmte. Aber Zentimeter um Zentimeter schob sie es hoch.

Wind wehte herein, kalt und feucht.

Sie schwang sich hoch, wußte nicht, wo sie landen würde, aber sie kroch durch den schmalen Spalt ins Freie.
Das Dach eines Autowracks. Öltonnen. Leere Fettbüchsen. Farbkübel. Ein rostender Kompressor. Sie kletterte über Schrott, verfing sich in Drahtresten, fand eine Lücke in dem hohen Maschenzaun, der den alten Flugplatz umgab, rannte weiter, eine schmale Straße entlang, über einen Abstellplatz für Müllwagen der Stadt New York, erreichte den *Whitestone-Expressway*, der vollgepfropft war mit Fahrzeugkolonnen, die aus der Stadt fluteten.
Sie lief auf die Fahrbahn, zwischen hupenden Wagen hindurch. Schlüpfte von Fahrspur zu Fahrspur. Bremsen kreischten. Fenster wurden heruntergedreht. Irgendwer rief ihr etwas zu, brüllte ihr hinterher.
Sie kletterte eine Böschung hinauf, atemlos, festgekrallt in nasses, herbstliches Gras und in Erde. Überquerte die Kreuzung, lief über Randstreifen und Brücken, stieg über Leitplanken, rutschte zwischen Papier und Plastik eine schräge Betonwand hinunter.
Die *Expressways* und *Parkways* und *Highways* überkreuzten und teilten und schnitten sich und bildeten in dieser nachmittäglichen *Rush-hour* einen unüberwindbaren Wall, der sich zwischen sie und ihre Verfolger schob.
Der Vergnügungspark war eingezäunt. Mannshoher Maschendraht ragte aus Unkraut und Buschwerk und nahm kein Ende.
Aber irgendwo stand ein Tor weit offen.
Die Kasse war nicht besetzt. Die Gaukler machten Winterschlaf, die Buden und Karussells. Kinder spielten vor einem Wohnwagen im Schlamm. Aus dem Fenster dröhnten Musikfetzen und Werbesprüche.
Am Eingang zum Riesenrad war ein kläffender Hund angebunden, der an seiner Leine zerrte und Monica wütend entgegensprang.
Eine dicke Frau goß dampfendes Spülwasser vor die Stufen ihres Wagens und sah Monica nach . . .
Ein Mann schleppte Werkzeug und Holz. Er blieb stehen, trat

zur Seite und machte den Weg für dieses atemlose, hektisch dahinrennende Mädchen frei.
Immer noch preßte sie die Mappe gegen den schweißnassen Körper. Ihre Haare waren vom Sprühregen feucht und hingen ihr in Strähnen ins Gesicht. Sie atmete hastig mit offenem Mund. Ein weißes, blasses Gesicht. Nervöse, unstete Augen. Sie schaute zurück, ohne stehenzubleiben.
Eine Diebin auf der Flucht?
Aber in dieser Stadt stellt man Dieben nicht nach, nicht mehr, selbst dann nicht, wenn man betroffen ist.
Man nimmt sie zur Kenntnis und wendet sich ab.

Die Achterbahn war zusammengestürzt. Mit oder ohne Passagiere, das war nicht mehr zu ergründen. Faulige Bohlen ragten in den Himmel, rochen nach Teer, und ein Gewirr schmaler, rostiger Schienen knäuelte sich auf der Erde.
Monica nahm das alles nicht wahr. Sie lief, überquerte eine Straße mit Imbißbuden zu beiden Seiten. Alles war geschlossen und vernagelt – da donnerte über ihr ein Zug der *Subway* in die nächste Station, die sich auf gußeisernen Säulen über der Kreuzung erhob. Ein schrilles, schleifendes, kreischendes Geräusch. Der Zug bremste ab. Monica rannte auf die Säulen zu, passierte ein Gitter, kroch unter den Drehkreuzen durch, ohne den *Tolken*, die Münze, einzuwerfen.
Eine Treppe führte nach oben.
Sie drängte sich durch die entgegenkommende Menge, kämpfte sich durch bis zum Bahnsteig. Die Türen schlossen sich gerade.
Sie quetschte sich noch hinein in das vollbesetzte Abteil. Bunte Sprühmalereien, Graffiti überall, an der Decke, an den Wänden, innen, außen, Chiffren, Kürzel, Monogramme, Zeichen einer Subkultur – oder was sich gerade dafür hielt.
Da ruckte der Zug endlich an und schob sich kreischend aus der Station.

45 Die Abteile waren überfüllt.
Monica lehnte sich an eine Zwischenwand und schloß die Augen. Sie rang immer noch nach Luft.
Auf ausgeschlagenen Schienen rumpelte der Zug hoch über den verstopften Straßen von Queens dahin, schlingerte, stampfte. In den Wohnungen, die auf gleicher Höhe mit der Hochbahn lagen, brannte bereits Licht.
Im Abstand von neunzig Sekunden dröhnten hier die Züge auf ihren gußeisernen Stelzen vorüber. Tag und Nacht.
Der Zug hielt mit einem Ruck. Monica schlug die Augen auf.
Die Türen öffneten sich, immer mehr Menschen drängten in die Abteile.
Über dem Fenster war der Streckenplan des *Subway*-Systems angeschlagen: IRT Nummer 7 bis Grand-Central-Station in Manhattan. Sie hatte Zeit, schloß die Augen wieder.
Ihre Beine gaben nach, langsam rutschte sie an ihrer Zwischenwand nach unten. Hockte auf dem Boden zwischen Erdnußschalen und Papier und Dreck. Ringsherum Beine. Neugierige Blicke von oben, verständnislos, unbeteiligt, feindselig, je nachdem ...
Nicht einschlafen ...!
Sie spürte die Menschen kommen und gehen, den kalten Luftzug, wenn sich die Türen öffneten.
Ein dumpfes Dröhnen erfüllte schlagartig das Abteil. Der Luftdruck staute sich, drückte auf die Ohren. Das Kreischen der Räder prallte vielfältig von allen Seiten zurück.
Sie öffnete kurz die Augen – Dunkelheit vor den Fenstern, vorbeihuschende Lichter. Der Zug war in den Untergrund eingetaucht.
Nicht einschlafen, sagte sie sich, während ihr wieder die Augen zufielen.
Da sprach sie jemand an, ganz dicht und mit scharfem Akzent: „Du hast geklaut? Ja?“
Ein junger Puertoricaner hatte sich zu ihr heruntergebeugt; jetzt setzte er sich auf seine Hacken und grinste sie an.
Er deutete mit dem Kinn auf die Mappe, die sie an sich preßte.

Monica verstand ihn nicht. Es dauerte eine ganze Weile, bis sie kapierte, was er meinte. Dann schüttelte sie den Kopf.
„Wo fährst du hin?“ wollte der Puertoricaner wissen.
„Ich find' schon meinen Weg . . .!“
Sie wandte sich ab und schloß die Augen.
Er hatte es sicher nett gemeint und freundlich. So von Dieb zu Dieb, vielleicht. Aber er konnte ihr nicht helfen. Wie denn auch? Oder doch?
Sie wandte sich ihm wieder zu, aber er war verschwunden. Halt, nein: Er stand jetzt mit einigen Freunden neben der Tür und schaute zu ihr herüber. Alle schauten zu ihr herüber und grinsten sie an, aber nicht nett und freundlich, eher unverschämt. Und sie redeten über sie.
Das Abteil hatte sich geleert. Ganz plötzlich. Sie hatte es nicht gemerkt. Ich bin fast allein, dachte sie, und: Wo bin ich? Draußen die schwarze Tunnelwand. Die Gruppe der jungen Burschen, die laut auflachten.
Sie bekam Angst.
Angst wovor? Was konnte jetzt noch passieren?
Von den jungen Puertoricanern hatte sie nichts zu befürchten.
Aber dieses ganze New York machte ihr Angst.
Wo war sie?
Hatte sie Grand-Central-Station verschlafen?
Sie stand auf, sah sich um.
Da bremste der Zug, und sie taumelte gegen eine Frau, die ebenfalls aufgestanden war.
Beide schwiegen sie, nahmen sich nicht weiter zur Kenntnis.
Eine erleuchtete Halle: *Vernon/Jackson Ave.*
Jackson Avenue . . . Jackson . . .
Noch eine Station.
Laut Streckenplan.
Draußen drängten sich die Menschenmassen in den Gegenzug. Hinaus aus dieser Stadt.
Ihr Abteil leerte sich weiter. Wer fuhr um diese Zeit schon in Richtung Manhattan?
Ein *Cop* stieg ein, ein New-Yorker Polizist, lehnte sich gelangweilt neben die Tür und schaute sie plötzlich prüfend an.

Sie ließ die Mappe sinken, klemmte sie unter den Arm und fuhr sich durch das Haar. Logisch, daß er mich so anschaut, dachte sie. So, wie ich aussehe . . .

Draußen raste wieder die schwarze Tunnelwand vorbei.

Monica spiegelte sich in der Scheibe und war entsetzt.

Trotzdem: der Polizist gab ihr Sicherheit, ein älterer, väterlicher Typ mit freundlichen Augen. Sie versuchte zu lächeln. Aber er erwiderte das Lächeln nicht, wandte sich ab, schaute hinaus in die Schwärze des Tunnels, wo in regelmäßigen Abständen Lichter vorüberhuschten.

Die jungen Puertoricaner waren verschwunden. Sie hatte es nicht bemerkt. Vielleicht waren sie ausgestiegen. Vielleicht geflüchtet. Ein alter Neger mit weißen Haaren lehnte jetzt ihr gegenüber und las Zeitung.

Den Anzeigenteil riß er heraus, faltete ihn sorgfältig zusammen, steckte ihn ein. Den Rest der Zeitung ließ er fallen.

Er gähnte. Die Golzähne glänzten im Schein der matten Abteillampen.

Eine dürre Frau wühlte in ihrer Tasche, suchte etwas, konnte es nicht finden und blickte verzweifelt hoch.

Sie hatten den Eastriver unterquert, das UN-Hauptquartier, die erste, zweite, dritte Avenue.

Sich hinsetzen, dachte Monica. Sich endlich irgendwo hinsetzen und ausruhen.

Aber es lohnte sich nicht mehr.

Der Zug verlangsamte seine Fahrt und fuhr bergauf.

Woher weiß ich das, dachte Monica, man sieht doch nichts. Wieso spüre ich, daß es bergauf geht? Wieso beobachte ich alles so genau? Den Neger, den *Cop*, die dürre Frau? Aus Angst?

Ein Kind kroch auf dem Boden herum, im Schmutz, im Müll. Die Mutter unterhielt sich mit einem schlafenden Mann, redete auf ihn ein, hielt das Kind nur mit einer Hand an seinem Kittel und beachtete es nicht weiter.

Der Zug bremste.

Monica trat neben den Polizisten an die Tür.

Der bemerkte sie nicht. Starrte immer noch auf diese schwarze Tunnelwand mit den auf und ab wandernden Kabelsträngen

und den vorbeihuschenden Lichtern. Da begegneten sich ihre Blicke – im spiegelnden Glas, vor dem schwarzen Hintergrund.
Ihn ansprechen ... hingehen und alles erzählen ...?
Sie hatte die Adresse im Kopf: St. Thomas Hospital, fünfte Avenue, Ecke 106. Straße. Sie hatte die Papiere dieser „Patienten". Die Papiere von Mike.
Was immer mit den anderen Patienten war: zwei Männer waren gesund, Mike und Bill. Sie waren der Beweis, daß ihre Geschichte stimmte ...
Welche Geschichte?

Der Zug fuhr ein: *Grand-Central-Station/Park Avenue/42nd Street.* Die Helligkeit der Halle wischte die Spiegelbilder vom Glas. Der Blickkontakt riß ab.
Welche Geschichte?
Wenn heute Montag war, dann lief diese ganze Geschichte schon eine Woche und einen Tag ... Eine Ewigkeit ...
Einem Polizisten auf dem Bahnsteig der Grand-Central-Station abends um fünf, während der *Rush-hour*, eine Geschichte zu erzählen, die schon eine Ewigkeit lief? Einem *Cop*, der zufällig Dienst tat oder Feierabend hatte, nach Hause wollte, eine unglaubliche Geschichte erzählen?
Bitte, kommen Sie mit zu dieser Adresse, da trifft ein Transport ein mit „Fleisch für Doktor Jackson ..." Bitte, retten Sie diese Menschen ...
Ein einzelner *Cop* in New York zusammen mit ihr gegen eine Mafia?
Endlich hielt der Zug. Die Türen sprangen mit kurzem Zischen auf. Der *Cop* ging hinaus und verschwand in der Menschenmenge. Er hatte sich nicht nach ihr umgesehen.

Sie stand in der brodelnden Halle, war sekundenlang ohne Ziel. Telefonieren? Sie hatte kein Geld.
Ihr war plötzlich übel vor Hunger, vor Durst.
Menschenschlangen standen vor den Imbißschaltern, lehnten an der Wand, bissen in schmierige Hamburger, aus denen die

Soße tropfte, kauten Pommes frites, tranken Coke und Sprite aus der Dose. Waren völlig vertieft in diese primitive Art der Nahrungsaufnahme, die sie wieder fit machte für die nächste Stunde ihres Heimwegs.
Diese kauende Herde, dieser beißende Geruch nach heißem Fett und Curry trieb Monica ein Stockwerk höher zu den Linien 4 und 5 des IRT-*Subway*-Systems – nach Norden.
Sie würde schon irgendwie durchkommen, auch ohne Currywurst und Hamburger und Coke . . .
Sie hatte wieder ein Ziel.

Der Zug nach Norden war brechend voll.
Hauptsächlich Farbige, die unten in Brooklyn arbeiteten, an den Kais, in den Schuppen, und die jetzt nach Hause fuhren nach Harlem, nach dem Harlem der Schwarzen, nach dem *Spanish-Harlem* der Puertoricaner.
Monica stand eingepreßt zwischen schwitzenden Leibern.
Acht Stunden Schwerstarbeit hatte die Gesichter stumpf gemacht. Keiner beachtete den anderen.
Menschenmassen.
Da fangen sie Leute weg von der Straße, schlachten sie aus, machen damit Geschäfte . . . Und sie beide hatte es getroffen, unter dieser unendlichen Masse Mensch.

Monica rang nach Luft. Die war dumpf und säuerlich. Und selbst bei den Stops an den Stationen drang nur der Geruch nach Desinfektionsmitteln, Öl und Urin in das Abteil. Am sechsten Halt, 96. Straße, drängte sie sich hinaus.
Die Dämmerung war über die Stadt gefallen wie ein graues Laken. Die Lichter brannten, säumten diese geraden Straßen bis zum Horizont. Das Brausen des Verkehrs brach sich an den turmhohen Fassaden und vervielfachte sich.

Monica tauchte auf aus der Unterwelt. Lexington Avenue.
Menschen strömten an ihr vorüber, füllten die erleuchteten Läden und Kaufhallen, stauten sich an den Ampeln.
Sie hatte die Orientierung verloren.

Central Park und fünfte Avenue, das war drei Blocks nach Westen. Wo war Westen?
Sie schwamm mit dem Strom der Fußgänger, erreichte die 97. Straße und lief plötzlich allein an den baldachinüberspannten Eingängen vornehmer Apartmenthäuser vorbei. Hinter den Glastüren lauerten Wachmänner in schwarzen Uniformen. Fernsehaugen glotzten aus Nischen auf einsame Passanten.
Und Monica lief, rannte förmlich an diesem Luxus vorbei, an diesen teuren Wagen mit dem spiegelnden Lack, die den sorgfältig gekehrten Randstein säumten.
Vorn am Centralpark hielt eine Doppelstreife zu Pferd: zwei Frauen in dunkelblauen Uniformen mit Schlagstock und Colt. Neun Blocks weiter rechts lag die Klinik.

46 *St. Thomas Hospital.*
Bronzetafeln hingen rechts und links der Einfahrt. Das Gebäude war zurückgesetzt, das Portal überdacht.
In einer sanften Schleife führte die Einfahrt hinauf und wieder herunter. Dazwischen stand ein riesiger Oleander – winterfest verpackt.
Zwei Wachmänner lehnten an der Mauer und rauchten und schwiegen sich an. Zwanzig oder fünfundzwanzig Stockwerke waren in irgend so einem südländischen Stil aufeinandergetürmt. Und alle Fenster waren erleuchtet.
Das konnte eine Bibliothek sein, ein Institut, ein teures *Apartment*-Hotel. Jetzt war es eben eine Klinik.
Gegenüber, auf der anderen Seite der Fifth-Avenue, dehnte sich der Central Park mit seinen Hügeln und Wiesen und Waldinseln und dem riesigen Wasserreservoir, in dem sich nachts die Lichter der Wohntürme drüben auf der achten Avenue spiegelten.

Monica stand auf der anderen Straßenseite, im Schatten der kahlen Bäume, dicht an der Mauer zum Park, und schaute hinüber. Die Wachmänner schwiegen, beobachteten gelangweilt den vorbeirollenden Verkehr, der nur noch aus gelben Taxis zu bestehen schien: moderne und alte Wagen, gepflegte und abgewirtschaftete Ruinen. Eines dieser Taxis scherte aus der Reihe, verließ die Straße, fuhr die Anfahrt zur Klinik hoch, hielt vor dem Portal. Eine ältere Dame, die hinter der Drehtür gewartet hatte, kam heraus, bestieg das Taxi, das sich wieder in Bewegung setzte und sich einfädelte in den nicht endenwollenden Strom der gelben Wagen.

Die Wachmänner sahen dem Taxi nach. Einer warf seine glimmende Zigarette auf den Asphalt, wandte sich ab, ging ein paar Schritte. Nichts geschah sonst.

Die kahlen Kronen der Bäume ragten in den bleigrauen Himmel, der von Minute zu Minute dunkler wurde. Monica lehnte sich an den feuchten Stamm mit der rauhen Rinde und wartete.

Sie hatte Zeit.

Kein Wagen, auch keine Ambulanz mit Sirene und Rotlicht war schneller als die *Subway*. Ihr Vorsprung war groß.

Aber was wollte sie hier? Gewißheit?

Bevor sie Hilfe holen konnte, mußte sie wissen, wo Mike und Bill zu finden waren. Hilfe holen?

Was für Hilfe? Bei wem?

Sie ging die Mauer entlang. Das Gittertor zum Park stand offen. Ein Fußweg führte hinauf zu einem Felsplateau, das Mauer und Büsche überragte. Man konnte von hier die Straße und vor allem das Portal der Klinik überblicken.

Eine Parklaterne auf einem gußeisernen Pfahl warf spärliches Licht durch ihre zerbrochenen Scheiben.

Zwischen den Pflastersteinen wuchs dürres Gras. Von den Bänken rings um den Platz waren nur noch die Betonsockel erhalten.

Monica setzte sich auf den Boden, der feucht war und kalt, und lehnte sich gegen den eisernen Mast der Laterne.

Sie beobachtete Klinik und Straße. Aber nichts geschah.

Der gelbe Strom der Taxis schob sich immer noch vorbei. Die

Wachmänner an der dunklen Mauer waren kaum mehr zu erkennen. Ein einzelner Herr betrat das Gebäude.
Die Drehtür spiegelte die Lichter des Foyers, blieb wieder stehen.
Hunger und Kälte und Durst ...
Zwei Männer tauchten plötzlich zwischen den Büschen auf, atmeten hektisch, rannten wie Roboter in verschwitzten Trainingsanzügen an ihr vorbei. Fünf weitere *Jogger* folgten: die letzte, abendliche Nachhut von New Yorks Langstreckenläufern – geschätzte Zahl fünfzigtausend – kreuzte über Fuß- und Reitwege und verschwand in der Dämmerung.
Kein Mensch war sonst zu sehen.
Monica öffnete die Mappe – zum ersten Mal.
Sie durchsuchte die Fächer, die Kuverts. Bilder fremder Menschen, EEG- und EKG-Protokolle ...
Dann stieß sie auf die Papiere von Mike: den Fragebogen der Anamnese, die Kurvenblätter, seinen Führerschein, die Fotos der Hochzeit.
Die Bilder betrachtete sie besonders lange. Die Bilder ...
Dann lehnte sie sich erneut gegen das kalte Eisen des Laternenmastes und schloß die Augen.

Das Meer brandete gegen die Klippen, eine schwarze Dünung mit weißen Kronen. Das Raunen und Brausen erfüllte die Luft, wehte kalt in ihr Gesicht, trieb sie rückwärts über die Prärie. Sie schwebte, fiel. Fiel in die Dunkelheit. Die Sirenen kamen näher, entfernten sich wieder. Und unaufhaltsam stieg das Wasser.
Der schwarze Asphalt wurde überspült, die gelben Taxis versanken, Menschenmassen wurden verschlungen, weggerissen von diesen nachtschwarzen, brausenden Fluten, die durch die Straßenschluchten fegten.
Alle Lichter waren erloschen, und sie stand allein auf diesem Felsenplateau, das die Flut überragte, abgeschnitten vom Leben, von dieser Stadt, von Mike, von Bill.
Sie war allein mit diesem Wasser, das immer noch weiter stieg,

das ihre Füße erreichte, sie mit Gischt überschüttete. Ein roter, blutiger Gischt.
Sie zerrte an den Schläuchen, die in ihrem Leib verschwanden. Durchsichtige Schläuche, die sich überkreuzten und teilten, die sie aussogen, pulsendes, rotes Blut. Sie zerrte und riß. Und der Gischt wehte ihr ins Gesicht, eisig kalt, lief über die geschlossenen Augen. Die Haare klebten, die Kleider. Der Regen fiel, und vor ihr stand ein Mann.
An der Krempe seines Hutes glitzerten die Tropfen. Sein heller *Trench* war schwarz vor Nässe. Er hatte sie etwas gefragt, aber sie hatte ihn nicht verstanden. Jetzt kam er näher. Er schob mit dem Zeigefinger der rechten Hand den Hut etwas aus dem Gesicht. Die Tropfen fielen herunter, er schüttelte die nasse Hand.
„Keine gute Idee für ein junges Mädchen, im Central Park zu übernachten. Bei diesem Regen . . .!"
Die Bilder waren naß geworden, Mikes Papiere, die Mappe . . . Sie schob die durchnäßten Bilder und Papiere mit zitternden, klammen Fingern in das Kuvert, versuchte die Mappe zu schließen.
„Ich schlafe nicht . . .! Bestimmt nicht!"
„Was tun Sie dann?"
Der Mann mit dem Hut war einen Schritt näher getreten.
Er war schon älter, hatte eine seltsame, eingeschlagene Boxernase und einen schiefen Mund. Sein Gesicht glänzte vor Nässe. Nur die Augen blieben im Dunkel der Hutkrempe verborgen.
„Was tun Sie dann? Sie hocken hier seit zwei Stunden im Regen. Beobachten das Haus gegenüber. So ist es doch, oder?"
Monica klammerte sich wieder an die Mappe. Das Schloß war nicht zu schließen. Jetzt versuchte sie aufzustehen. Aber die Beine in den klammen, nassen Jeans funktionierten nicht mehr.
Der Mann mit dem Hut und dem regennassen Mantel hätte ihr helfen können. Aber er ließ die Hände in den Taschen.
„Es ist Nacht. Keiner garantiert für Ihre Sicherheit in diesem Park. Also – was ist los?"

Monica wurde übel. Speiübel. Sie fing an zu zittern.
„Bitte, lassen Sie mich gehen . . .!“ Sie konnte kaum noch sprechen, so übel war ihr und so kalt.
„Ich hab' einen andern Vorschlag: Sie begleiten mich!“
Wieder war der Mann einen Schritt näher gekommen. Das gab ihr die Kraft aufzuspringen. „Nein!“
Aber er fing sie auf, als sie taumelte, packte sie am Arm und ließ sie nicht mehr los.
Dann nahm er die andere Hand aus der Tasche. Eine Metallmarke blinkte auf. „Polizei. Bitte, bleiben Sie ruhig, bleiben Sie stehen . . .“
Sie schüttelte den Kopf, die nassen Haare, versuchte sich freizukämpfen . . . „Das ist nicht wahr!“
„Was ist nicht wahr?“
„Polizei. Sie sind nicht von der Polizei. Lassen Sie mich los. Bitte! !“
Sie schrie. Aber er ließ sie nicht los.
„Sie sind mißtrauisch. Das ist gut in dieser Stadt.“
Sie gab ihren Widerstand auf, hatte einfach keine Kraft mehr.
„Wenn Sie stehenbleiben und nicht wegrennen, zeige ich Ihnen meinen Ausweis. Okay? Oder glauben Sie's so?“
Sie nickte.
Plötzlich konnte sie seine Augen erkennen. Gutmütige Augen mit buschigen Brauen.
„Wovor haben Sie Angst?“
Wovor? Vor ihm. Vor Jackson. Vor den Leuten in dieser Klinik. Vor dieser Mafia, die sie jagen würde bis zum Schluß, weil sie zuviel wußte.
„Was ist los mit dem Haus gegenüber?“
Mein Gott, der fragt und fragt . . . Eine Geschichte so lang wie diese Nacht. Und sie hatte geschlafen. Den Transport dieser Patienten verpaßt, Mike, Bill . . .
„Vielleicht haben wir gemeinsame Interessen?“
Er ließ sie los. Sie schwankte, griff an den Laternenpfahl, hielt sich dort fest, klammerte sich an, lehnte das Gesicht an das rostige Eisen und begann zu schluchzen, hemmungslos, kraftlos. Das kam ganz plötzlich. Sie wußte nicht, warum und warum

gerade jetzt. Vielleicht war jetzt alles zu Ende. Die Flucht. Die Suche nach Mike. Nach Bill.
„Ich kann nicht mehr ... ich kann nicht mehr ... bitte ...!"
Da griff der Mann mit dem Hut in die Tasche seines nassen Mantels und brachte ein winziges Sprechgerät zum Vorschein.

Er zog die Antenne aus, drückte auf den Knopf.
„12-24, 12-24. Schicken Sie mir einen Streifenwagen. Fünfte Ecke 106 Central Park. Over."
Nach kurzer Zeit meldete sich eine Stimme aus dem *Walkie-Talkie*: „An 12-24: Streifenwagen unterwegs. Over."
Wieder sprach der Mann in das Gerät: „12-24. Okay. Aber möglichst mit weiblicher Besatzung. Over."
Er schaltete ab, ohne auf Antwort zu warten, schob die Antenne in das Gerät und steckte es ein.
„Okay", sagte er, „wir bringen das alles in Ordnung!"
„Nein", Monica schüttelte den Kopf, „das schaffen Sie nicht!"
Er schob den nassen Hut wieder mit dem Finger nach oben.
„Wir werden's versuchen. Kommen Sie!"
Langsam löste Monica sich von ihrem Laternenpfahl. Der Mann mit dem Hut nahm sie vorsichtig am Arm, führte sie den schmalen Pfad hinunter zum Tor, hinunter zur Straße.
Sie mußten nicht lange warten.
Der Strom der Taxis war verebbt. Die Fifth-Avenue lag ausgestorben und leer, als sich mit rotem Blinklicht ein Streifenwagen näherte.
Die Beamtin stieg aus, holte eine Decke aus dem Kofferraum und wickelte Monica hinein. Dann schob sie sie in den Wagen. Der Mann setzte sich daneben, ohne seinen nassen Hut abzunehmen.

47 Die Fahrt ging nach Süden, Richtung Downtown, durch abendlich verwaiste Straßen.
Am Madison Square erreichtem sie den Broadway.
Einige Betrunkene liefen oder lagen herum. Eine Gruppe Far-

biger stand am Union Square, an der Ecke zur 14. Straße. Sonst war kaum eine Menschenseele zu sehen, keine Fußgänger, keine Passanten – nichts außer ein paar einsamen Taxis und Streifenwagen. Auf einer Strecke von fast fünf Kilometern.

Die Bürotürme des *Financial-District* ragten wie schwarze Schatten in die gelblich angestrahlten Wolken. Die Lichter hinter den hunderttausend Fenstern waren gelöscht. Ein Punkt im Energie-Sparprogramm.

Monica saß zwischen der Beamtin und dem Mann mit dem Hut und schwieg. Sie hatte die Decke über Gesicht und Kopf gezogen und war unmerklich gegen den nassen Trenchcoat des Polizisten gesunken. Aus dem Funkgerät knarrten Stimmen, Durchsagen, Hinweise, Hilferufe.

Die leeren Straßen, die dunklen Fronten der Bürosilos täuschten. Auch nach der Abwanderung von sechs Millionen Pendlern lebte diese Stadt zwischen Bronx und Battery ihr eigenes, hartes Leben.

Vor den *Tombes*, den Katakomben, parkten die Fahrzeuge mit den vergitterten Fenstern in langer Reihe. Streifenwagen fuhren vor, brachten Verdächtige, Aufgegriffene und ertappte Täter vor den Haftrichter, zu den Verhören, in Untersuchungshaft.

Hier brannten die Lichter hinter den Fenstern bis hinauf zum zwanzigsten Stock. Das Geschäft lief rund um die Uhr. Es war ein Routinegeschäft.

Der Mann mit dem Hut schmuggelte Monica an der langen Reihe der Wartenden vorbei: Kriminelle, Streuner, Prostituierte, die Ausbeute der ersten Abendstunden.

Die farbige Haftrichterin stellte nur wenige Fragen. Dann gab sie zu Protokoll: „Shepard, Monica, deutsche Staatsangehörige ohne Papiere und ohne Barmittel, verheiratet mit dem US-Staatsbürger Shepard, Mike R., laut ihrer Aussage vermißt seit acht Tagen. Aufgegriffen im Central Park um 8 Uhr 42 pm. Labiler psychischer Zustand. Eingewiesen für vierundzwanzig Stunden zur Nachprüfung der Personalien, des Wohnsitzes

und der körperlichen Verfassung. Der Staat New York ..." und so weiter ... Zeugen ... Unterschriften.
Monica wurde ein Papier vorgelegt. Sie wickelte die rechte Hand aus der Decke und unterschrieb.
Auch der Mann mit dem Hut unterschrieb. Den Hut hatte er allerdings abgelegt, auch den nassen Mantel. Beides hing über der Barriere, die die „Vorgeführten" vom hohen Gericht trennte.
Dann ging es durch lange Gänge. Die Wände waren mit gelber oder grauer Ölfarbe gestrichen, die Steinböden glänzend poliert. Jede Ecke war ausgeleuchtet mit grellem Licht. An jeder Ecke stand ein Aufsichtsbeamter, der die Gittertore vor Monica aufsperrte und hinter ihr wieder verschloß.
In einem langen, schmalen Raum mit langen, schmalen Plastiktischen gab es ein Fertigmenü aus dem Mikrowellenherd. Hacksteak mit Erbsen und Pommes frites. Dazu heißen Kaffee. Der Beamte aß nichts, er machte sich Notizen in ein Formular. Vielleicht war es die Überstundenliste der letzten Woche. Irgendwann ging er telefonieren, sagte seiner Familie Bescheid, daß es später werden würde.
Eine Polizistin holte Monica ab, brachte sie zur Dusche, dann zum Arzt. Der suchte Einstichstellen am Arm, an den Beinen, an den Venen der Füße. Der Drogensachverständige hakte die Checkliste ab. Das Pflaster auf dem Rücken der linken Hand wurde untersucht, eine Blutprobe entnommen.
Dann kam Monica in die Kleiderkammer. Hellblaue Bluse, dunkelblauer Rock, Holzpantinen. Anstaltskleidung im Tausch gegen die nassen Fetzen, die sie getragen hatte.

„So", sagte der Mann – sein Hut trocknete am Haken, zusammen mit dem Mantel –, „jetzt beginnt der offizielle Teil der Einladung. Hier!" Er schob Monica einen Stuhl vor den Tisch, nickte der Polizistin zu, die sich daraufhin hinter das Mädchen setzte. Dann ließ er sich in seinen Sessel fallen. Der Sessel knackte metallisch und kippte in eine bequeme Liegeposition.
Alles war aus Metall in diesem Raum. Abgegriffenes, grau-

lackiertes Metall. Der Schreibtisch, der Kippsessel, die Stühle. Überzogen mit blankgewetztem grauem Plastikstoff.
Der Beamte fuhr sich über das spärliche graue Haar, dann putzte er seine schmale Lesebrille. Keiner sprach. Monica sah sich um.
Der Raum war leer. Kein Schrank, kein Bild, nicht einmal ein Kalenderblatt an der Wand. Nur diese lehmgelbe, glänzende Farbe.
Auch der Schreibtisch war leer – bis auf ein Telefon, Notizblock und Kassettenrekorder mit Mikrofon.
Der Beamte schaltete es ein.
„Na, was meinen Sie, wo fangen wir an?"
Anfangen? Monica schaute auf die Polizistin, aber die reinigte gerade intensiv ihre Nägel.
Anfangen? Wo? Zu Hause? In Princeton? Bei der Hochzeit? Der Reise?
Sie war todmüde. Zu müde, um einen Anfang zu finden und eine Geschichte logisch zu erzählen. Sie wollte nur einmal schlafen. Eine Nacht in einem normalen Bett. Und dann nachdenken. Und dann reden.
Aber Mike und Bill waren gefangen. Sie waren in Gefahr, man mußte sie herausholen. Sie durfte jetzt nicht schlappmachen.
Und deshalb fing sie eben irgendwo an: „Fleisch für Doktor Jackson."
Der Beamte hatte aufgehört, seine Brille zu putzen, die Polizistin blickte von ihren Nägeln auf.
Beide sahen sich an, skeptisch, hörten zu. Er machte sich kurze Notizen, stellte Fragen, versuchte, in dieses wirre Durcheinander von Ängsten und Begebenheiten einen Sinn zu bringen.
Es wurde eine lange Nacht.
Die Polizistin brachte Kaffee, nicht nur einmal, nahm plötzlich das Mädchen in den Arm, das nicht mehr weiter wußte, nicht mehr weiter konnte, nicht denken, nicht reden . . .
Eine Sekretärin kam und holte eine volle Kassette, eine zweite, eine dritte.

Zweimal machte der Beamte eine Pause, ging in den Nebenraum und führte lange Gespräche am Telefon.
Als er wieder hereinkam, sah Monica draußen ein Mädchen an den Maschinen. Mit Kopfhörern tippten sie das Protokoll. Zu dritt.
Monica hatte jedes Gefühl für Zeit verloren. Es konnte Mitternacht sein oder früher Morgen.
Durch das Klappfenster drangen die Geräusche dieser Stadt herein, die nicht zur Ruhe kam: Sirenen der Streifenwagen, der Ambulanzen, der Feuerwehren.
Die Polizistin wurde abgelöst. Eine sehr junge, sehr schmale, sehr hübsche Farbige in schicker Uniform nahm an ihrer Stelle hinter Monica Platz.
Der Beamte ließ sich durch diesen Wachwechsel kaum stören. Ohne Pause machte er weiter, stellte Fragen, hörte zu, notierte, wechselte die Kassette.
Sein Gesicht glänzte. Er wischte sich den Schweiß von der Stirn, mit Kleenex, das er in der Schublade fand und das er anschließend noch lange aufdrehte und zerknüllte. Plötzlich stand er auf und schaltete ab.
Es war wohl genug.
Er nickte, berührte im Vorübergehen mit einer anerkennenden, väterlichen Geste Monicas Schulter, nahm den Hut vom Haken, den inzwischen trockenen Mantel und ging.

Monica folgte der Polizistin von neuem durch die endlosen Gänge. Gittertore öffneten sich, schlossen sich hinter ihr.
Wie Raubtierkäfige, dachte sie, als sie an den Zellen vorüberkam mit Bett und Stuhl und Klosettkübel, zum Gang hin offen bis auf diese dicken Gitterstäbe, die bis zur Decke reichten. Zelle reihte sich an Zelle. Viele waren besetzt. Im Dämmerlicht sah man Gestalten auf den Pritschen liegen. Der Rauch heimlich gepaffter Zigaretten hing in der Luft, scharfes, süßliches Parfüm irgendwelcher Nutten.
Die Schritte hallten wider, das Klirren der Schlüssel, irgendwo kreischte eine Stimme.
Zwei Beamtinnen erhoben sich von ihrem erleuchteten

Schreibtisch, nahmen die „Neue“ in Empfang, ohne Gruß, wortlos, hefteten die Papiere unter „Zugang“ ab und schoben Monica in eine der Zellen hinein.
Sie war allein.
Das obere Bett war nicht besetzt.
Aber was hieß „allein“? Das Licht vom Schreibtisch, die Blicke der Beamtin fielen direkt auf ihre Pritsche.
Doch es störte sie nicht.

48 Es war ein traumloser, tiefer Schlaf.
Sie hörte nichts. Nicht die Signale ferner Katastrophen, nicht das Randalieren irgendwelcher Weiber, die nach ihr aufgegriffen und eingeliefert wurden.
Plötzlich war ein heller Morgen angebrochen, voller Lärm und Geschäftigkeit. Sie setzte sich auf, sah sich um.
Es dauerte lange, bis sie begriff, wo sie war: das Gitter vor den hohen Fenstern auf der anderen Seite des Ganges, die gesichtslosen Schattenrisse der uniformierten Polizistinnen.
Durch eine Klappe, vier Stäbe breit, eine Handbreit hoch, wurde das Tablett mit dem Frühstück hereingeschoben: Kaffee, Eier mit Schinken und Toast. Nicht schlechter als im *Coffee-shop* um die Ecke.
Aber das Gitter . . . Sie war eingesperrt. Warum sie? Eingesperrt, um sie zu schützen? Vor dem Zugriff dieser Mafia? Vor Doktor Jackson und ihren Helfern?
Sie aß ohne rechten Appetit. Schmiedete Pläne, um Mike zu befreien und auch Bill. Sinnlose Pläne. Sie war eingesperrt . . .
Vielleicht kam auch plötzlich Frau Doktor Jackson um die Ecke und hatte hier die Schlüsselgewalt.
Doch dann erschien der Beamte, dieser Mann von gestern abend mit den freundlichen Augen und den dichten Brauen und mit dem unvermeidlichen Hut auf dem Kopf.
„Sie können offenlassen“, sagte er zu der Beschließerin, die ihn zu Monica brachte.

Er setzte sich auf den einzigen Stuhl und knallte einen Stapel eng beschriebener Blätter neben Monica auf das Bett.
„Na", wollte er wissen, „gut geschlafen, gut gefrühstückt?"
Er lachte, fuhr sich über die grauen Augen, übernächtig, müde.
„Ich habe auf beides verzichtet", fuhr er fort. „Auch meine Damen im Büro."
Er sprach stockend, unkonzentriert.
Dann nahm er den Hut ab, warf ihn ebenfalls auf das Bett, zwischen das zerwühlte Laken, kratzte sich die spärlichen Haare.
„Die haben das Protokoll hier getippt. Alles, was Sie uns gestern nacht noch ins Tonband erzählt haben. Über dreißig Seiten."
Er ordnete die Papiere, dann gab er sie Monica. „Hier. Bevor Sie unterschreiben, lesen Sie's noch mal durch. Und dann werden Sie verstehen, warum wir heute nacht Ihre Geschichte für äußerst unwahrscheinlich hielten ..."
Er deutete auf das Frühstückstablett, auf den unberührten Toast: „Sind Sie fertig mit Essen?"
Monica nickte, blätterte in den Seiten.
„Dann haben Sie sicher nichts dagegen ..." Er nahm sich eine Scheibe Toast und biß hinein.
Mit vollem Mund sprach er weiter: „Ich hab' zusammen mit einigen Kollegen heute nacht, genaugenommen bis eben, gewisse Fakten überprüft. Nicht nur Ihre persönlichen Angaben. Die sind okay. Ein Fernschreiben aus Princeton liegt vor. Alles in Ordnung. Nein, ich meine Fakten, die diese Organisation betreffen, die Sie hinter allem vermuten. Wenn es die geben sollte, dann arbeitet sie perfekt. Unangreifbar. Zumindest bis jetzt."
Monica wurde es heiß. Sie fühlte einen unerträglichen Druck im Magen. Hilflosigkeit und Angst. Angst um Mike, um Bill.
Sie war geflohen, war in Sicherheit, vermutlich. Aber keiner konnte etwas tun, um die beiden zu retten.
Unangreifbar.
Der Beamte kaute und sprach weiter: „Wenn das alles so ist,

wie Sie vermuten, dann sind Sie der erste Überlebende, die erste Panne, die denen je unterlaufen ist!"
Mit dem Handrücken wischte er Krümel vom Mund und über das unrasierte Kinn.
„Ich habe gesagt, Sie schaffen es nicht!" Monica lehnte sich zurück an die zerkratzte Wand mit ihren eingeritzten Monogrammen und Daten.
„Und ich hab' gesagt: Wir werden es versuchen!"
Er schaute lüstern auf den Rest Kaffee im Becher, aber fragen mochte er nicht.
„Unfallopfer mit tödlichen Gehirnschäden, zum Beispiel, eingeliefert in eine reguläre Klinik mit einem regulären Organspender-Ausweis – echt oder gefälscht, was weiß ich –, die reden nicht mehr viel. Über ihren Unfall!"
Er wischte sich die Hände an seinem Taschentuch ab, dann fuhr er sich damit über die glänzende Stirn.
„Wir brauchen einen Kronzeugen, der Bescheid weiß und auspackt!"
„Einen von diesen ‚Patienten' . . .?"
Der Beamte schüttelte den Kopf. „Die wissen bestimmt von nichts. Und wir haben vorläufig nur die Papiere in dieser Mappe. Und diese Papiere haben wir geprüft. Sie sind alle einwandfrei. Diagnose: chronische Herzschäden. Eingeflogen nach New York zu einer riskanten Operation. Wenn diese ‚Patienten' dabei auf der Strecke bleiben – und das überaus gesunde Herz in einem gut zahlenden Empfänger weiterlebt – so etwa denken Sie sich das doch, oder . . .?"
Monica nickte. Der Beamte machte eine lange Pause und schaute hinaus, durch die offenstehende Gittertür auf die hellen, blinden Fenster, auf die die Sonne fiel.
Er schüttelte den Kopf, sah wieder auf Monica und fuhr fort: „Das reicht doch nicht – reicht doch alles nicht für grünes Licht zu einer Aktion gegen eine staatliche Klinik."
„Staatliche Klinik?" Monica richtete sich auf.
„In der nur wenige wissen, was wirklich gespielt wird, ja."
Er sah zur Seite, holte mit dem Nagel des kleinen Fingers ein paar Krümel von einem Schneidezahn.

„Alles ganz legal, alles bestens getarnt – sofern überhaupt was dran ist an der Geschichte . . .“

„Sie reden und reden . . . es ist längst zu spät.“ Monica lehnte sich wieder zurück.

Da stand der Beamte abrupt auf: „Ich hoffe nicht.“ Er nahm Monica das Protokoll aus der Hand, angelte seinen Hut. „Außerdem: Vielleicht haben wir ihn schon . . .“

Er ging durch die offene Tür, gab der diensttuenden Beamtin ein Zeichen, dann wandte er sich wieder an Monica.

„Kommen Sie mit. Wir haben inzwischen vermutlich den Kronzeugen, der Bescheid weiß und bereit ist auszupacken. Er wartet in meinem Büro. Kommen Sie!“

Die Beamtin ließ Monica passieren. Sie folgte dem Mann mit dem Hut durch die endlosen Gänge. Gittertore öffneten sich, schlossen sich wieder.

Sie erinnerte sich nur noch dunkel an den Weg, hatte jede Orientierung verloren. Eine Tür sah aus wie die andere, ein Gang wie der andere.

Nur das Büro war ihr vertraut. Durch viele Stunden nächtliches Gespräch.

Das karge Mobiliar, die kahlen gelben Wände. Der Stuhl, auf dem sie gestern gesessen hatte, war besetzt. Eine Frau hatte darin Platz genommen und wandte ihr den Rücken zu, schaute zum Fenster.

Es war heller Tag, und der Blick ging weit bis zur *Skyline* von Midtown.

Die Frau hörte das Geräusch der Eintretenden, hörte, wie der Mann mit dem Hut die Tür hinter sich schloß, Hut und Mantel an den Nagel hängte.

Da wandte sie sich um und sah Monica in das entsetzte Gesicht. Es war Frau Doktor Rey Jackson.

49 „Hallo!“

Doktor Rey Jackson versuchte zu lächeln.
Aber das scharfgeschnittene, markante Gesicht wirkte ein wenig grau, und die interessierten Augen waren verschattet.
„Ihnen verdanke ich also, daß ich in New York bin.“
Monica stand versteinert neben der Tür. Ein Fluchtweg, zumindest. Aber sie war nicht fähig, sich zu bewegen.
Der Beamte brachte ihr einen Stuhl. Doch sie blieb stehen.
„Ja“, sagte der Beamte, „wir haben Frau Doktor Jackson heute nacht einfliegen lassen. Vor einer knappen Stunde traf sie ein.“
„Ich bin freiwillig hier!“ Darauf bestand sie.
„Natürlich sind Sie freiwillig hier“, bestätigte der Beamte. „Und ebenso freiwillig wird Monica Shepard mit Ihnen zusammen zu diesem Krankenhaus fahren, um die beiden Männer herauszuholen.“
Monica wußte nicht, ob sie richtig verstanden hatte. Mitfahren, mit dieser Frau ...? In ein Krankenhaus? Wieder eine Falle ...?
„Nein!“
„Ich kann Sie nicht zwingen ... nur ...“
„Ich fahr’ nicht mit ihr! Nein!“ Es klang endgültig.
Doktor Jackson griff nach der Mappe, die auf dem Tisch lag, suchte in den Papieren.
„Ich kenne Ihren Mann, Mike Shepard. Von den anderen Patienten haben wir zur Not Fotos hier bei den Papieren. Aber Ihren Freund Bill, den Fernfahrer, kann ich nicht identifizieren. Sie müssen mir helfen!“
„Nein!“ sagte Monica. „Ich fahr’ nicht mit!“
Rey sah Monica lange an. „Kein Vertrauen? Nein?“
Monica antwortete nicht.
Der Beamte setzte sich hinter seinen Schreibtisch. „Ohne Ihre Geschichte zu kennen, Frau Doktor Jackson, die Geschichte, die Sie mir erzählt haben, mir und den Kollegen in New Mexico – hätt’ ich auch keins.“
Er nahm einen Packen Fernschreiben vom Tisch.

„Hier!" Er hielt Monica die Papiere hin, aber sie blieb stehen, wo sie stand, und rührte sich nicht von der Stelle.

„Der Beweis. Doktor Jackson hat sich der Polizei in New Mexico gestellt und hat versucht, die Maschine, mit der Sie gestern angekommen sind, abfangen zu lassen. Bei der Landung. Hier auf dem Flushing Airport. Um Sie alle zu befreien! Aber statt das FBI einzuschalten, haben die *uns* informiert ... Und bis so ein Apparat schließlich anläuft und greift, bis unsere Mühle in Bewegung kommt ... Die Zeit war zu kurz und die Geschichte weiß Gott zu konfus und zu unwahrscheinlich."

Er machte eine hilflose Geste.

„Stellen Sie sich doch einmal vor", fuhr er fort, „eine renommierte Ärztin beschuldigt das renommierte Krankenhaus, in dem sie tätig ist. Erzählt Horrorgeschichten, die unfaßbar sind ... Na ja, wer überarbeitet ist und durchdreht, erzählt eine Menge Zeug. Rivalität. Haß. So sieht das doch aus."

Er kippte mit seinem knarrenden Stuhl nach hinten.

„Der nächste Anlaufpunkt war das St. Thomas Hospital am Central Park. Ich wurde hinbeordert, ohne recht zu wissen, worum es geht. Aber niemand kam an. Nur Sie saßen dort herum. Und das fiel mir auf."

„Die Flucht. Monicas Flucht ..." Rey mischte sich ein. „Wegen Monicas Flucht wurde der Plan vermutlich geändert. Die Patienten wurden woanders hingebracht. Vermutlich in den Klinik-Komplex Welfare Island. Mitten im Eastriver. Dort arbeitet auch ein Team für uns."

„Vielleicht ist es so, vielleicht anders." Er richtete sich auf, und der Stuhl ächzte gewaltig. „Wir wissen wenig, fast nichts. Aber dafür schon wieder eine ganze Menge ...!"

Er lachte sarkastisch.

Monica blieb ernst: „Ich fahr' trotzdem nicht mit!"

Nach einer langen Pause begann Rey Jackson von neuem: „Sie müssen ihn suchen, diesen Bill. Irgendwo in diesem Krankenhaus. Wir können ihn nur retten, wenn Sie ihn suchen – und finden. Monica ...!"

„Schicken Sie Polizei hin – und ich fahr' mit", entschied Monica schließlich.

Rey winkte ab. „Bei einer offiziellen Polizeiaktion finden Sie bestenfalls Opfer – keine Beweise! Das läuft alles ganz legal. Ich kann Ihnem ein paar Helfershelfer ans Messer liefern, die ich zufällig kenne. Aber die Namen der Funktionäre, die dahinterstehen, die das große Geschäft machen, die sind auch mir nicht bekannt. Wir sind alle nur kleine Rädchen in einem System."

Der Beamte malte Kringel auf seinen Notizblock. Dann wandte er sich an Monica: „Hören Sie, ich muß Ihnen das erklären: Sie erzählen mir da eine haarsträubende Geschichte. Und die gleiche haarsträubende Geschichte erzählt Frau Doktor Jackson meinen Kollegen in New Mexico. Das klingt alles so grotesk. Und das wirkt so abgesprochen. Auf diese Aussagen hin kriege ich kein Okay von einem Staatsanwalt, um eine Aktion zu starten. Es fehlen einfach die Beweise. Verstehen Sie das?"

Er schaute Monica verzweifelt an. „Ob Sie das verstehen, habe ich Sie gefragt?"

Sie zögerte mit einer Antwort, wußte nicht recht, worauf er hinauswollte mit seiner Argumentation.

„Ich brauche Beweise! Beweise dafür, daß so eine Horrorgeschichte nicht nur denkbar, sondern auch möglich ist. Kapiert?"

Monica nickte.

„Na endlich!" Der Beamte lehnte sich befriedigt zurück.

„Wenn dieser Mike Shepard, Ihr Mann, keinen Herzfehler hat, wenn dieser Bill . . . Bill Michalski, dieser Pole, wenn der noch am Leben ist und aufgefunden wird, gesund, und Ihre Aussage bestätigt, dann sind das Beweise."

Er stand auf, trat ans Fenster.

„Ich möchte wissen, womit ich das verdient habe . . ."

Er wandte sich kurz um. „Ausgerechnet auf meinem Tisch muß das landen. Hier. Auf meinem Tisch und nirgends sonst. Da werden sonst kleine *Dealer* verarztet und Hehler und Einbrecher . . . Und ausgerechnet ich bekomme diese Scheißstory aufgehalst. Offenbar ist man der Meinung, daß ich mit Irren so gut kann. Weil es eine irre Geschichte ist, die keiner für

möglich hält ... Und weil ich um vier, gestern nachmittag, zufällig noch da war ... Trotz Frühschicht ... Jetzt habe ich den Salat. Ich kann das Verfahren niederschlagen – wegen schwachsinniger Behauptungen – und Sie weiterreichen an die Haus-Psychiatrie. Oder ich bekomme Beweise.
Bringen Sie mir die beiden Männer. Gesund und unverletzt. Vielleicht noch die vier anderen Patienten.
Aber bringen Sie sie bald. Außer uns dreien glaubt hier im Hause nämlich keiner an die Geschichte. Klar? Ich helf' Ihnen, soweit ich kann. Aber ich ruiniere mir nicht die Karriere. Zwei Jahre vor der Pensionierung."
Die Wintersonne spiegelte sich in den Fenstern der gegenüberliegenden Fassaden, die Schuppen des *Chrysler-Building* glänzten wie geschmolzenes Blei.
Der Beamte hatte sich aufgestützt umd schaute hinaus in die Stadt wie ein gelangweilter Rentner.
Dann gab er sich einen Ruck, ging zum Kleiderhaken, griff seinen Hut und wandte sich zur Tür.
„Wir sollten jetzt fahren ...!"

50 Träge und verschmutzt zog der Strom an Manhattan vorbei: Eastriver.
Schleppkähne, bis zum Strich beladen mit Müll, zogen stromaufwärts nach Norden. Dort wurde aus den Exkrementen dieser Stadt neues Land aufgeschüttet. Baggerschiffe ankerten auf der Brooklyn-Seite und förderten öligen Schlamm aus der Tiefe. Die *Terminals*, die Schuppen und Kais waren zerbrochen, verfallen, verfault. Ragten wie kranke, lepröse Finger in das schwarze Wasser. Ihre Zeit war vorbei. Die Umschlagplätze der Schiffsfrachten lagen in Jersey, Hoboken, Bayonne, Richmond. *Container-Terminals* von der Größe einer Kleinstadt.
Manhattan, diese wunderbare, ungeliebte, bewunderte, vitale, sterbende Insel, diese Stadt aller Städte, Megalopolis, im Wahnwitz aufeinandergetürmt, war ins Abseits gedrängt.

Eastriver. Totes Wasser. Toter Strom. Überragt von einem Mausoleum falscher Hoffnungen, vom Tempel nationaler Eitelkeiten im bunten, festlichen Flaggenschmuck, vom Hauptquartier der Vereinten Nationen.
Dort teilte sich der Strom: Welfare Island. Eine graue Insel im schwarzen Wasser. Schmal und eine knappe Meile lang. Darauf graue Gebäude, niedrig, hingeduckt. Der Klinik-Komplex. Das Hospital.
Und über Strom und Insel und Hospital spannte sich eine der schönsten Brücken, verwirrendes Filigran aus Stahl, sanfte Schwünge einer kühnen Konstruktion des letzten Jahrhunderts, die in drei Spitzen mündete, auf drei Pfeilern ruhte: Queensboro Bridge. Die Brücke der 59. Straße.
Auf zwei Etagen flutete der Verkehr zwischen Manhattans Midtown und Queens hin und her. Und inmitten dieses Verkehrs fuhr eine Ambulanz, ohne Rotlicht, ohne Sirene und scheinbar ohne Eile: Es war ein weißgestrichener, umgebauter Cadillac-Station-Wagen der Stadt New York.
Am Steuer saß eine Frau im weißen Mantel, mit kurzgeschnittenem rötlichem Haar und einem markanten Gesicht: Doktor Jackson.
Neben ihr eine junge Schwester in der üblichen Tracht: weißer Kittel und Häubchen – Monica.
Die Ambulanz folgte einem alten braunen Wagen, dem nur Eingeweihte sein Geheimnis ansehen konnten: Seine Antenne war eine Spur länger als üblich. Am Steuer: ein Mann mit einem Hut.

Der morgendliche Berufsverkehr auf der Gegenfahrbahn hatte bereits nachgelassen.
Die fahle Wintersonne stand tief, blendete flackernd durch die Lücken der vorbeiziehenden Eisenstreben, traf genau in die Augen.
Der Mann schob den Hut in die Stirn; als das nichts half, klappte er die Sonnenblende nach unten.
Im Spiegel kontrollierte er, ob die Ambulanz noch hinter ihm fuhr.

Aber auch Doktor Jacksons Gesicht war hinter einer Sonnenblende verborgen.
Sie hatten den Strom und die Insel überquert, hoch über den niederen, grauen Gebäuden der Klinik, hatten Queens erreicht, das Ende der Brücke.
Die Fahrbahn teilte sich. In einer engen Kurve führte die rechte Spur hinunter zum Strom. Immer noch folgte die Ambulanz dem braunen Wagen. Es ging unter der Brücke hindurch nach Norden: *Vernon Boulevard.*

Rey Jackson sprach kein Wort. Es gab nicht viel zu sagen, es war alles besprochen. Aber dieses Schweigen belastete Monica. Es machte sie aggressiv und furchtsam und schürte ihr Mißtrauen, das nicht zu zerstreuen war.
Links drüben auf der Insel, diese flachen, vierstöckigen Gebäude aus grauen Ziegeln, das mußte die Klinik sein. Welfare-Island-Hospital.
Monica schaute hinüber.
Ihr Blick streifte Rey Jackson, die im gleichen Blickwinkel saß. Die sah starr geradeaus, die schmalen Lippen zusammengepreßt, keine Regung, kein Blick hinüber zur Insel, zur Klinik, dem Ziel ihrer Aktion. Monica betrachtete die Frau sekundenlang.
Rey Jackson spürte den Blick, der nicht mehr nur diesen Gebäuden da drüben galt, sondern auch ihr. Sie erwiderte ihn, kurz und prüfend und kühl. Dann klappte sie die unnötig gewordene Sonnenblende wieder nach oben.
Die Zufahrt zur Insel kam in Sicht.
Da verließ der Wagen der Polizei plötzlich die Straße, fuhr an einer stillgelegten Tankstelle vor. Die Zapfsäulen waren entfernt, die Aufschriften abgeblättert, die Scheiben zerbrochen. Vor der Einfahrt zur Waschanlage blieb er stehen. Dort wuchs kniehohes, dürres Gebüsch. Daneben verkam ein Imbißkiosk. *Carwash & Coffee.*
Der Mann mit dem Hut nickte nur beiläufig, als ihn die Ambulanz passierte, ohne abzubremsen. Momica schaute noch lange zurück. Dann bog Rey Jackson in die Brückenzufahrt ein.

Es war eine schmale Brücke, die die Insel mit Queens verband. Der Mittelteil war früher hochzuklappen gewesen, wenn der Schiffsverkehr auf dieser Seite des Stroms es verlangte. Aber die Mechanik wirkte verrostet und tot. Sie überquerten das Wasser.

Die Anfahrt zur Klinik war ausgeschildert. Kahle Platanen säumten die Straße.

Sie fuhren an dem mächtigen Mittelpfeiler der Queensboro-Bridge vorbei, die sich hoch über ihnen über Strom und Insel spannte.

Ein Schlagbaum ging unaufgefordert hoch, als sie das Pförtnergebäude erreichten. Von hier bis zum Ende der Insel dehnte sich das Areal der Klinik. Aus der Nähe wirkten die Gebäude noch grauer, noch trister, ausgestorben und leer. Unter den Platanen am Ufer parkten zwar die Fahrzeuge in langer Reihe, aber niemand war zu sehen.

Tote Fenster, mit Farbe zugestrichen, verhängt mit Jalousien. Und in jedem Fenster der Kasten einer Klimaanlage.

Der versetzte, sternförmige Grundriß schuf offene Höfe. Schilder wiesen den Weg zu den verschiedenen Abteilungen, Abkürzungen, Zahlen, Chiffren auf rostigem Email.

Langsam fuhr die Ambulanz an den Höfen vorüber.

„Chirurgische – hier!"

Das erste Wort von Rey Jackson seit Beginn der Fahrt.

Sie hatte das Schild entziffert, bog in einen der Höfe ein.

„Es ist lange her. Jahre. Ich erinner' mich kaum noch . . ."

Sie hielt neben einer Rampe, beobachtete ihre Umgebung, die Fassade, die geschlossenen Türen.

„Herztransplantationen im großen OP, natürlich. Vorbereitungen im gleichen Stock. Wir werden sehen. Kommen Sie. Niemand kennt uns hier!"

Sie stieg aus. Ließ den Schlüssel im Wagen stecken, knöpfte den Mantel zu.

Monica blieb sitzen. Die gleiche Geste, dachte sie, das Zuknöpfen des Mantels wie damals in Roswell, am Kaffeeautomaten, gerade als sie erfahren hatte, wer diese Frau wirklich war: Doktor Jackson . . .

„Was ist denn? Kommen Sie!“ Die Aufforderung galt ihr. Aber Monica stieg nicht aus.
Rey Jackson war die vier Stufen zur Rampe hinaufgegangen. Die Seitentür, für die Einlieferung von Patienten vorgesehen, war allerdings versperrt. Rey lief weiter in Richtung Haupteingang. Als sie zehn Schritte entfernt war, öffnete sich hinter ihr die Seitentür, und ein Pfleger erschien im weißen Kittel.
Er rief Rey Jackson etwas zu, sie blieb stehen, kam zurück. Aus der Tasche ihres Mantels nahm sie einige zusammengefaltete Papiere und hielt sie dem Pfleger hin. Der griff danach und las.
Reys Blick traf Monica, die immer noch im Wagen saß, starr vor Angst, unbeweglich – aber jetzt begann sich dieser Krampf zu lösen, sie stieg aus.
Der Pfleger gab die Papiere zurück, zuckte die Schultern, hielt die Tür für Rey und Monica auf. Sie gingen hinein.
Wieder dieser Geruch nach Lysol und Bodenwachs, das kalte Licht, die gefliesten Wände, die abgegriffenen Pendeltüren.
Der Gang erweiterte sich zu einer Halle. In der Pförtnerloge saß eine farbige Schwester. Der Pfleger deutete auf sie und verschwand.
Rey Jackson legte die Papiere vor, erklärte kurz und wartete. Die Schwester telefonierte.
Sie tippte mit einem Kugelschreiber die Nummern in den Tastwahlautomaten, sprach, las vor, hörte zu, legte auf, wählte neu ... Ein Mann im Rollstuhl stand plötzlich zwischen Rey Jackson und Monica und beobachtete sie beide mit debilem Blick. Ein zweiter kam humpelnd dazu, stützte sich auf ein Paar abgewetzter Krücken.
An einer Anzeigetafel hinter der Schwester flammten Leuchtzeichen auf. Ein penetrantes Summen ertönte. Sie stand auf, meldete sich über eine Gegensprechanlage, ohne den Blick von Rey und Monica zu wenden. Die schnarrende Stimme im Lautsprecher war auf dem Gang nicht zu verstehen.
Monica sah zu Rey. Aber die studierte Veröffentlichungen am Schwarzen Brett. Die Schwester telefonierte weiter.
Und sie warteten, lange Minuten.

Ein junger Arzt erschien und ließ sich die Schriftstücke aushändigen. „Mike R. Shepard und Bill Michalski?"
„Ja", sagte Rey Jackson, „bitte helfen Sie mir. Es ist sehr dringend."
Sie fuhren mit dem Lift in eine der oberen Etagen.
Der junge Arzt las immer noch in den Papieren.
„Soso", sagte er plötzlich und sah auf, „Sie haben es also eilig."
Er lächelte, als Rey nickte.
„Wer hat die Verlegung veranlaßt?" wollte er wissen.
„Doktor Hersch von St. Thomas", sagte Rey.
„Und welche Begründung?"
„Steht in den Papieren . . ."
Der junge Arzt blätterte die Schriftstücke durch.
„Ich kann nichts finden . . ."
„Hier!" Rey zeigte auf eine Passage.
„Das genügt nicht." Der Arzt hatte die Stelle überflogen und schüttelte den Kopf. „Das genügt keineswegs. Wo kann ich den Kollegen Hersch erreichen?"
„Im St. Thomas Hospital. Aber er operiert bis zwölf, und er erwartet mich mit den beiden Patienten um elf. Spätestens."
Der junge Arzt sah Rey prüfend an.
„Wenn Sie nicht bis elf erscheinen mit den Patienten, wird er wohl auch nicht bis zwölf operieren. Ich kann ihn also mit gutem Gewissen stören."
„Ich habe einen anderen Vorschlag", erwiderte Rey. „Sie machen mir keinen Ärger, geben mir die Patienten jetzt und telefonieren später mit ihm. Einverstanden?"
Sie lächelte ihn bezwingend an, und er schluckte und schwor Rache.
Der Lift hielt.
„Kommen Sie mit." Er ging voraus. Ohne sich umzusehen, sprach er weiter: „Ich bin nicht sicher, ob sich die Patienten in einem transportfähigen Zustand befinden. Na, wir werden ja sehen . . ."
Monica erschrak tödlich, blickte zu Rey, aber die reagierte *cool*: „Die Patienten sind gestern abend erst eingeliefert worden, hier bei Ihnen. Transport aus Roswell. Ihre Papiere habe

ich noch unten im Wagen. Ich bin sicher, mit der Behandlung wird erst begonnen, wenn die Papiere vorliegen, Anamnese, Diagnose. Oder halten Sie es hier anders?"
Der Arzt schwieg, lief immer noch zwei Schritte voraus. Schließlich antwortete er: „Ich bin über alles informiert. Es sind Privatpatienten von Doktor Jackson in Roswell. Auch in dieser Richtung werden Rückfragen notwendig sein, bevor wir eine Verlegung ..."
Rey fiel ihm hart ins Wort: „Das können Sie sich sparen. Jackson bin ich."
Da blieb der junge Arzt unvermittelt stehen und blickte Rey skeptisch an. „Ach ja?"
„Ach ja!" antwortete sie und lächelte wieder. „Es sind wirklich meine Patienten!"
„Na, dann woll'n wir mal sehen ..." Es war ein abschätzender Blick, der Monica nichts Gutes verhieß.
Er ging weiter, noch einige Schritte, aber wesentlich langsamer als vorher. Dann öffnete er die Tür zu einem Büroraum.
„Die Kartei bitte!"
Eine junge, füllige Oberschwester stellte ihre Kaffeetasse zur Seite und holte einen Metallkasten aus dem Schrank.
„Wird Ihnen nicht viel nützen, die Kartei", sagte Rey. „Sie hatten ja keine Papiere. Ich sagte doch: Die Papiere der Patienten liegen unten im Wagen. Sie konnten keinen von ihnen identifizieren ..."
Aber der junge Arzt reagierte nicht auf diesen Einwand.
Er suchte und blätterte zwischen den Karten.
Eine zog er heraus: „Shepard. Mike R. Shepard. Hier."
Er legte die Karte, die vollständig ausgefüllt schien, vor Rey auf den Tisch. Dann suchte er weiter, überflog das Register, gab schließlich auf: „Nein. Bill Michalski kann ich nicht finden. Tut mir leid."
„Eingeliefert unter einem anderen Namen, möglicherweise ..." Reys Backenmuskeln spannten sich.
Der junge Arzt sah sie wieder abschätzend an und antwortete erst nach einer längeren Pause: „Dann liegt es aber nicht an uns, wenn wir ihn nicht finden."

„Das ist richtig“, entgegnete Rey. „Aber sechs Patienten, ein geschlossener Transport – mein Gott, so ein Irrtum läßt sich doch aufklären, oder?“

„Jeder Irrtum läßt sich aufklären. Sicher. Sechs Patienten ... Angekündigt, laut Telex, waren sieben!“ Der junge Arzt war nicht bereit, das Duell aufzugeben. Vielleicht wollte er lediglich Zeit gewinnen. Er lehnte sich entspannt an den Schreibtisch mit der Kartei, die Arme verschränkt, und es hatte nicht den Anschein, als wäre in irgendeiner Weise mit seiner Unterstützung zu rechnen.

„Sieben – statt sechs, ja.“ Rey hatte nun ebenfalls die Arme verschränkt und lehnte sich gegen die offene Tür. „Es läuft nicht immer alles nach Plan.“

„Nach wessen Plan?“ wollte der junge Arzt wissen.

„St. Thomas war vorgesehen. Jetzt liegen sie hier bei Ihnen. In einem Ausweichquartier. Aus gutem Grund, wenn Sie so wollen. Eine Panne, ja. Und nun bringen wir das wieder in Ordnung. Und zwar sofort. Bitte ...!“

Sie ließ die Arme sinken, richtete sich auf.

„Wie Sie wünschen, Frau Kollegin.“

Er ging voraus zur Tür, wandte sich an die Oberschwester.

„Machen Sie die Papiere fertig für die Patienten.“

„Ich sagte Ihnen doch: Papiere habe ich unten im Wagen“, entgegnete Rey, „ich brauch’ die Patienten!“

„Entlassungspapiere“, korrigierte der Arzt mit Nachdruck.

Dann wandte er sich ab und ging grußlos davon.

Monica hatte ihre Hände zu Fäusten geballt in der Tasche verborgen. Verkrampfte, nervöse Fäuste. Sie hätte nicht sagen sollen, daß sie Doktor Jackson ist, dachte sie. Das war nicht ausgemacht.

Es gefiel ihr ganz und gar nicht, wie das alles hier lief.

Gut, Rey Jackson konnte sie offenbar vertrauen. Aber der Arzt und die Oberschwester und die ganze Atmosphäre hier flößten ihr Angst ein, nahmen ihr die Luft.

Die Oberschwester schrieb und schrieb. Sie füllte ein Formular aus, noch eines, verschrieb sich, zerriß es, nahm ein

neues. Dann suchte sie in der Schublade nach einem Stempel.
„Wo liegen die Patienten von gestern abend?" wollte Rey wissen.
Die Oberschwester hob fragend den Kopf.
„Wir sprachen doch eben davon. Die sechs Patienten aus Roswell", wiederholte Rey. „Wo liegen die?"
„Da muß ich nachsehen", sagte die Schwester. „Verteilt über das ganze Haus, nehme ich an."
Sie schrieb weiter.
Sie will Zeit gewinnen, dachte Monica. Alle wollen sie Zeit gewinnen. Warum? Worauf warten sie alle?
Irgendeine Gefahr lag in der Luft.
„Wo ist der Kollege hingegangen?" fragte Rey.
Wieder unterbrach die Oberschwester ihre Arbeit und wußte nicht so recht, worum es ging: „Welcher Kollege?"
Aber dann fiel es ihr ein: „Ach so, Doktor Samuelson, ja? Keine Ahnung."
Und dann lachte sie ganz naiv und unschuldig und ergänzte: „Der benahm sich so komisch, nicht wahr? So kenn' ich ihn gar nicht."
Sie wirkte mit einemmal freundlich und hilfsbereit, nahm sich das bereits aussortierte Karteiblatt vor, klammerte es an das ausgefüllte Formular und sagte ganz beiläufig: „Übrigens, dieser Mike R. Shepard, der liegt auf F-212. Hier gleich um die Ecke . . ."

51 „Mike . . .! Hallo, Mike . . .! Mike Shepard, kommen Sie hoch! Wachen Sie auf . . .!"
Es war ein Raum für acht Personen. Aber nur ein Bett war belegt. Mike schlief. Er war nicht wach zu bekommen.
Rey Jackson hatte ihn aufgerichtet, schlug ihm mit der flachen Hand auf die Wange, gab schließlich auf und legte ihn zurück. Sie schob seine Lider hoch, untersuchte die Augen, blickte ihm in die Pupillen.

„Was haben Sie ihm gespritzt?“ wollte Rey wissen.
Die Oberschwester nahm das Blatt aus dem Fach, suchte den Eintrag: „Dolvirol-H-3, vor einer Stunde. Genau nach Anweisung!“
„Natürlich“, sagte Rey, „meine Anweisung. Nur: wem war sie bekannt? Hier im Haus? Ohne die Überweisungspapiere aus Roswell? Wer hat die weitere Behandlung veranlaßt?“
„Doktor Samuelson“, erwiderte die Oberschwester und legte das Blatt zurück.
„Ah ja.“ Mehr sagte Rey nicht. Sie fühlte Mikes Puls, prüfte einige Reflexe.
Zwei Pfleger kamen mit einem fahrbaren Bett ins Zimmer.
„Umbetten“, ordnete Rey an.
Die Pfleger hoben Mike hoch, legten ihn auf die Plastik-Laken, schnallten ihn fest und deckten ihn zu. Monica versuchte zu helfen, legte mit Hand an, ungeschickt, gehemmt. Sie ließ Mike nicht mehr aus den Augen, blieb dicht an seiner Seite, auf dem Gang, im Lift.
Sie öffnete die Pendeltüren, das breite Tor des Seiteneingangs, die Heckklappen des Ambulanzwagens. Zum zweitenmal wurde Mike umgebettet, auf der Trage festgeschnallt und in die Ambulanz geschoben.
Monica zwängte sich neben Mike auf den winzigen Sitz des Begleiters, da erschien Rey hinter dem Wagen: „Kommen Sie! Es geht weiter!“
Monica hatte Mike an der Hand gefaßt, die schlaff und kraftlos auf der Decke lag. Jetzt schüttelte sie den Kopf: „Ich bleib' hier, bei Mike!“
Rey trat näher an den Wagen und sprach leise und eindringlich auf Monica ein: „Du mußt Bill finden! Das Schwierigste kommt erst. Du bist die einzige, die ihn kennt. Wir haben kaum noch Zeit.“
Die beiden Pfleger lehnten an der Tür des Seiteneingangs, rauchten, schwiegen und sahen abwartend herunter auf Monica, auf Rey.
„Was ist?“ flüsterte Rey, „hast du Angst?“
„Ja“, sagte Monica, „um ihn!“

Sie legte ihren Kopf auf seine Brust, klammerte sich an seine schlaffe, kraftlose Hand.
„Es ist deine Entscheidung!" Rey beugte sich in den Wagen. „Hol diesen Bill heraus – oder laß es! Du wirst ihn suchen und finden – oder er bleibt hier! Also, was ist?" Monica richtete sich auf, legte Mikes Hand vorsichtig auf die Decke zurück und kroch aus der Ambulanz. Sie schloß die Heckklappe und folgte Rey die Stufen hinauf zur Rampe und in das Gebäude.
Die beiden Pfleger warfen die halbgerauchten Zigaretten auf den Asphalt und schoben das leere Bett durch die Pendeltür. Die Oberschwester stand bereits am Lift. Sie hatte mehrere Karteiblätter in der Hand und übernahm die Führung.
Sie wanderten endlose Gänge entlang. Die Wände waren aus Glas, eingefaßt in eiserne Rahmen. Dahinter lagen die Patienten in großen Räumen, oft zehn, fünfzehn und mehr, abgeteilt voneinander durch dunkle Vorhänge, die das Licht verschluckten. Und die Luft.
Bill fanden sie nicht.

Die Kranken stöhnten, fieberten, sahen mit erstaunten Augen auf die neugierigen Besucher, auf diese unangemeldete Visite. Alte Männer und Kinder, Krüppel, Debile, Sieche. Manche schliefen oder versuchten es wenigstens, hofften mit geschlossenen Augen, diesem Alptraum für Stunden oder Minuten zu entgehen. Aber die Geräusche blieben. Das Wispern und Husten, das Ächzen von nebenan, das Surren und Klappern der Klimaanlagen rund um die Uhr. Und das dumpfe Röhren des Verkehrs oben auf der großen Brücke.
Monica war entsetzt. Wo, bitte, liegen die Kunden, dachte sie. Wo ist die reiche und potente Klientel dieser Organisation untergebracht, für die eine Doktor Jackson und andere Helfershelfer „Fleisch" organisierten, junge, vitale Organe . . .? Vielleicht an der Fifth Avenue, am Central Park, im St. Thomas Hospital? Oder in irgendwelchen exklusiven *Apartments* in einem der Seitenflügel dieses Hauses?
Vermutlich suchten sie alle diesen Bill in der falschen Ecke,

auf der falschen Etage, unter der falschen Kategorie von Patienten. „Fleisch“ stapelte man nicht zwischen Kranken. „Fleisch“ isolierte man in steriler Umgebung. „Fleisch“ war eine kostbare, eine empfindliche Ware. Wußte Rey Jackson das nicht? Warum lief sie mit, hinter dieser scheinbar hilfsbereiten Oberschwester her, die doch nur Zeit gewinnen wollte?
Und Mike lag so lange unbeobachtet, unbewacht in dieser Ambulanz auf dem Hof.
Monica war dicht davor, einfach loszurennen, dieses dumme, so offensichtlich falsche Spiel abzubrechen und in den Hof zu rennen – zu Mike.
Aber dann griff der Zufall ein.

Der Lift kam von oben. Erst erschien nur ein Lichtstrahl hinter dem schmalen Glasschlitz der Tür, der langsam nach unten wanderte.
Die Oberschwester hatte den Rufknopf gedrückt, aber zu spät. Monica und Rey warteten vergeblich, der Lift hielt nicht, er schwebte vorüber. Er war besetzt.
Es war eine dieser breiten Kabinen, die Platz hatten für Patienten samt Betten und Pfleger.
Aber nun lehnten nur drei Männer an der Rückwand, zwei davon in weißen Mänteln: Der eine war dieser junge Arzt, Doktor Samuelson. Der andere war Reynolds, der Arzt aus Roswell, mit den eiskalten Augem hinter der randlosen Brille. Dazwischen hing Bill. Die beiden Ärzte stützten ihn. Er wirkte kraftlos und schwach, blickte abwesend zu Boden, trug weißes Drillichzeug und Plastikschuhe.
Das Ganze dauerte nur sieben, acht lange Sekunden. Die beiden Ärzte hinter der Scheibe. Monica und Rey davor – sie blickten sich an, erkannten sich – dann war die Liftkabine verschwunden.
Der Schock war gleich überwunden. Monica reagierte als erste: *Fire Exit* – die Feuertreppe draußen an der Fassade.
Die Eisentür sprang auf, und Monica rannte die schwarzgerosteten Treppen nach unten, Stockwerk um Stockwerk.

Rey folgte ihr.
Ihre Schritte dröhnten auf dem Metall. Das Treppengerüst begann zu zittern und zu schwingen. Rost rieselte nach unten, fiel Monica in die Augen, als sie nach oben schaute. Dort stand die Oberschwester mit den beiden Pflegern und blickte verstört nach unten.

Monica erreichte den Hof, stand wieder auf festem Boden, sah sich um. Reys Schritte auf der Eisentreppe hallten zwischen den Mauern. Aber Monica wartete nicht. Sie lief los – die Tür ins Innere des Gebäudes war verschlossen –, lief weiter, die Rampe entlang, den Weg quer über den Rasen, vor zum Wasser, zum Strom, lief unter der Reihe kahler Platanen hindurch, überquerte die Straße, lief um das ganze Gebäude herum zur anderen Seite, zum anderen Hof. Dort stand die Ambulanz mit Mike – daneben eine zweite, eine von der hochgebauten, schweren Sorte. Beide Hecktüren standen weit offen. Gerade zogen zwei Pfleger Mike mitsamt der Trage aus dem einen Wagen, um ihn in den zweiten zu verfrachten.
Monica warf sich dazwischen.
Die beiden Pfleger waren verblüfft, aber dann widersetzten sie sich.
Es war ein stummer Kampf. Monica sagte kein Wort.
Sie stieß den einen Pfleger zur Seite und schob die Trage zurück in die Ambulanz von Rey.
Da traten Reynolds und Samuelson mit Bill ins Freie. Reynolds überließ Bill seinem Kollegen und sprang von der Rampe herunter.
„Sie überschreiten Ihre Kompetenzen, Schwester!" Er drängte sie mit aller Kraft zurück. „Der Patient wird verlegt. Ich habe das veranlaßt."
Aber da stand Rey Jackson bereits hinter ihm, atemlos, schob sich zwischen Reynolds und Monica und die Ambulanz.
„Die Schwester hat recht", sagte sie, „der Patient bleibt hier im Wagen!"
Samuelson schleppte den noch immer wie abwesenden Bill hinter sich her, die Schräge der Rampe hinunter. Ein Pfleger

kam ihm zu Hilfe, ein zweiter. Aber Rey stellte sich ihnen in den Weg. „Auch dieser Patient . . . hier in diesen Wagen! Los!"
Schwestern erschienen in der Seitentür und im Haupteingang und weitere Pfleger. Patienten beugten sich aus den geöffneten Fenstern der oberen Stockwerke. Der Tumult erregte Aufmerksamkeit.
Reynolds war um den Wagen herumgekommen und baute sich vor Rey Jackson auf: „Gute Idee von mir, nach New York zu kommen. Sie sind gar nicht überrascht, mich hier zu sehen?"
„Nein", sagte Jackson, „ich hatte fast damit gerechnet."
Sie standen sich gegenüber und lächelten sich an.
„Dann wäre es doch klüger gewesen, die Patienten dort zu lassen, wo sie waren!"
Reynolds sprach leise und drohend.
Aber Jackson sah nur eine Chance: die Flucht in die Öffentlichkeit. Sie sprach nicht nur zu Reynolds, sie sprach zu den Pflegern und zu den Neugierigen in den Türen, in den Fenstern: „Als behandelnde Ärztin bestimme ich! Sie sind Assistent, und es ist Ihr gutes Recht, anderer Meinung zu sein. Aber ich treffe die letzte Entscheidung."
Sie gab den beiden Pflegern mit Bill einen Wink: „Bitte, helfen Sie mir."
Die größere Autorität siegte.
Bill wurde in die Ambulanz von Rey geschoben, Monica verschloß die Tür.
Reynolds stand mit Samuelson daneben, ohnmächtig vor Wut.
Leise zischte er Rey Jackson zu: „Es gibt genügend Kollegen hier im Haus, die im Zweifelsfall auf meiner Seite sind!"
„Einige wenige sicher!" antwortete Rey, ohne ihre Stimme zu senken. „Aber für Sie und die Organisation wäre es besser, jeden Skandal zu vermeiden!"
„Für Sie ebenfalls!" konterte Reynolds. „Seit wann arbeiten Sie denn auf eigene Rechnung?"
Doch Rey Jackson hatte sich bereits abgewandt und ging zum Fahrersitz ihrer Ambulanz: „Ich mach' Schluß. Endgültig!"
Sie stieg ein. „Ich habe nichts mehr zu verlieren . . .!"
Reynolds kam hinterher: „O doch: eine ganze Menge!"

Monica saß ebenfalls bereits im Wagen. Rey Jackson startete.
„Geh aus dem Weg!"
Reynolds hatte seine Hände auf den Rahmen des offenen Fensters gelegt. Er beugte sich in das Innere des Wagens, als dieser bereits zurücksetzte: „Du kommst hier nicht heraus! – Und nicht aus dieser Geschichte . . .!"
„Wir werden sehen!" sagte Rey und gab Gas.
Der Wagen schoß zurück, mit kreischenden Reifen.
Am Ufer des Stroms, unter den kahlen Platanen, wendete sie.
Die Neugierigen standen immer noch auf ihren Plätzen, hatten nichts verstanden. Der Skandal war ausgeblieben, wenn nicht die Auseinandersetzung zwischen einer Ärztin und einem Assistenten in der Öffentlichkeit bereits einer war.

Rey fuhr die Uferstraße nach Süden, die Einbahnstraße, die rund um die Spitze der Insel, um den ganzen Klinik-Komplex führte.
Sie sah im Wegfahren noch, wie Samuelson und Reynolds in die große Ambulanz kletterten, die sich nun gleichfalls in Bewegung setzte.
„Reynolds . . ." Rey sah zu Monica, nur eine kurze Sekunde, während sie den Wagen um einen Hydranten steuerte. „Reynolds war der einzige Zeuge damals. Der einzige, der sofort kapierte, was ich da . . . was ich da getan hatte. Er war mein Assistent!"
Sie fuhr viel zu schnell in die Kurve. Das Inventar der Ambulanz polterte zu Boden. Monica sah sich um, zu Bill, zu Mike.
„Und er hielt den Mund", fuhr Rey fort, „aber nicht, um mich zu schützen – nein: um mich zu erpressen!"
Sie hatten den Versorgungstrakt erreicht. Schwarze Müllsäcke aus glänzendem Plastik türmten sich neben einem Tor. Dampf strömte aus einem der Lüftungsrohre.
Der Weg war versperrt. Rey wendete, setzte zurück, versuchte sich zu orientieren, während sie weitersprach: ein hastiges, nervöses Geständnis. Im unrechten, aber vielleicht auch im letzten Augenblick. Vor einem Zeugen, zu dem sie Vertrauen hatte – weil er ihr vertraute . . .
„Ein Umfallopfer. Gehirnquetschungen. Er hatte kaum noch

Chancen. Das nahm ich wenigstens an, schrieb es in die Papiere. Aber das war nur ein Teil der Wahrheit. Jedenfalls: Ich habe auf Reanimation bewußt verzichtet, hab' den Totenschein ausgestellt, ohne Rückfragen, ohne weitere Zeugen, hab' die Nieren entnommen ..."

Sie fand aus dem Wirrwarr des Hofes wieder heraus. Drüben glänzte das Hauptquartier der UNO auf der anderen Seite des Eastriver in der winterlichen Sonne.

„Da war jemand – für den war das lebenswichtig ... Verstehst du? Der war jung und ... so jung wie dein Mike ..."

Rey Jackson war die starke Erschütterung anzumerken. Sie fuhr unkonzentriert, eine waghalsige Flucht, bei der es um vier Menschen ging. Aber sie redete, redete, redete weiter: „Er hing schon über zwei Jahre an der Dialyse – künstliche Niere nach einem Sportunfall. Dreimal jede Woche Blutwäsche in der Klinik. Und dann kamen Komplikationen. Das Ende war abzusehen ..."

Sie hatten die Uferstraße wieder erreicht und fuhren nun gegen die vorgeschriebene Einbahnrichtung zurück. Rey wich einem entgegenkommenden Wagen in letzter Sekunde aus, vorbei an der Anfahrtsrampe zur Unfallstation.

Das Personal, das zufällig in der Tür stand, sah ihnen nach.

„Da hab ich es eben probiert. Die Operation, die Transplantation verlief glatt. Ich wußte, was ich riskierte. Aber ich mußte es tun. Er war mein Sohn ..."

Weiß Gott, wie viele Jahre sie das schon mit sich herumschleppte, ohne sich jemandem anzuvertrauen, ohne mit irgend jemandem darüber zu reden!

„Wir wußten damals zuwenig über Gewebs-Antigene. Sein Körper stieß das fremde Organ ab. Es war – na ja, ziemlich sinnlos, was ich gemacht habe. Sinnlos und kriminell. Mord an einem Unfallopfer. Es gibt sicher viele Meinungen darüber. Aber nach dem Gesetz war es Mord ..."

Ein großer, schwerer Ambulanzwagen überholte sie, schoß an ihnen vorbei nach vorne, mit rotem Blinklicht, und erreichte vor ihnen die lange Platanenallee, die zum Ausgang des Areals führte.

Rey Jackson schien ihn gar nicht zu bemerken.
„So kamen die Leute zu der Spezialistin, die sie suchten. Drei Jahre lang. Drei Jahre lang wurde ich immer tiefer hineingezogen in diese Verbrechen, diesen schrecklichen Handel. Ich hatte keine Chance mehr, heil herauszukommen. Dann bist du gekommen. Auf der Suche nach deinem Mike. Da hab' ich gewußt: Es ist genug. Die Geschichte muß zu Ende gehen. Ich war bereit, mich zu stellen! Ich lasse mich nicht mehr erpressen!"
Vor dem Schlagbaum stand die große Ambulanz quer zur Straße und sperrte die Durchfahrt.
Samuelson saß im Wagen. Aber zwei Pfleger waren ausgestiegen – und Reynolds. Er ging bis in die Mitte der Straße, sah Rey triumphierend entgegen.
Hier an dieser Stelle hatte er keine Zeugen. Hier gab es nichts, was ihn zwingen könnte nachzugeben.

Natürlich hätte Rey Jackson bremsen können. Aber da stand dieser Mann, der sie über Jahre erpreßt hatte. Er versperrte den Weg, nicht nur für sie.
„Nein", sagte sie. „Nein!" Sie schrie es fast.
Sie trat das Gaspedal durch, als er gegen den Kühler prallte. Er klammerte sich an das Blech, schrie auf, sah sie an. Er wußte genau, was sie vorhatte.
Monica verbarg ihren Kopf zwischen den Armen.
Da prallte Reys Wagen gegen die große Ambulanz und quetschte Reynolds Beine in das Blech.
Diesmal schrie er nicht. Er sackte nur stumm in sich zusammen, sah sie zurücksetzen, mit ihrem beschädigten Wagen über die Wiese kurven, zwischen kahlen Büschen hindurch, durch Laubhaufen.
Der Schlagbaum splitterte zur Seite. Mit quietschenden Reifen nahm Rey die Auffahrt zur Brücke, jagte über den Seitenarm des Flusses, bog in den belebten Vernon Boulevard, erreichte schließlich die aufgelassene Tankstelle – aber der Polizeiwagen war verschwunden.

52 „Hol die beiden raus, schnell!“
Monica stürzte nach hinten, entriegelte die Hecktür der Ambulanz, begann die Trage mit Mike herauszuzerren. Die glitt auf ihren Rollen zurück, kippte herunter, bevor Rey Jackson eingreifen konnte.
Mike rollte in den Unrat, den der Wind zusammengeweht hatte.
„Versteck ihn, los!“
Rey und Monica schleppten Mike auf seiner Trage durch das dürre Gebüsch in die Waschhalle der Tankstelle.
Dann holten sie Bill, der immer noch abwesend alles mit sich geschehen ließ.
Von der schmalen Brücke her, die zur Insel führte, hörten sie eine Sirene. Das Jaulen kam näher. Schließlich war das Blinklicht zu sehen.
„Bleib hier – paß auf.“ Rey ließ sich wieder hinter das Steuer fallen. „Mal sehen, wie weit ich komme!“
„Rey . . .!“ Monica wollte aus dem Versteck heraus zu Rey an den Wagen treten. Aber Rey raste los, fädelte sich in den dichten Verkehr ein – gerade, als die massige Ambulanz des Krankenhauses mit Sirene und Rotlicht von der Insel her ebenfalls in den Vernon Boulevard einbog und die Verfolgung aufnahm.
Der Vorsprung durch Reynolds’ Unfall war verspielt.
Mit gellender Sirene donnerte der Klinikwagen auf der linken Fahrspur vorbei, passierte die Tankstelle, raste weiter. Monica stand hinter den zerbrochenen Scheiben und verfolgte das ungleiche Rennen.
Die Klinikambulanz raste ohne Rücksicht auf Gegenverkehr an der gesamten Kolonne vorbei und erreichte Reys Wagen an der Auffahrt zur Queensboro-Bridge.
Seite an Seite schoben sich die beiden weißen Fahrzeuge die schmalen, engen Kurven zur Brücke hinauf.
Da verlor Monica sie aus dem Blick.

Hinter ihr, zwischen den Resten der verrotteten Waschanlage, lag Mike. Bill hockte auf dem Boden und versuchte, zu sich zu kommen. Monica kniete sich vor ihn hin, faßte ihn an der Schulter, sah ihn an. Er lächelte, schien sie plötzlich zu erkennen, und dann zog er sie an sich, mit einer behutsamen Geste. Da hielt an der Tankstelle ein Wagen mit kreischenden Bremsen. Es war der Wagen der Polizei. Zwei Streifenwagen folgten und stellten sich quer.

Monica lief hinaus.

„Wir wollten gerade eingreifen“, sagte der Mann mit dem Hut. „Ihr wart über die Zeit!“

„Ja“, antwortete Monica, „es hat länger gedauert.“

Sie schaute hoch zur Brücke, aber es war nichts zu erkennen. Irgendwo gellten Sirenen, fern und vom Brausen des Verkehrslärms fast verschluckt.

„Die Ärztin?“ fragte der Mann mit dem Hut und folgte Monicas Blick.

„Ja. Doktor Jackson ...“

Die Besatzung der Streifenwagen war dazugetreten. Die Polizisten wußten nicht so recht, worum es ging. Sie sahen die beiden Männer in der Waschanlage, sahen, wie Monica und der Beamte die Brücke beobachteten.

„Hoffentlich verschwindet die Dame nicht, ohne ihre komplette Aussage zu machen – vor Gericht! Sie ist die einzige Zeugin. Zeugin der Anklage ...“ Der Beamte schob seinen Hut in den Nacken.

„Sie wird gejagt.“ Monica blickte immer noch hoch zur Brücke. Irgendwo hatte sie ein Rotlicht blinken sehen, ein kurzes Aufblitzen zwischen dem schwarzen Filigran der Eisenträger, hörte immer noch fern und schrill die Sirenen.

Was sie nicht sah und nicht ahnte, war, daß mitten am hellichten Tag, mitten in New York auf einer belebten Brücke, mitten im dichten Verkehr ein brutaler Mordanschlag verübt wurde. Immer wieder versuchte die große, massive Klinikambulanz den niedrigen Wagen von Rey abzudrängen, gegen den Rand der Brücke, gegen Leitplanken und Geländer. Blech krachte gegen Blech, Glas splitterte.

Die Fahrer der nachfolgenden Wagen traten auf ihre Bremsen. Die Kolonne geriet in Panik.

Reys Wagen schleuderte, raste gegen die Leitplanke, prallte zurück, Schlag folgte auf Schlag, eine Tür riß aus den Scharnieren, flatterte auf die Fahrbahn, dann wurde der Wagen mit aller Kraft gegen das Geländer geschoben, scheuerte funkensprühend ein Dutzend Meter über den Stahl . . .
Es war wie ein Traum – ein Trick, ein Spiel, was da hoch über ihnen auf dieser Brücke geschah.
Monica hielt den Atem an, der Beamte griff an seinen Hut: Langsam schob sich ein weißlackierter *Cadillac-Station*--Wagen über das Geländer, bäumte sich auf, überschlug sich, schwebte leicht und schwerelos in die Tiefe, drehte sich auf den Rücken, fiel, fiel – und zerschellte auf der Insel dort drüben, vor den grauen Mauern der Klinik.
Die Autos auf der Brücke waren zum Stehen gekommen, hatten sich ineinandergeschoben, blockierten für Stunden die östliche Zufahrt auf allen Bahnen.
Kaum einer dieser geschockten Zeugen wußte noch präzise auszusagen, was geschehen war.
Ein Unfall – zwei Ambulanzen – eine Kollison.
Der eine Wagen war abgestürzt, 45 Meter tief, auf Welfare-Island. Vom anderen fehlte jede Spur.

53 Schweigend kamen Monica, Bill und Mike den schmalen Weg entlang. Ein feiner Nieselregen hatte eingesetzt und ließ diese zehntausend aufrechtstehenden Steine glänzen wie Speck. Marmor, Granit, Basalt.
Eine Skyline eigener Art war rings um sie herum aufgetürmt auf dem winterlichen Rasen, die sich weit drüben im Dunst Manhattans gigantisch wiederholte.
Hoch über dem Eastriver bis hin zum *Brooklyn-Queens-Expressway* auf seinen tausend Stelzen dehnte sich über viele Hektar Fläche das hügelige Gräbermeer des größten Friedhofs von New York.
„Hallo! Bleiben Sie stehen!“
Die drei sahen sich um.

Der Mann mit dem Hut kam den Kiesweg herunter und winkte mit einem Kuvert.
„Wir konnten vorher nicht miteinander reden. Und Sie sind so schnell gegangen . . ."
Sie mußten zur Seite treten. Ein Traktor schleppte auf seinem Anhänger Berge verwelkter Kränze und Blumen vorbei.
„Hier." Der Mann mit dem Hut überreichte Bill das Kuvert. „Die Flugtickets, wie abgesprochen. El Paso. Dreimal. Sie müssen auch mit, ja, tut mir leid."
Er fuhr sich mit dem Ärmel seines Trenchcoats über das Gesicht.
„Wir? Wieso?" Monica sah ihn entgeistert an.
„Ja. Sie müssen noch mal hin. New Mexico. Die Staatspolizei dort will Sie noch mal vernehmen. Ließ sich nicht umgehen. Aber vielleicht schalten die dann das FBI ein. Wär' ja endlich an der Zeit. Ihre Maschine geht übrigens um vier."
Er ging weiter. Die drei folgten ihm.
Bill hatte das Kuvert mit den Tickets untersucht und dann eingesteckt.
„Wir sind hier in New York ziemlich am Ende mit unserem Latein", fuhr der Mann mit dem Hut fort, „wir melden uns erst wieder, wenn die Ermittlungen es erfordern. Obwohl . . ."
Er verstummte.
„Obwohl? Obwohl was?" wollte Bill wissen.
„Es dürfte schwer werden", ergänzte der Beamte seinen Satz, „ohne die Zeugin der Anklage." Er blickte sich um. Oben, am Ende der Gräberreihe, schaufelten zwei Männer in schwarzen Overalls. Drei weitere Männer mit Hut standen dabei, sahen ihrem Kollegen und diesen drei einzigen Besuchern des beendeten Zeremoniells neugierig nach.
„Ein Syndikat", fuhr der Beamte fort, „das offenbar weltweit operiert, das das bestehende System der Organbanken bestens getarnt unterläuft und sogar staatliche Stellen befällt. Krebszellen einer gigantischen Korruption."
Nieselregen wurde stärker. Der Beamte begann, seinen Trench zuzuknöpfen, während er weitersprach: „Bis auf wenige Ausnahmen in den Schlüsselpositionen arbeiten die Ärzte

und Schwestern im guten Glauben, ohne das geringste von den schmutzigen Geschäften dieser Organisation zu ahnen.

„Ja", sagte er, während er weiterging, „es dürfte schwer werden . . ."

Monica sah ihn skeptisch an: „Sie werden uns jagen!"

„Warum?" Der Beamte blieb stehen.

„Wir wissen zuviel, haben zuviel erlebt, zuviel gesehen . . ."

„Nein." Er schüttelte den Kopf. „Ihr seid tot. Vier Leute lagen zerschmettert in einer abgestürzten Ambulanz. So lautete die offizielle Meldung. Wir gefährden nicht noch weitere Zeugen. Außer Reynolds mit den gebrochenen Beinen und Samuelson, der von nichts weiß, haben wir eigentlich nur Sie!"

Er lachte leise in sich hinein: „Sie müssen ja nicht gleich wieder im ‚Honeymoon-Inn' übernachten. Der Schuppen wird zwar überwacht. Aber sicher ist sicher!"

Sie kamen ans Tor. Er nahm den Hut ab, aber nicht aus Pietät, auch nicht, um sich zu verabschieden, er kratzte sich nur nachdenklich den spärlich behaarten Kopf. „Ja, es wird schwer werden. Ohne sie, meine ich, ohne diese Doktor Jackson. Sie hat sich geopfert, und jetzt . . . stehen wir da . . . Ohne Zeugen . . ."

Wieder lachte er auf. „Ist doch ein Witz, oder? Diese Frau, ein ‚durchaus noch verwendungsfähiger Leichnam' nach all ihren Theorien . . . wir haben sie eingebuddelt, verscharrt. Ist doch makaber, ja?"

Monica, Mike und Bill, alle drei schauten ihn etwas fassungslos an, gaben ihm das Gefühl, er sei zu weit gegangen.

„Verzeihen Sie . . ." Er setzte den Hut wieder auf. „Wir sehen uns vielleicht noch mal." Er ging zu den parkenden Fahrzeugen hinüber.

„Da bin ich nicht so sicher!" rief Bill ihm nach.

Ohne stehenzubleiben, sah der Beamte sich nochmals um: „Sie halten sich zur Verfügung. Teilen uns jeden Wohnsitzwechsel mit. Wie vereinbart."

Er schloß seinen Wagen auf und stieg ein.

„Mann, der hat Nerven!" sagte Bill. „Ich hab' doch gesagt, ich

will keinen Zoff und keinen Ärger mit der Polizei und Probleme. Eine ganze Tour ist mir ausgefallen!"
Lachend ging er voraus zum Taxistand, hinüber zum *Expressway*, der mit seinem flutenden Verkehr diese Stadt der Toten durchschnitt.
Monica und Mike folgten ihm.

54 Über die Prärie fegte ein eisiger Wind.
Es war Winter geworden, auch im Südwesten, in New Mexico, in Texas – trotz stahlblauem Himmel, trotz greller Sonne.
Frierend standen drei Gestalten am *Highway 10*, zwanzig Meilen südlich von El Paso.
Sie warteten.
Die Straße zog sich schnurgerade durch das flache, baumlose Land. Trotz der Kälte flimmerte die Luft über dem Asphalt, bildete glänzende, spiegelnde Seen.
Ein *Truck* schwamm über das Wasser, ein winziger, dunkler Punkt am Horizont, kam näher, spiegelte sich nun selbst, hatte plötzlich Räder und Achsen, die tauchten aus dem Spiegelsee, erreichten festes Land, dröhnten und donnerten über den Asphalt.
Der Wind trug das Geräusch heran über Meilen.
Bill trat an den *Pickup-Truck*, der hinter ihm auf dem Seitenweg parkte, öffnete die Tür, die der Wind fast aus den Angeln riß, griff sich das Mikrofon des CB-Funks, drückte die Taste: „Hallo Ron, hallo Ron – bist du's? Hier ist Sierra-Bill. Over."
Es dauerte eine Weile, dann knackte es im Gerät: „Sierra-Bill. Richtig. Ich bin's, Ron. Und so kaputt wie noch nie! Over."
Bill hängte das Mikrofon wieder an den Haken, griff nach Thermoskanne und Tasche, die neben dem Sitz bereitlagen, dann knallte er die Wagentür wieder zu.
Weit drinnen in der Steppe mit ihrem dürren, braunen Gras rotierten die Windräder, pumpten Wasser in die Tränken, die unter bizarren Eisgebilden verschwanden, standen die dunklen Rinder mit dem Kopf im Wind.

Monica und Mike hatten sich in den Windschatten ihres Wagens gestellt. Es war nicht der gleiche, mit dem sie ihre Reise begonnen hatten. Der war verschwunden geblieben.
Es war das übliche Fahrzeug aus dritter, vierter Hand für sechshundert Dollar. Ein Vorschuß der Polizei.
Der *Truck* war näher gekommen. Bills *Truck*. Der *Reefer*.
Er verminderte die Geschwindigkeit – rollte aus – blieb stehen.
Ronald kletterte aus dem *Cockpit*, grau, übernächtig, gestreßt. Er angelte seine Thermoskanne vom Wagenboden, seine Tasche. Wachwechsel.
„Papiere okay und auf dem Sitz", murmelte Ronald. „Und eben kam durch: Radar bei der Ausfahrt Mesquite auf der *10* und Verkehrskontrolle hinter Las Cruces auf der *25*."
„Na wennschon!" sagte Bill und enterte das *Cockpit*.
„Irrtum!" rief Ronald zu ihm hinauf: „Wir haben wieder mal zwei Tonnen zuviel!"
„Okay. Ich paß schon auf. Nehm die *70* über Alamogordo – Tularosa."
Er schlug die Tür zu, kurbelte das Fenster herunter.
„Picacho ist abgehauen!" rief er Ronald noch nach. „Der streunt durch die Gegend. Fang doch das Vieh wieder ein! Dem war's vermutlich zu einsam!"
„Mir auch!" antwortete Ronald, als er in den *Pickup-Truck* stieg. „Mach ich nie wieder: zwei Touren hintereinander!"
Bill winkte ab: „Kommt auch so schnell nicht mehr vor!"
Ronald fuhr ab, schleppte eine braune Staubfahne hinter sich her. Bill sah ihm nach. Dann schaltete er.
Kurzer Gruß zum Abschied. Ein Blick zu Monica, ein Lächeln, nicht mehr.
Der Motor röhrte auf, das Monster setzte sich langsam in Bewegung. Noch ein Blick. Dann ging die Scheibe hoch, spiegelte die Sonne.
Monica kniff die Augen zusammen.
Auch der glänzende Container, der langsam an ihr vorüberglitt, blendete sie.
Da schloß sie die Augen.

Sie hörte das Röhren, das sich entfernte, spürte die Hand von Mike auf ihrer Schulter.
Irgend etwas würgte sie im Hals, preßte ihre Lippen zusammen, brannte heiß an ihren geschlossenen Lidern . . .
Da rannte sie einfach los.
Rannte hinter dem Wagen her, holte ihn ein, lief an dem endlosen Container entlang, schlug mit der Hand, mit der Faust gegen das Blech, brüllte „Bill! Bill!“ und erreichte fast das Cockpit. „Bill! ! ! . . .“
Aber der *Truck* röhrte, verschluckte alle Rufe, beschleunigte unbeirrt weiter.
Da blieb sie stehen. Atemlos, ernst. Dieselrauch hüllte sie ein.
Der Container donnerte an ihr vorbei, entfernte sich, wurde kleiner, begann wieder über die Spiegelseen zu schwimmen.
Und verschwand am Horizont als dunkler Punkt.
Monica sah ihn nur durch einen Schleier, der immer dichter wurde. Das Röhren war längst verebbt. Nur der Wind sang über das dürre Gras.
Sie ging zurück, langsam, ohne sich umzusehen, Schritt um Schritt, zurück zu Mike, der immer noch im Windschatten ihres Wagens stand und gerade anfing, ein klein wenig zu begreifen. Und der ihr die letzten Schritte entgegenging.
Nein. Sie drehte sich nicht um.
Sie wischte über ihre Augen, mit klammen Fingern.
Aber das half nicht viel.
Es kam sicher vom Wind.

ISBN 3-360-00059-5

1. Auflage
Verlag Das Neue Berlin, Berlin · 1987
Lizenz-Nr.: 409-160/215/87 · LSV 7304
Umschlagentwurf: Erhard Grüttner
Printed in the German Democratic Republic
Lichtsatz: Karl-Marx-Werk Pößneck V 15/30
Druck und buchbinderische Weiterverarbeitung:
Grafischer Großbetrieb Völkerfreundschaft Dresden
622 761 4

00250